06/2021 – Fouras – 17.
08/2021 – Auray – 56

Sur l'auteur

Angela Thirkell (1890-1961) était la petite-fille du peintre Edward Burne-Jones, la cousine de Rudyard Kipling et la filleule de J.M. Barrie (l'auteur de *Peter Pan*). Son enfance se passa entre Paris et Londres. En 1931 parut son premier grand succès, *Bienvenue à High Rising*, dans la veine de Trollope, puis elle publia son best-seller *Le Parfum des fraises sauvages*, en 1934.

Du même auteur
aux Éditions 10/18

LE PARFUM DES FRAISES SAUVAGES, n° 5206
BIENVENUE À HIGH RISING, n° 5489

ANGELA THIRKELL

BIENVENUE À HIGH RISING

Traduit de l'anglais
par Élisabeth Luc

10
18

CHARLESTON

Publié pour la première fois en 1933

ISBN 978-2-264-07398-3
Dépôt légal : octobre 2019

1

La remise des prix

L'épouse du directeur du pensionnat se tourna vers Mrs. Morland, assise dans la rangée située juste derrière elle.

— C'est à n'y rien comprendre ! Pourquoi nos lauréats des petites classes sont-ils si grands quand ceux des classes supérieures ont l'air de freluquets de sept ans à peine ? Voyez le chef de la classe de soutien, par exemple.

Mrs. Morland suivit son regard et ses yeux se posèrent sur l'enfant binoclard et chétif qui gravissait les marches de l'estrade. Le directeur de l'école préparatoire, flanqué d'enseignants plus ou moins en toge, trônait derrière une montagne de livres qui diminuait à vue d'œil.

— C'est le jeune Wesendonck, précisa l'épouse du directeur. Vous parlez d'un nom à coucher dehors ! Un garçon si gentil, en plus… J'espère qu'il arrivera à porter tous ses livres. Je ne cesse de répéter à Bill de les faire emballer comme il faut. Pauvre Bill ! Il a pris froid et après ces discours à n'en plus finir il est pratiquement aphone. J'espère qu'il tiendra jusqu'au bout.

À cet instant, la pile de livres destinée au jeune Wesendonck échappa au directeur, qui se mit à jongler avec frénésie. À la plus grande joie des quelque deux cents élèves, pensionnaires ou non, les ouvrages volèrent en tous sens avant de s'éparpiller à terre. Une nuée d'enseignants se précipita à la rescousse. Doté d'une présence d'esprit considérable, le jeune Wesendonck songea que ses ennemis naturels étaient pour une fois à leur place, rampant sur le sol tandis que lui demeurait immobile, ignorant les cris de jubilation et les insultes que lui assenaient ses camarades depuis les galeries de la grande salle de l'école. Il était rare que tant de facteurs – le moment, le lieu et le patronyme improbable – se trouvent réunis pour créer un moment unique. Les blagues étaient rarement drôles, jamais originales, mais elles procuraient à leurs auteurs une immense satisfaction, et d'autant plus dans ce chahut général.

— Bill ne leur aboie pas dessus ? s'inquiéta Mrs. Morland.

Le directeur se contentait en effet d'observer le tumulte sans chercher le moins du monde à rétablir le calme.

— Une minute, répondit son épouse. Je vois qu'il est en train de sucer une pastille pour la gorge, mais dès qu'elle aura fondu il prendra la parole.

Elle considéra les professeurs à quatre pattes d'un air réprobateur.

— Vraiment, je ne comprends pas pourquoi dans les romans la femme du directeur d'école finit toujours par tomber amoureuse d'un professeur, ou *vice versa*. Regardez un peu les nôtres…

— *R'gardez un peu les servantes d'la maison*, cita Mrs. Morland dans un murmure[1].

1. Citation extraite de *Henry Esmond, mémoires d'un officier de Marlborough*, roman de William Makepeace Thackeray.

De Mr. Dubois, le professeur de français qui avait une telle ancienneté que les garçons le méprisaient plus par tradition que par conviction, à Mr. Ferris, la dernière recrue que l'épouse du directeur assimilait systématiquement à un élève qui aurait bien grandi pendant les vacances, pas un, effectivement, dans cette collection d'hommes pourtant si cultivés (ou athlétiques), si travailleurs et consciencieux, qui soit susceptible d'emballer tant soit peu le cœur d'une femme.

— Eh bien, malgré cela, la plupart d'entre eux sont mariés, poursuivit la femme du directeur. Et ceux qui ne le sont pas sont fiancés. Il faut dire qu'ils sont assez peu regardants, la nature ne les ayant pas gâtés. Si vous saviez ce que leurs épouses me font endurer quand je les reçois pour le thé !

À cet instant, le directeur avala le reste de sa pastille pour la gorge et, d'une voix de sergent-major ayant grandi parmi les otaries, déclara simplement :

— Silence !

Le résultat fut immédiat.

— Bill a superbement aboyé, vous ne trouvez pas ? se rengorgea fièrement son épouse. Si vous le voulez bien, Laura, attendons que ces parents d'élèves importuns soient partis et venez prendre le thé avec moi. Vous pouvez amener Tony, si vous voulez.

— Volontiers, Amy, mais je ne pourrai pas rester très longtemps : je pars à la campagne.

La cérémonie s'acheva sans encombre. Élèves et parents quittèrent peu à peu la salle. Près de l'entrée, Laura attendit son fils, méconnaissable avec l'affreux col large d'Eton. Dès que Tony avait intégré cette école préparatoire aux prestigieux établissements privés, Laura avait contacté la femme du directeur, une vieille connaissance, pour lui demander si la tenue officielle du collège d'Eton, dont elle se refusait à affubler Tony à la maison, devait également être portée le dimanche. Après l'avoir interrogée sur la morphologie de ce garçon robuste et presque massif, Amy lui avait répondu :

— Bien sûr que non ! Ce ne serait pas seyant. Si j'osais, j'irais même jusqu'à dire que ce serait affreux ! Non, pour le dimanche, achetez-lui plutôt un costume de serge bleue.

Le col d'Eton était l'unique concession à la respectabilité de l'école, ce qui tendait à prouver combien Amy Birkett était une femme remarquable. Parmi tous ces garçonnets aux cheveux pleins d'épis et aux joues rondes, Tony n'était pas facile à repérer, d'autant moins que la cérémonie de remise des prix leur avait imposé à tous une rare propreté. Laura sentit quelqu'un tirer sur son bras gauche, et Tony apparut.

— Maman, vous avez entendu le bruit qu'ont fait les garçons quand les livres de Donkey[1] sont tombés par terre ? Vous m'avez entendu, Maman ? Je criais à tue-tête : « Donkey est un âne ! Bougre, bougre d'âne ! » Vous m'avez entendu, Maman ?

Pourquoi les enfants ont-ils cette capacité innée à repousser les gens au premier regard, par vanité, par égoïsme ou au gré d'une autosatisfaction affligeante ? Elle s'était déjà posé la question à propos de ses trois premiers fils. Et, oui, elle devait le reconnaître : elle avait bien entendu Tony hurler. Elle lui ordonna de rassembler ses affaires pour aller prendre le thé dans le bureau de Mr. Birkett.

1. Donkey, le surnom de Wesendonck, signifie « âne » en anglais.

— Oh, c'est vraiment obligatoire, Maman ?

— Quoi donc ?

— De prendre le thé avec Mrs. Birky. Maman, s'il vous plaît ! Elle va encore me reprocher d'être mal coiffé ou je ne sais quoi ! Quand on est négligé, ça la rend maboule.

Affligée de voir qu'un fils de bonne famille puisse nourrir un tel fond de vulgarité, Laura se contenta de réitérer son ordre. La mine boudeuse de Tony s'évanouit dès qu'il aperçut le jeune Wesendonck entouré de sa mère et ses sœurs, admiratives, et lorsqu'il les croisa, il scanda sans vergogne : « Donkey est un âne ! Bougre, bougre d'âne ! »

Son impudence lui valut un assaut complice de la victime de ses quolibets. Faisant mine de se bagarrer, les deux garçons se muèrent en un enchevêtrement de bras et de jambes qui disparut aussitôt dans les quartiers des pensionnaires. Un peu gênée face à la famille Wesendonck, Laura entra discrètement dans la vaste salle de classe où l'on servait une collation à la horde de parents d'élèves. Le sergent, un homme imposant qui semblait incarner la force tranquille, montait la garde près de la porte afin d'empêcher les chenapans d'entrer et de dévorer les petits sandwichs destinés aux adultes.

— Bonjour, sergent. Dites-moi, comment se débrouille Tony ?

— Très bien, madame Morland. Aussi bien que votre Dick, selon moi. Mais il est trop bavard. C'est drôle, quand on y pense, car ses frères aînés n'étaient pas très causants. Le jeune Tony, lui, il a la langue bien pendue ! Cependant, il grandit bien. J'espère vous voir au tournoi de boxe au prochain trimestre, madame Morland.

Sans attendre sa réponse, il fila en direction du buffet et attrapa deux garçonnets par la peau du cou.

— Mamans ou pas, il y a des règles ! les gronda-t-il. Aucun élève n'est admis au moment du thé. Allez, filez !

Il laissa entrer Laura, puis retourna monter la garde devant la porte tel Abaddon, l'ange exterminateur.

Laura déambula dans la salle mais n'y vit pas Amy, et finalement c'est son grand ami Edward qui vint à sa rencontre. Engagé dans l'armée à l'âge de seize ans, « pour avoir de la compagnie », Edward avait trouvé sa vocation après la guerre, en tant que factotum dans cette école huppée, un métier qui lui garantissait le renouveau perpétuel de cette compagnie qu'il appréciait tant. Il était capable de cirer les bottes telle l'ordonnance d'un officier et de les réparer tel un véritable cordonnier. Il savait nettoyer les couteaux et les aiguiser, entretenir les battes de cricket, les patins à roulettes, les raquettes et autres appareils photo. Il savait couper les cheveux, entonner n'importe quelle chanson populaire, réparer le transistor du directeur et conduire sa voiture. Et lorsque le personnel de cuisine avait attrapé la grippe, n'était-ce pas Edward qui avait assuré l'intérim pendant deux jours ? Il avait préparé dans une grande marmite du bœuf bouilli et des *dumplings*. Durant la même épidémie, l'infirmerie affichant complet, Edward n'avait-il pas joué les infirmiers de nuit dans ce dispensaire de fortune ? Et chanté des berceuses aux convalescents sous la forme de chansons paillardes apprises sur les champs de bataille des Flandres ? Et quand la centrale électrique était tombée en panne et que toute l'école s'était retrouvée dans le noir en l'absence des Birkett ? Johnson et Butters s'étaient percutés dans un couloir sombre où ils n'avaient aucune raison de se trouver. Johnson s'était fendu la lèvre et Butters s'était ouvert l'arcade sourcilière. Edward n'avait-il pas eu la présence d'esprit d'emprunter la voiture d'un professeur pour les conduire chez le médecin afin qu'il les recouse sans tarder, puis de revenir si vite que nul n'avait eu le temps de trouver une autre grosse bêtise à faire ?

La légende voulait même qu'Edward ait pris la place d'une nourrice dans la nursery de Mrs. Birkett et promené ses deux petites filles dans leur landau.

Cet acte de bravoure perçu comme excessif avait été raillé dans tout l'établissement : Edward n'avait rien à faire avec ces godiches de Rose et Geraldine, du moins du point de vue de la jeunesse dorée qui fréquentait le pensionnat.

— Si vous cherchiez Mrs. Birkett, madame, déclara l'omniscient Edward, elle est partie vers la maison en espérant que vous l'y rejoigniez. Elle ne pouvait supporter davantage les parents d'élèves, si vous voyez ce que je veux dire.

Laura le remercia et se fraya un chemin dans la foule vers la maison du directeur. Amy s'était réfugiée dans le bureau.

— Bill était tellement enroué que je l'ai envoyé s'allonger un peu, le pauvre ! Je pense qu'il couve une grippe. Venez donc vous asseoir ! Quelles sont les nouvelles de la famille ? Gerald passe du bon temps en Chine ?

— C'est Dick qui est en Chine, au sein de la China Station de la marine. J'avoue ne pas savoir vraiment de quoi il s'agit. En tout cas, il est ravi et le navire l'enchante.

— Gerald se trouve donc en Birmanie. Comment va-t-il ?

— Non, c'est John. Il va bien et espère rentrer pour Noël. Gerald, c'est l'explorateur. Il occupe un poste bien rémunéré au Mexique, pour des Américains. Il prétend que c'est formidable, mais à l'entendre ça a l'air tout à fait horrible.

— Ne m'en veuillez pas de confondre ainsi vos fils, ma chère Laura. J'ai du mal à m'y retrouver parmi vos quatre garçons. Chaque fois que je me suis habituée à un élève Morland, son frère aîné nous quittait et son cadet arrivait. Un petit venait remplacer un grand ; c'est très troublant. Mais je me réjouis qu'ils aillent bien. Je suppose que les choses sont plus faciles pour vous, à présent.

— Si c'est à l'argent que vous faites allusion, oui. Gerald et John gagnent leur vie, Dieu merci, et Dick est presque autonome. Ils ne me coûtent presque plus rien, à part quelques cadeaux et les vacances. Il ne me reste plus que Tony.

— Il décrochera une bourse, comme Gerald.

— Tony fait preuve d'une extraordinaire résistance à l'apprentissage, déclara Laura, résignée. Il finira éleveur de porcs…

— Dans ce cas, vous aurez du bacon en quantité et vous travaillerez moins. Vous écrivez en permanence…

— Presque. Mais heureusement, c'est beaucoup plus facile maintenant que lorsque j'avais trois garçons à l'école et un à la maison. Je parviens même à économiser pour mes vieux jours.

— Entrez ! lança Amy entendant quelqu'un frapper à la porte.

Tony apparut. De toute évidence, il avait chipé un pot de brillantine à quelqu'un, car ses cheveux luisants étaient plaqués sur son crâne et séparés par une raie au milieu. Une puissante odeur artificielle de miel et de fleurs émanait de sa personne.

— Vous empestez, mon pauvre enfant ! s'écria Amy. Qu'avez-vous donc fait ? Venez prendre une tasse de thé.

Connaissant bien l'épouse du directeur, Tony ne manifesta aucune contrariété.

— Ce n'est que du fixateur de chez Johnson, madame Birkett, répondit-il en s'asseyant. Deux camarades m'en ont arrosé, puis je me suis peigné. Vous avez entendu le vacarme, madame, quand les livres de Wesendonck sont tombés par terre ? Je criais comme personne !

— Si j'ai entendu ? demanda Amy. Vous avez cassé les tympans de ce pauvre Mr. Birkett, qui est allé se coucher.

Tony parut alarmé.

— S'il ne s'agissait pas d'une fête de fin de trimestre, à une semaine de Noël, je t'étranglerais volontiers, Tony ! le rabroua Laura. Regarde un peu ta tenue !

L'enthousiasme dont ses deux camarades non identifiés avaient fait preuve pour lui appliquer de la brillantine avait laissé de sérieuses traces sur son col, sa veste et son gilet.

— Oh, ce n'est rien, la rassura Tony. Nous avons essuyé ce qui était tombé sur le plancher avec le short de gymnastique de Swift-Hetherington. Mais la gouvernante est arrivée et s'est fâchée.

— Dieu merci, vous partez en vacances, intervint la femme du directeur.

— J'espère que vous passerez quelque temps au cottage pendant les fêtes de fin d'année, Amy ? conclut Laura en l'embrassant.

— Avec plaisir. Bill emmène les filles en Suisse pour une quinzaine de jours. Je vous ferai connaître les dates et je m'inviterai pour une nuit ou deux.

— Embrassez Bill pour moi. J'espère qu'il se remettra vite.

— Oh, il se remettra ! Ce n'est qu'une fatigue de fin de trimestre, à laquelle se sont ajoutés les soucis provoqués par une secrétaire des plus étranges. Alors que cet été nous pensions avoir trouvé une employée compétente, elle est devenue quasiment folle au début du trimestre et nous avons dû en changer, ce qui a engendré un surcroît de travail.

— Pas de chance, répondit Laura.

— Au revoir, Tony, et bonnes fêtes.

— Au revoir, madame Birkett, et merci beaucoup de m'avoir invité à prendre le thé.

Il affichait une expression si angélique que sa mère dut se concentrer sur ses cheveux gominés et ses vêtements tachés pour ne pas l'embrasser.

Mère et fils montèrent en voiture pour gagner leur cottage, à trente kilomètres de là.

— Eh bien, mon chéri, je suis très contente de te revoir ! déclara Laura tandis qu'ils filaient sur la route.

— Je sais. Maman, dites-moi… quel âge avez-vous, au juste ?

— Quarante-cinq ans. Mais je ne fais pas toujours mon âge…

— Tant mieux, souffla Tony, si soulagé que Laura ne put s'empêcher de lui demander pourquoi. Swift-Hetherington m'a dit qu'il connaissait l'âge de sa mère et il a parié que je ne connaissais pas celui de la mienne. Alors j'ai parié que vous étiez plus vieille que la sienne. Et j'ai bien fait, car j'avais raison !

— Qu'as-tu gagné ? demanda Laura, amusée.

— Rien, Maman. C'était juste un pari, comme ça.

— Je vois.

De toute évidence, Tony n'avait pas le démon du jeu. C'était déjà cela.

— Au fait, Maman, reprit-il, passerons-nous Noël à l'appartement ou au cottage ?

— Je ne t'en ai pas parlé ? Au cottage.

— Ah ! Naturellement, j'ai laissé mon train à l'appartement. J'avais prévu de jouer avec pendant les vacances ! C'est bien ma veine…

Sur ces mots, il sombra dans une profonde déprime.

— Il se trouve que j'y ai pensé, moi aussi, Tony. Et que j'ai apporté ton train. Il est à l'arrière de la voiture.

— C'est gentil, Maman, mais il ne me servira à rien. Voyez-vous, pour jouer, j'ai besoin de nouveaux aiguillages, de virages à droite, et si je n'ai pas mon livret d'épargne et le catalogue, je ne pourrai pas me les procurer ! C'est une catastrophe.

— Tu trouveras le catalogue dans la boîte de ton train et j'ai eu la bonne idée d'apporter ton livret d'épargne.

— Oh ! Merci, Maman !

Tandis que Tony s'embarquait dans un rêve sillonné d'un réseau ferroviaire ambitieux, Laura, elle, était impatiente de passer les fêtes à la campagne après un automne studieux à Londres. À la mort de son mari, Tony n'avait que quelques mois et Laura ne roulait pas sur l'or. Elle écrivait depuis plusieurs années de façon intermittente pour des magazines.

Contrainte de gagner sa vie, après mûre réflexion elle avait conclu que, outre les courses hippiques, les meurtres et le sport, le lectorat anglais (de sexe féminin) aimait la mode. Déterminée, elle avait fait jouer ses relations, parcouru les grands magasins, rendu visite à d'élégantes amies œuvrant dans la confection, s'était entretenue avec des jeunes filles de sa connaissance, acheteuses ou fausses intellectuelles, puis avait entrepris d'écrire des romans à succès. Elle ne s'était pas trompée : elle avait désormais un lectorat vaste et fidèle, avide de découvrir les mystères du vêtement, de gros et de détail. L'un de ses romans avait même été porté à l'écran avec un certain succès. Il avait pour décor principal l'atelier de la célèbre créatrice Madame Koska, et mettait en scène l'employée d'une maison concurrente qui s'était fait engager en tant que petite main afin d'espionner les modèles de la saison à venir. Le couperet tombait lorsqu'elle était identifiée par le séduisant représentant d'une manufacture de soie française, qui n'était autre que l'amant qu'elle avait volé et quitté quelques années plus tôt. Tiraillé entre l'amour et le devoir, le pauvre homme finissait par la dénoncer à Madame Koska, sauvant ainsi l'honneur du milieu de la mode. Mais celle-ci pardonnait tout à la jeune femme, car les mannequins de Madame Koska s'étant mis en grève une demi-heure avant le défilé du printemps, l'espionne présentait elle-même les quarante-huit robes avec une telle grâce que la créatrice notait en fin de compte cinq mille livres sterling de commandes en un après-midi. Une histoire aussi longue qu'improbable, mais qui, par chance, correspondait au goût du public. Il en alla de même pour les romans suivants. Laura avait assuré l'éducation de Gerald et de John, et Dick avait intégré la marine. Elle n'avait plus à se soucier que de l'insondable Tony. D'un naturel enjoué, elle ne se prenait jamais au sérieux. Néanmoins, elle se donnait beaucoup de mal pour écrire ses romans. Si elle avait été encline à l'introspection, elle aurait pu se demander comment elle était parvenue à accomplir tant de choses en dix ans et se permettre d'avoir un petit appartement à Londres, une maison de campagne très correcte ainsi qu'une automobile de bourgeoise. Elle avait même une secrétaire, ce dont elle n'était pas peu fière. Pas à plein temps, bien sûr, car miss Todd habitait le village avec sa mère souffrante et ne venait que le matin. Mais une secrétaire, tout de même !

Laura avait dû s'y résoudre lorsque, quelques années plus tôt et à son grand désarroi, un journal américain lui avait commandé des articles sur la mode féminine. Financièrement, Laura ne pouvait refuser. Mais sa passion pour la mode se limitant à courir les soldes, elle avait dû se renseigner dans les boutiques, puis partir travailler sur le sujet au cottage. Un matin, son amie miss Todd l'avait retrouvée en larmes. Après avoir ôté son chapeau, miss Todd s'était assise pour lui demander ce qui se passait. Entre deux hoquets, Laura lui avait avoué qu'elle n'en pouvait plus et n'y arriverait jamais. Elle avait un feuilleton à rédiger sur un mannequin qui ne posait que dans des vêtements de soie synthétique et avait épousé un ministre. Elle avait aussi la série *La Maison Koska* à terminer, il lui fallait de l'argent pour aider Gerald à passer une année de plus à Oxford en vue d'obtenir une bourse et, ensuite, de partir en exploration. Comment diable allait-elle s'en sortir ? Elle avait pleuré à chaudes larmes, les cheveux en bataille, tandis que miss Todd lui prêtait une oreille attentive.

— Ne pleurez plus, madame Morland. Écoutez… Savez-vous ce que j'aime le plus au monde ?

Surprise par la tournure étrange que prenait cette conversation, Laura avait séché ses larmes.

— Votre mère ? avait-elle répondu en dégageant de son visage ses cheveux en désordre.

— Non. La mode !

Laura s'était redressée, oubliant ses ennuis. Voilà qui était très intéressant. Elle devait bien l'admettre : pour une femme qui gagnait confortablement sa vie à écrire sur la mode, elle en savait bien peu sur le sujet. Alors que miss Todd… Elle l'avait regardée fixement. Anne Todd, la quarantaine, exemple de dévouement filial envers une mère malade et désargentée, ne possédait apparemment qu'un tailleur en tweed et une robe noire. Et elle ne quittait High Rising (tel était le nom de ce charmant village) que pour emmener sa mère passer une quinzaine de jours à Bournemouth. Sous le regard inquisiteur de Laura, certaines qualités jusqu'alors ignorées se manifestèrent. Bien qu'elle négligeât souvent la sienne, Laura avait coutume d'observer l'apparence des autres. Miss Todd avait une silhouette plaisante, d'assez jolies mains et des pieds certainement harmonieux dans ses vieilles chaussures de marche. Si ses cheveux n'avaient pas été si manifestement coupés par sa mère, ils auraient pu être beaux. Elle avait aussi de bonnes dents, que Laura lui enviait. En fait, miss Todd n'était pas vilaine quand on prenait la peine de la regarder.

Sous ce regard scrutateur, miss Todd crut bon de se justifier :

— Non que je n'aime pas Maman, déclara-t-elle posément. On s'attache, vous savez… Elle est un peu toquée et elle a le cœur fragile, alors il ne faut pas la contrarier.

Une fois encore, Laura dut remettre de l'ordre dans ses idées. Chacun savait que la vieille Mrs. Todd perdait la tête. Si elle était encore capable de se débrouiller seule, elle avait une fâcheuse tendance à commander des produits alimentaires, de la viande et des bottes en grande quantité à l'épicerie du village. Miss Todd avait été contrainte d'expliquer son état à Mr. Reid, le commerçant, qui ne contrariait pas la vieille dame et notait ses commandes avec obligeance et respect. Et si Laura savait que Mrs. Todd était confinée chez elle depuis plusieurs mois, elle ne s'était pas rendu compte que sa fille s'occupait d'elle depuis tout ce temps et sans se plaindre. Elle n'en eut que plus de respect pour elle.

— C'est vrai, Anne, dit-elle en glissant distraitement une aiguille à tricoter dans ses cheveux. Vous êtes très gentille. Mais que viennent faire les vêtements dans cette histoire ?

Les yeux de miss Todd se mirent à pétiller.

— Madame Morland, ils me sauvent la vie ! Voilà pourquoi je dévore vos livres. Je n'ai que faire de la grande littérature. Quand je lis des ouvrages sur la mode, c'est comme si je prenais de l'opium. J'oublie tout, ma mère, la mort, les difficultés financières… Cela me distrait. Je sais que je ne pourrai jamais porter ces vêtements. Je ne serai jamais ce genre de femme, même si j'en avais les moyens. Néanmoins, ils comptent énormément à mes yeux. Vos livres m'ont été d'un grand secours, alors…

Gênée, elle s'interrompit. Laura était captivée. Il était là, son véritable public, incarné par Anne Todd ! Laura elle-même ne se berçait guère d'illusions. Si ses romans ne relevaient pas de la grande littérature, elle savait qu'ils avaient un lectorat. Elle dévisagea miss Todd, assise, les genoux écartés, les pieds tournés vers l'intérieur, le regard brillant, les joues empourprées. Quelle mouche l'avait donc piquée ?

— Donc, reprit cette dernière, voyant que Laura ne lui portait pas secours, l'idée m'est venue de vous aider. Voilà, c'est dit ! Maman n'a pas besoin de moi en permanence. Elle passe la matinée au lit, à écouter la radio. Louisa pourrait garder un œil sur elle et je viendrais ici entre le petit déjeuner et le déjeuner pour taper à la machine, vous assister… J'ai suivi une formation de secrétaire, vous savez. Avant que Maman ne devienne difficile. Je vous en prie, madame Morland, dites oui !

Les cheveux de Laura retombèrent d'un coup.

— Si vous me trouvez des épingles à cheveux, Anne, vous pourrez venir tous les jours m'aider à écrire ce pensum pour les Américains.

À quatre pattes, miss Todd lui tendit des épingles.

— Madame Morland, vous êtes un ange !

— Vous croyez que vous y arriverez ? marmonna Laura, les épingles entre les lèvres.

— Bien sûr ! répondit miss Todd en se relevant pour remettre son chapeau. Donnez-moi le tout, madame Morland. Dites-moi combien de mots et je vous mets ça en forme pour après-demain.

Hypnotisée, Laura lui tendit une liasse de documents et de dessins. Miss Todd quitta la maison sans lui dire au revoir ; Laura avait repris espoir mais demeurait abasourdie. Elle glissa une dernière épingle dans ses cheveux et s'assit, déterminée à s'occuper de Madame Koska, dont le tailleur préféré, contre toute attente, se révélait être un duc autrichien ayant connu des revers de fortune. Or Madame Koska avait le plus grand mal à repousser les avances du duc tout en continuant à faire appel à ses services. Laura ayant tendance à ignorer ses problèmes les moins urgents jusqu'à ce qu'elle n'ait plus le choix de les affronter, elle n'accorda plus une pensée aux articles destinés aux Américains jusqu'à ce que, deux jours plus tard, miss Todd se présente avec un manuscrit.

— Et voilà ! Vous allez voir, ce n'est pas mal du tout.

Laura parcourut le document, le trouva en effet « pas mal du tout », et invita miss Todd à déjeuner.

— Impossible, répondit-elle. Comme vous le savez, nous n'avons pas le téléphone et Maman m'attend. Si ce travail vous convient, tant mieux. Le faire me plaît beaucoup.

— Mais il faut que je vous rémunère, Anne. Voyez-vous, je dois recevoir…

— Ne vous inquiétez pas de cela, madame Morland, la coupa miss Todd d'un ton ferme. Cela ne me regarde pas et c'est vous qui avez rassemblé tous les éléments. Je me suis contentée de les organiser.

— Allons, ma chère, nous ne pouvons pas en rester là. Asseyez-vous et soyez raisonnable !

Après bien des protestations, sous la pression de l'écrivain, miss Todd finit par accepter de venir chaque matin lorsque Laura serait au cottage et de toucher un salaire hebdomadaire. Le reste du temps, elle dactylographierait au tarif normal les manuscrits que Laura lui enverrait et empocherait dix pour cent sur ce qu'elle rédigerait à partir des notes de Laura. Celle-ci ne put l'inciter à en accepter davantage.

Miss Todd était une perle, et d'autres personnes en avaient conscience. À plusieurs reprises par la suite on avait tenté de la débaucher, mais Anne était d'une loyauté sans faille. Même quand George Knox, biographe à succès vivant à Low Rising, à moins de deux kilomètres de là, lui proposa un poste permanent de secrétaire avec un cottage au sein de sa propriété pour elle et sa mère, elle refusa.

— Voyez-vous, madame Morland, avait-elle dit à Laura qui lui reprochait d'avoir décliné une telle proposition, je n'apprécie guère la littérature. Ce qui me plaît, c'est la mode, les vêtements. Avec Mr. Knox, il ne serait question que d'histoire, de philosophie et d'autres sujets intellectuels. J'aime bien Mr. Knox, et Sibyl est une gentille jeune fille, mais ma place est avec vous. Et même si je le voulais, jamais je ne pourrais faire déménager Maman. Avec son cœur, ce ne serait pas prudent. Ici, elle a le Dr Ford juste à côté, elle regarde les gens passer dans la rue. À Low Rising, elle ne verrait personne. Si elle venait à disparaître, je ne dis pas… Mais quoi qu'il en soit vous êtes prioritaire, madame Morland.

Ainsi, miss Todd demeurait la secrétaire de Laura, son « bâton de vieillesse », comme elle aimait à le dire. Et si Mrs. Todd sombrait doucement dans la démence tandis que son cœur s'affaiblissait, suscitant une inquiétude grandissante, miss Todd, soutenue par sa passion pour la mode, demeurait sereine. Et lorsqu'elle versait une larme sur la santé de sa mère vieillissante, seule Laura le savait.

2

High Rising

Tandis qu'ils roulaient en direction de High Rising, Laura prit vaguement conscience que Tony lui posait une question. Il était affligé de ce que sa mère appelait une persistance de la parole et, hélas, seul le sommeil semblait endiguer le flot de ses propos insignifiants.

— Maman, qu'en pensez-vous ?

— Qu'est-ce que je pense de quoi, chéri ?

— Maman ! Je viens de vous en parler !

— Désolée, Tony. J'étais concentrée sur la route et je n'ai pas entendu. Tu veux bien répéter ?

— Je disais : je pourrais acheter une locomotive Great Western pour dix-sept shillings. Néanmoins, la L.M.S. est nettement supérieure pour trente-cinq shillings. Qu'en pensez-vous ?

— J'opterais pour la Great Western si elle ne coûte que dix-sept shillings contre trente-cinq pour l'autre.

— D'accord, mais vous ne comprenez pas, Maman… La Great Western ne tracterait qu'un wagon de charbon et un wagon de voyageurs, alors que la L.M.S. tracterait facilement trois wagons.

— Pourquoi pas la L.M.S., dans ce cas ?

— Je sais, Maman… Hélas, j'aurais alors une locomotive L.M.S. avec des wagons Great Western.

Je n'ai que des wagons Great Western. Vous l'ignoriez ?

— Excuse-moi, Tony, je l'avais oublié.

— Eh bien, dans la mesure où je vous en parlais à l'instant, je pensais que vous le sauriez. Alors, Maman, quelle locomotive dois-je choisir ?

— Regarde, Tony, reprit Laura en réprimant son envie de l'étrangler, voici la boutique de Mr. Reid. Nous serons au cottage dans une minute.

— Mais laquelle dois-je choisir, d'après vous, Maman ? Une Great Western pour aller avec les wagons ou une L.M.S. ?

— Et si nous jetions un coup d'œil à tout ce que tu as dès demain, proposa Laura dans le but de temporiser. Ensuite, je te donnerai mon avis. Nous sommes arrivés !

Ils s'engagèrent dans l'allée de la propriété. La porte de la maison était ouverte, laissant filtrer de la lumière. Une femme très corpulente vêtue d'une robe en flanelle grise sous un immense tablier à carreaux vint à leur rencontre.

— Nous voici, Stoker ! dit Laura. Tout va bien ?

— Très bien.

— Tony et vous rentrerez les bagages pendant que je mets la voiture au garage. Il est ouvert ?

— Oui. Et le souper est prêt. J'ai pensé que vous et monsieur Tony dîneriez ensemble, puisque vous êtes seuls. Venez donc m'aider à porter votre malle, monsieur Tony.

Mais le jeune garçon avait sorti son train miniature du coffre de la voiture avant de disparaître.

— Ne la portez pas toute seule, Stoker, recommanda Laura. Vous allez vous faire mal.

— Moi ? Me faire mal ? railla la domestique. Je voudrais bien voir ça ! J'aurai mal le jour où j'exploserai !

Face à tant de détermination, Laura alla garer la voiture. En entrant dans la maison, elle constata que Tony avait déjà éparpillé les éléments de son train sur le sol du salon, non sans avoir jeté son manteau et sa casquette sur le sofa. Il comptait manifestement installer ses maquettes de façon permanente.

— Oh ! Non, Tony ! décréta sa mère. Remets tout cela dans la boîte et porte-la à l'étage. Je te rappelle que tu as une salle de jeux. Je refuse de voir ce bazar sur le sol du salon. Enlève aussi tes affaires du sofa et monte immédiatement te débarbouiller pour le souper !

— Mais Maman, vous vouliez regarder mon train pour m'aider à prendre une décision sur le choix de la locomotive !

— Je ne veux pas voir ce train maintenant ! Ni jamais, d'ailleurs ! s'écria Laura, exaspérée. Du moins pas ce soir et pas au salon. Remballe-moi tes jouets immédiatement !

De mauvaise grâce, les joues empourprées, la mine boudeuse, Tony rangea sa locomotive et ses rails, entassa son manteau et sa casquette sur la boîte et quitta la pièce en se lamentant de la tyrannie dont il était victime.

— Non ! Pas dans le couloir ! En haut ! cria sa mère.

Tony réapparut sur le seuil.

— Je croyais que je devais suspendre mon manteau et ma casquette, expliqua-t-il d'un ton las.

Laura déposa ses propres affaires sur une chaise et s'assit. Ce cher Tony ! Dieu qu'il était assommant !

Comment pouvait-on être à ce point obstiné ? Ses fils aînés lui reprochaient de le gâter. Ce n'était pas tant qu'elle lui cédait, leur répondait-elle, mais après avoir élevé trois garçons, elle était trop épuisée pour résister au quatrième. Quand on s'est battu près d'un quart de siècle contre des créatures pleines de vie ayant une fâcheuse tendance à la saleté, au désordre et à la désinvolture, contre des êtres insensibles au bruit et qui considèrent les chamailleries et la bagarre comme l'essence même d'une conversation polie, qui ne se soucient que de leur propre confort et de leur propre bien-être, toute résistance devient futile.

Tony n'était pas plus pénible que Gerald – ah, les aînés, qui profitent de l'ignorance des jeunes parents ! –, John ou Dick. Mais, avec l'âge, Laura se sentait moins apte à composer avec l'individualisme et l'ego de ce dernier fils. Si elle l'avait envoyé en pension plus jeune que ses frères, c'était autant pour éviter d'en faire un enfant unique choyé par sa mère que pour canaliser sa fougue. Au fond d'elle-même, elle espérait qu'à l'issue d'un trimestre ou deux, il trouverait des adversaires à sa taille et prendrait quelques corrections de la part de congénères hostiles. Il n'en fut rien. Tony revint encore plus autocentré, plus bavard et, si tant est que ce fût possible, avec des monologues encore plus ennuyeux. C'était à se demander comment ses camarades ne l'avaient pas étranglé ! Les petits derniers semblent posséder une résistance particulière à toute forme de réprobation. Quand Tony se lançait dans un flot de paroles, il prenait à peine le temps de respirer et s'insinuait dans la moindre brèche. Laura espérait que cette ténacité lui serait utile à l'âge adulte. Mais elle risquait aussi de repousser tous ses amis…

Soudain, il y eut dans l'escalier comme un bruit de cheminée qu'on ramone. Tel un petit diable adorable, son fils surgit dans la pièce.

— Le souper est prêt, Maman. Cette bonne vieille Stoker ne va pas tarder à sonner.

— Tu t'es débarbouillé, Tony ? Pourquoi n'as-tu pas changé de bottes ?

— Je ne pouvais pas, Maman. Mes autres chaussures sont encore dans la malle.

— Tu as des pantoufles à l'étage. Va vite les mettre. Et montre-moi tes mains.

À contrecœur, Tony tendit deux mains maculées de gris et ourlées de noir, avec des stries plus claires.

— Où diable les as-tu lavées, Tony ?

— Dans la salle de bains.

— Je vois… Une seconde sous l'eau avant d'essuyer la crasse sur une serviette propre. File ! Et fais couler de l'eau dans le lavabo.

Dans un silence vexé, son fils se retira, mais Laura poursuivit ses recommandations en haussant le ton :

— Et remonte tes manches ! Et brosse-toi les ongles ! Quand tu te seras lavé les mains, rince-les avec soin et va te curer les ongles dans ma chambre si tu n'as pas eu la bonne idée de défaire tes bagages ! Et n'oublie pas d'enlever tes bottes !

Ayant poussé sa voix à ses limites, elle le suivit dans l'escalier, dubitative quant à l'effet de ses paroles. Elle le surveilla tandis qu'il poursuivait sa toilette d'un air maussade et exprima une compassion sincère lorsqu'il se lamenta sur les nœuds de ses lacets. Des nœuds, comme elle le lui fit remarquer de façon légèrement mesquine, qui ne pouvaient avoir été noués que par lui. Il ressortit si propre, si pimpant et si adorable qu'elle ne put s'empêcher de l'étreindre, ce qu'il accepta de bonne grâce, nouant les bras autour du cou de sa mère pour s'y accrocher et soulever ses pieds de terre.

— Pitié ! Pitié ! Tu m'étrangles ! s'écria-t-elle.

Tony plaqua sa joue contre la sienne avec force, puis redescendit.

— Venez, madame Morland ! plaisanta-t-il en l'entraînant dans l'escalier. Cette bonne vieille Stoker nous attend pour le souper.

Dans la salle à manger, la domestique était postée devant la cheminée, les bras croisés sur sa poitrine. Laura aurait préféré qu'elle ne se sente pas en droit de servir à table les avant-bras nus. Pour ce qui était de la tenue vestimentaire, Stoker n'en faisait qu'à sa tête. Elle était entrée au service de Laura peu après la naissance de Gerald, son fils aîné. Les références de son précédent employeur n'étant guère élogieuses, seule sa bonhomie naturelle avait plaidé en sa faveur, mais Laura n'avait jamais regretté de l'avoir engagée. Excellente cuisinière, Stoker était l'esclave des garçons, une employée dévouée et d'une loyauté sans faille. En revanche, ses manières laissaient à désirer. Elle semblait ignorer totalement l'autorité de sa patronne et Laura avait depuis longtemps abandonné l'idée de la contrôler ou de se mêler des querelles qui les premiers temps faisaient rage entre elle et leurs femmes de chambre successives.

Après chaque escarmouche, Stoker avait coutume de rendre son tablier à sa patronne.

— Fort bien, mais vous êtes vraiment insensée ! s'exclamait Laura en acceptant sa démission.

Après deux jours de bouderie, Stoker changeait d'avis à grand renfort de justifications et tout rentrait dans l'ordre. Quand les deux plus grands fils étaient partis en pension, Stoker avait décrété qu'une femme de chambre constituait désormais une dépense inutile. Dès lors, elle avait régné sur la maison. Pour le mari de Laura, homme inefficace au possible et peu regretté, Stoker n'éprouvait qu'un mépris aimable qui lui valait de son vivant l'appellation de « père des garçons », ce qui n'empêcha pas la domestique d'assister à ses funérailles en tenue de grand deuil, éclipsant Laura, et de piquer une crise d'hystérie sur le chemin du retour. Laura n'avait jamais osé lui demander si elle était miss ou Mrs. Stoker. D'après ce qu'elle avait raconté à Laura, les commerçants de Londres, avec qui elle aimait échanger des banalités d'une voix tonitruante depuis la fenêtre de la cuisine, l'avaient appelée miss jusqu'au jour où le laitier avait prononcé le mot une fois de trop. Laura s'était bien gardée de lui demander ce qu'elle entendait par là. Quoi qu'il en soit, le dimanche suivant, après son congé, Stoker était réapparue avec à l'annulaire gauche un large anneau d'argent gravé d'une inscription mystique : *plus près de toi*. Peu à peu, elle avait confié à sa patronne que la bague avait appartenu à sa mère, une femme très pieuse, adepte d'un culte étrange. Lorsque Laura avait demandé si le bijou était une allusion à son Église, Stoker avait répondu sombrement que sa mère était morte depuis longtemps et que nul ne savait ce que le Seigneur avait jugé bon de faire d'elle, mais que le laitier verrait la bague de près s'il faisait une nouvelle tentative. Par la suite, elle s'était fait appeler « Mrs. », statut protecteur qui lui permettait de bavarder à n'en plus finir, surtout avec le laitier. Par chance, elle s'était prise de sympathie pour miss Todd et compatissait si bien à son célibat qu'elle n'hésitait pas à attirer son attention sur les hommes à marier du quartier. Mais miss Todd n'avait pas la moindre envie d'en épouser un.

— Que dites-vous du Dr Ford, mademoiselle Todd ? lui demandait-elle comme si elle lui conseillait un beau morceau de viande. Vous ne trouverez pas mieux. Et vous ne rajeunissez pas, ni l'un ni l'autre… Ou encore Mr. Knox, de Low Rising ? Il est veuf depuis quatre ans maintenant et il y a la jeune Sibyl. Elle a besoin de quelqu'un pour s'occuper d'elle. D'après ce qu'on sait, elle n'a pas eu la mère idéale, alitée par la maladie jusqu'à sa mort. Réfléchissez-y.

Miss Todd la remerciait chaleureusement, mais n'avait aucune intention d'y réfléchir.

— La soupe est chaude, déclara Stoker en franchissant de profil le seuil de la salle à manger tant elle était massive. Commencez pendant que je m'occupe du poisson.

— Oh, il n'y a pas de viande, ce soir, Stoker ? s'enquit Tony.

— Non, monsieur Tony. Vous êtes bien assez agité comme ça. Il y a du poisson frit et j'ai aussi prévu des frites.

— Des frites ! Bien joué, Stoker ! s'exclama l'enfant avec un tel enthousiasme que sa soupe dégoulina de sa cuillère.

— Mrs. Birkett a bien raison de te traiter de petit cochon, se lamenta Laura. Essuie vite ton gilet. Tu as renversé de la soupe dessus. Non ! Pas avec la nappe ! À quoi sert une serviette, d'après toi ?

Comme tous les petits garçons, Tony rechignait étrangement à déplier sa serviette, qui finissait la semaine intacte à l'intérieur et pleine de taches sur l'extérieur.

Quand elle eut débarrassé les assiettes à soupe et servi le plat de résistance, Stoker s'appuya nonchalamment à la porte de la cuisine, les bras croisés, et se mit à relayer les dernières nouvelles :

— Heureusement que je suis venue une semaine avant vous. Il y a toujours tant de choses à faire ! Je vous jure, quand j'ai vu dans quel état était la maison, j'ai cru que j'allais piquer une crise.

— Je suis désolée, Stoker, déclara Laura. Cela a dû être terrible. N'aviez-vous pas la sœur d'Annie, la bonne de Mr. Knox, en renfort ? Je vous avais proposé de faire appel à ses services en cas de besoin.

— La sœur d'Annie ! se moqua Stoker d'un air théâtral. Si je vous en parlais, de celle-là, vous ne me croiriez même pas !

— Quel est le problème ? Je croyais que vous l'appréciiez.

— On ne peut pas être et avoir été, répliqua la domestique avec un air énigmatique. Cette fille passe le plus clair de son temps à bavarder avec le jeune livreur de bois et ensuite elle glisse la poussière sous le tapis du salon sans scrupule… Je l'ai prévenue : la poussière, je la laisse sous le tapis pour que la patronne voie comment elle travaille. Et vous voulez que je l'apprécie ?

— C'est fort regrettable, Stoker. Vous la ramasserez, cette poussière ? Et nous ne ferons plus appel à elle.

— Je l'ai ramassée. Je n'allais quand même pas vous laisser la maison dans cet état. Mais j'ai dit à Annie ce que je pensais de cette fille, et elle va lui remonter les bretelles. Au fait, que dites-vous des nouvelles de Low Rising ?

— Quelles nouvelles, Stoker ?

Laura se prenait parfois à espérer que, si elle appelait plus souvent son employée par son nom de famille, comme le voulait l'usage, celle-ci comprendrait qu'un certain degré de politesse dans sa façon de s'adresser à sa patronne était plus que souhaitable. Laura pourrait même se contenter d'un « madame Morland » si sa domestique était incapable de se plier au traditionnel « Madame ». Mais Stoker suivait sa propre étiquette, et si elle accordait sans difficulté leur titre aux amies de Laura et appelait les garçons « Monsieur » suivi de leur prénom, elle exprimait son dévouement et sa pitié condescendante envers sa patronne en lui donnant systématiquement du « vous ».

— Ils ont engagé une nouvelle.

— Annie s'en va ?

— Annie ? Non.

Sur cette réponse cryptique, Stoker disparut dans la cuisine et revint avec un plat de frites qu'elle posa devant Tony avant de reprendre :

— Annie, elle ne partirait pas, ça non ! Ils ont une nouvelle *sectaire*.

— Ah, une nouvelle secrétaire ?

— C'est ça. Miss James est partie brutalement, à ce qu'il semble.

— Vous voulez dire qu'elle est morte ?

— Morte ? Oh, non ! Elle a eu un problème dans sa famille et a dû s'en aller. C'était début octobre. Alors Mr. Knox a trouvé une nouvelle. Miss Una Grey, qu'elle se fait appeler, précisa Stoker comme si la secrétaire exerçait sous une fausse identité.

— Eh bien, j'espère qu'elle s'est bien adaptée. Mr. Knox devait être contrarié. Tony, si tu dois absolument manger avec les doigts, ce qui ne me dérange pas vraiment, ne les essuie pas sur ton pauvre costume ! Va te laver les mains dans la cuisine ! Vous pouvez débarrasser, Stoker.

Quand elle réapparut, Tony sur ses talons portant fièrement un pudding au chocolat, la domestique reprit son poste pour poursuivre son compte rendu.

— Vous allez certainement m'interroger sur miss Grey.

Laura n'en avait pas la moindre intention, mais peu importait à Stoker.

— Annie, la bonne de Mr. Knox, prévoit plus d'un changement dans la famille avant longtemps.

— Qu'entendez-vous par là, Stoker ?

— Les *sectaires* épousent souvent leur patron, c'est connu. Et Annie aura de la peine pour cette pauvre miss Sibyl si ça se produit ! Elle rendra son tablier le jour de la publication des bans.

— Ne dites pas de bêtises, Stoker ! Annie et vous avez échangé des ragots, comme de coutume. Vous avez essayé de caser ce pauvre Mr. Knox avec toutes ses secrétaires et toutes les gouvernantes de la jeune Sibyl, sans oublier l'infirmière de Mrs. Knox. Vous ne valez pas mieux que la sœur d'Annie. Apportez-moi mon café au salon immédiatement. Je suis épuisée.

Sans prêter la moindre attention aux grommellements sibyllins de Stoker, Laura s'échappa, laissant Tony lui débiter le récit haut en couleur de ce qu'il avait fait à l'école et les effets de ses reparties bien senties sur le corps enseignant.

Au salon, Laura trouva une pile de courrier, essentiellement professionnel : des épreuves qui attendraient le lendemain, ainsi qu'une enveloppe sur laquelle elle reconnut l'écriture de son éditeur. S'il avait pris la peine de lui écrire lui-même, c'est qu'il souhaitait aborder une question personnelle. Il se proposait de venir à High Rising le samedi suivant, pour la journée, afin de discuter d'une éventuelle réédition bon marché de certains de ses romans.

Laura leva les yeux vers ses œuvres alignées sur une étagère. Le nom d'Adrian Coates figurait sur les couvertures. Elle s'estimait très chanceuse d'être entre les mains d'un éditeur aussi plaisant et efficace. Peu après avoir décidé de vivre de sa plume, elle l'avait rencontré à l'occasion d'un dîner et lui avait demandé le plus sérieusement du monde combien de mots il fallait rédiger pour obtenir un roman. Adrian avait été charmé et assez touché par cette veuve délicieusement distraite et mère de quatre garçons. Il n'avait pas une longue expérience du métier et cherchait désespérément de bons auteurs à publier. Il l'avait donc invitée à déjeuner.

— Si vous écrivez vraiment un roman, j'aimerais beaucoup le lire quand vous l'aurez terminé.

— Vous risquez de ne pas l'apprécier, l'avait prévenu Laura de sa voix suave. Il n'a rien d'intellectuel. L'écriture est pour moi un gagne-pain. Voyez-vous, de son vivant, mon mari était un boulet. Naturellement, il m'est encore moins utile à présent qu'il est mort, même s'il me coûte moins cher. Mais l'idée m'est venue que, si je parvenais à commettre de bons mauvais romans, je pourrais peut-être financer les études de mes fils.

— De bons mauvais romans ?

— Oui. Des romans médiocres, mais bons dans leur genre : des romans de seconde zone. C'est tout ce dont je suis capable, lui avait-elle expliqué avec le plus grand sérieux.

C'est ainsi que son premier roman s'était retrouvé chez Adrian, qui y avait décelé une bonne touche de médiocrité qui frisait le génie. Il lui avait fait signer un contrat pour deux autres titres. Depuis, les romans de Laura remportaient un succès régulier. Adrian et elle collaboraient en bonne intelligence. Elle le considérait comme un contemporain de son fils aîné puisqu'il n'avait que dix ans de plus. De son côté, il oubliait parfois qu'elle était presque en âge d'être sa mère. Grâce à des négociations honnêtes d'une part et à un travail consciencieux de l'autre, leurs relations avaient toujours été très amicales. Adrian n'avait qu'un reproche à faire à Laura : elle n'avait pas conscience de sa valeur et se dénigrait sans arrêt, se qualifiant d'auteur de romans bon marché alors qu'elle produisait des intrigues bien ficelées et de qualité. Quant à Laura, elle reprochait à Adrian de ne pas lire ses lettres avec suffisamment d'attention, ce qui était peut-être le cas. Ses missives pouvaient être exaspérantes pour un homme occupé, les paragraphes professionnels y étant pris en sandwich entre des anecdotes quant aux progrès de ses fils et des réflexions d'ordre général sur la vie.

Bien sûr qu'Adrian viendrait samedi ! Elle lui adressa une carte postale à cet effet, et Stoker lui servit le café.

— J'aimerais que ce message parte ce soir, Stoker. Tony pourra la porter à la boîte aux lettres. Qu'est-ce qu'il fabrique ?

— Il m'aide à faire la vaisselle.

— Très bien, mais qu'il monte se coucher bientôt. Il se fait tard. Quelles sont les nouvelles de Mrs. Todd ?

— Miss Todd l'a emmenée à Bournemouth. Elle a appelé aujourd'hui pour dire que sa pauvre mère ressentait les bienfaits de son séjour et qu'elle rentrerait samedi. Ne vous souciez pas de votre courrier professionnel jusqu'à son retour. Mr. Knox vous a laissé un message téléphonique : miss Sibyl et lui passent vous voir ce soir.

— Stoker ! Pourquoi ne me l'avez-vous pas dit plus tôt ? Je ne suis pas présentable et je suis toute décoiffée !

— Vous êtes très bien, répliqua Stoker. Si Mr. Knox veut vous voir, il vous prendra telle que vous êtes ou il s'en ira. Tenez, ils arrivent. J'entends la voiture.

Stoker prit la carte postale et alla ouvrir la porte d'entrée. Une jolie jeune fille brune d'une vingtaine d'années, un peu gauche, descendit de la voiture.

— Bonsoir, mademoiselle Knox, dit la domestique. Où est Mr. Knox ? Il a dit au téléphone que vous viendriez tous les deux.

— Je sais, Stoker, mais il n'a pas pu se libérer. Mrs. Morland est là ?

— Comme c'est dommage ! fit remarquer Stoker, accueillante. Il est toujours agréable de recevoir un gentleman. Mrs. Morland sera très déçue.

Elle ouvrit la porte du salon et annonça :

— Miss Sibyl est là ! Vous n'aurez pas à vous soucier de votre tenue. Mr. Knox n'est pas venu.

— Chère Sibyl ! Comme c'est gentil de me rendre visite, dit Laura en lui tendant la main. Venez près du feu. Qu'arrive-t-il donc à votre père ?

— Oh, rien. Du moins pas grand-chose à mon avis. Il a pris froid et miss Grey a jugé qu'il valait mieux qu'il reste à la maison. Il a presque terminé un livre, voyez-vous, et miss Grey est très enthousiaste. Elle redoute que son état n'empire et qu'il ne puisse pas continuer à travailler. Papa vous envoie ses amitiés en espérant que vous ne serez pas fâchée.

— Bien sûr que non, voyons ! En fait, je m'en réjouis presque : je suis à peine présentable. Que devenez-vous ?

— Oh, pas grand-chose…

— Vous tapez à la machine ?

— Non, pas beaucoup. Miss Grey est si terriblement compétente. Elle préfère qu'une seule d'entre nous se charge de la frappe. Et puis de toute façon elle tape bien mieux que moi.

— Et votre propre travail ? Avez-vous écrit quelque chose ?

Sibyl s'empourpra.

— Je vous en prie, madame Morland… Vous êtes si intelligente. Jamais je ne vous arriverai à la cheville et j'en suis fort embarrassée.

Laura se mit à rire.

— Seigneur, ma chère enfant ! Je fais bouillir la marmite, rien de plus. Je compte sur vous pour redorer le blason de High et Low Rising. Avec mes romans bon marché, je les ai couverts de honte. Contrairement à son nom, qui évoque la hauteur, High Rising n'est plus tout à fait au sommet à l'heure qu'il est. Suivez les traces de votre père et faites briller Low Rising !

— Prenez donc un café, mademoiselle, lui dit Stoker en surgissant avec un plateau. Il est meilleur que le jus de chaussette de votre Annie.

— Merci, Stoker, mais la saveur de notre café s'est beaucoup améliorée depuis que miss Grey le prépare elle-même à l'aide d'une machine, et Papa en est très friand. Je crains d'ailleurs qu'Annie n'en soit contrariée.

— Mademoiselle, renchérit Stoker en enroulant son tablier autour de ses bras, une jeune fille comme vous ignore peut-être que préparer le café dans la salle à manger implique des plateaux de plus à porter, deux fois plus de vaisselle… Vous ne devriez pas la laisser faire.

— Je n'y peux rien ! J'ai prévenu miss Grey qu'Annie en serait blessée, mais elle s'est contentée d'en rire. Je crois qu'elle ne comprend pas bien Annie.

— Dites à Tony d'aller se coucher tout de suite, intervint Laura, redoutant que Stoker ne les gratifie indéfiniment de sa compagnie. Et dites-lui aussi que je monterai le voir dans une demi-heure. Qu'il prenne un bain, qu'il le veuille ou non. Alors, Sibyl, poursuivit-elle tandis que Stoker quittait la pièce en chantonnant, que se passe-t-il avec miss Grey, au juste ? Stoker m'a fait part de quelques ragots. Elle et votre Annie vont ruiner nos réputations.

— Oh, en réalité il n'y a pas grand-chose à dire. La sœur de miss James est tombée malade au début du mois d'octobre, de sorte qu'elle a dû partir. Papa a passé une petite annonce et a reçu de nombreuses réponses, naturellement. Ne sachant qui engager, il m'a chargée de choisir. Una Grey était un joli nom… De plus, elle n'était pas trop âgée, alors nous lui avons demandé d'effectuer une semaine d'essai. Papa et moi l'avons beaucoup appréciée. Sinon, nous ne l'aurions pas gardée.

— Et vous l'appréciez moins à présent ?

— En quelque sorte…

— Quel est le problème ? N'est-elle pas compétente ?

— Oh, si ! Elle est extrêmement compétente et Papa l'apprécie beaucoup. C'est moi qui ne l'aime guère. Elle est très intelligente et je me sens si gauche, si inutile à côté d'elle. Je pense qu'il s'agit d'une jalousie un peu mesquine de ma part.

— Quelle raison auriez-vous d'en être jalouse ?

— Aucune, je suppose. Mais je me sens de moins en moins utile pour Papa. Je ne suis pas très douée pour tenir une maison, ni pour taper à la machine. Miss Grey excellant dans ces deux domaines, j'ai l'impression de ne plus servir à rien. Et Papa est si content d'elle. Je suppose que tout va bien. Sauf que, parfois, Annie, la cuisinière et moi discutons ensemble, lorsqu'elle s'enferme dans le bureau avec Papa, et nous regrettons miss James.

— Elle ne se montre pas méchante envers vous, j'espère ? s'enquit Laura en glissant quelques épingles dans ses cheveux, comme si elle se préparait à un assaut contre miss Grey.

— Oh, non ! Elle est très gentille. Elle m'a même demandé de l'appeler Una, mais je n'y arrive pas. C'est délicat. Surtout que, depuis, elle m'appelle miss Knox. Elle est pleine de bonnes intentions, je le sais. Elle m'encourage. Cependant, elle me fait peur, madame Morland. Elle ne cesse de répéter que je devrais vivre à Londres et rencontrer un tas de gens qui m'aideraient dans ma carrière d'écrivain. Elle insiste pour que Papa et moi sortions dîner alors que nous n'en avons pas envie. Apparemment, elle ne supporte pas que nous restions à la maison afin de ne pas la laisser seule. Alors voilà que Papa écrit aux gens qui l'invitent pour demander s'il peut amener sa secrétaire. Les gens ne veulent pas d'une femme de plus, mais n'osent pas refuser. Et si on ne propose pas à miss Grey de nous accompagner, madame Morland, il se passe des choses horribles. Elle devient toute rouge, tombe malade et passe un jour ou deux au lit.

Naturellement, il m'est très agréable de savoir qu'elle est confinée à l'étage, car j'ai alors à nouveau Papa pour moi seule. Comme Annie déteste lui monter ses repas, il faut que je m'en charge et elle ne m'adresse pas la parole. Ensuite, quand elle redescend, Papa est si désolé qu'il lui cède encore davantage. Et le plus terrible, c'est qu'il ne songe même pas à la renvoyer car elle n'a nulle part où aller et seulement des parents éloignés qui la méprisent car elle est secrétaire.

Laura écouta ce flot de paroles avec perplexité. Elle considérait Sibyl comme son enfant depuis la mort de Mrs. Knox et était disposée à se battre pour défendre ses droits. Les jeunes filles avaient tendance à tout exagérer, et en particulier Sibyl, qui avait toujours vécu auprès d'un père en adoration devant elle et se méprenait peut-être sur l'attitude de miss Grey. Vivre en ville un temps lui serait bénéfique ; elle deviendrait plus autonome et se ferait des amis. Laura mit de côté le discours de Sibyl pour réfléchir un instant, déterminée à se faire sa propre opinion et à obtenir celle d'Anne Todd, dont les idées méritaient d'être considérées. Elle orienta donc la conversation vers un terrain plus sûr et ravit Sibyl en lui racontant une partie de l'intrigue du roman sur lequel elle travaillait. Avant de partir, la jeune fille invita Tony à l'assister lors d'une partie de chasse le lendemain, avant de regagner Low Rising pour prendre le thé, où Laura pourrait le rejoindre. Celle-ci sauta sur cette occasion de voir miss Grey et implora Sibyl de ne pas laisser Tony se tirer ou se faire tirer dessus. Sibyl promit de le confier au jardinier, qui assurerait sa sécurité, puis elle remonta en voiture et partit.

Laura se sentit sincèrement troublée et contrariée par ce nouvel élément perturbateur dans la vie paisible des deux Rising. Mais un cri de Tony chassa miss Grey de ses pensées.

— Que se passe-t-il ? lança-t-elle depuis le bas des marches.

Pas de réponse. Elle gravit les marches et trouva Tony frétillant dans son bain. Savonnettes, éponges, brosses à ongles, pierres ponces et autres brosses à dents flottaient à la surface de l'eau.

— Vous m'avez entendu, Maman ? s'enquit-il lorsqu'elle entra. Je faisais le South Wales Express entrant dans le tunnel de la Severn. Là, c'est le fleuve, avec tous les bateaux. Regardez !

Il émit un nouveau cri strident et plongea sous l'eau, d'où il produisit un gargouillis que Laura interpréta comme le bruit d'une locomotive passant dans un tunnel.

— Sors de là immédiatement ! Et sans éclabousser les murs ! Tu es resté bien trop longtemps. Stoker a suffisamment de travail sans que tu inondes la salle de bains.

Tony réapparut, le visage ruisselant, puis s'enroula dans la serviette que lui tendait sa mère.

— Dieu merci, tu as nettoyé tes cheveux de cette matière visqueuse et dégoûtante, commenta-t-elle.

— Maman, vous m'avez vu plonger sous l'eau ? Vous avez entendu le sifflement ? Maman, vous croyez que Stoker m'a entendu ?

— Sors tout ce bazar de la baignoire et brosse-toi les dents. Ensuite, au lit ! Sibyl t'invite à une partie de chasse demain, puis à prendre le thé chez elle. Si tu lambines, tu n'iras pas.

Tony avait enfilé ce qu'il appelait ses jambes de pyjama. Il se mit à danser de joie cependant que sa mère examinait ses vêtements. Le verdict ne fut pas satisfaisànt.

— Usé jusqu'à la trame, comme d'habitude, dit-elle, affligée. Et un trou dans son chandail, naturellement. Les petits garçons ont-ils des épines qui leur poussent sur le ventre ? Je ne comprends pas. Et pourquoi la gouvernante ne peut-elle pas repriser les chaussettes avec de la laine de la même couleur ? Je vais devoir demander à miss Todd de renforcer les talons avant que tu ne retournes au pensionnat.

— Maman, reprit Tony, dont l'esprit était ailleurs, heureusement qu'on n'habite pas sur une planète où il n'y a pas d'air, car on ne pourrait pas respirer ! On ne pourrait pas bouger non plus. Même un bolide n'avancerait pas. Je me demande comment on ferait. On devrait porter des masques à oxygène. Maman, vous connaissez l'oxygène, n'est-ce pas ?

— Non et je n'en ai que faire ! s'exclama Laura en poussant l'enfant vers sa chambre.

— Maman, vous ne connaissez pas ça ? On a fait une expérience, au labo, la semaine dernière. Comment les gens s'en sortiraient, sans oxygène ?

— Au lit ! Tony, cesse de babiller !

— Je croyais que vous vouliez que je plie mes habits, rétorqua-t-il sur un ton réprobateur. À l'école, la gouvernante se met en colère si on ne les plie pas.

— Laisse tes habits et au lit ! s'écria Laura.

Tony fit une roulade sur son matelas et se glissa sous les couvertures. Aussitôt, il afficha un air inquiet.

— Où est Neddy ? demanda-t-il.

— Je vais te le chercher, promit Laura en réunissant les affaires de son fils.

Elle ouvrit un tiroir et en sortit un âne en peluche avec une selle de flanelle rouge qu'elle jeta à Tony. Elle s'affaira encore quelques instants et trouva la queue de renardeau fixée à un manche portant l'inscription CHASSE DES RISING, NOVEMBRE 1828, ce qui constituait une erreur d'un siècle de la part du naturaliste local, mais Laura n'avait jamais souhaité la faire corriger. Lors de cette chasse au renard, Tony avait subi la cérémonie d'initiation à l'instigation de ses frères Gerald et John. Il n'avait pas du tout apprécié qu'on lui macule la joue de sang avec la queue du renardeau fraîchement tué. Heureusement, un garçon plus petit que lui avait pris peur et s'était mis à pleurer, ce qui avait permis à Tony de sauver la face avant de se vanter de façon éhontée de son courage.

— Et voici Foxy ! annonça Laura en le lui lançant.

Tony attrapa les deux objets avec un cri de joie et les posa de part et d'autre de lui.

— Grand bébé, va ! lâcha sa mère, attendrie.

— Neddy et Foxy aiment les bébés, Maman ! Mais Neddy me pose problème parce qu'il prend toute la place. Chaque fois il me fait presque tomber du lit.

— Dans ce cas, pose-le sur la table de chevet.

— Maman ! Il aurait froid. Vous aimeriez passer la nuit sur une table de chevet ?

— Cela ne risque pas de se produire, assura Laura en étreignant son fils.

— Maman…, osa-t-il au moment où elle allait quitter sa chambre.

— Oui ?

— Maman, vous saviez que le Cheltenham Flyer roule à plus de cent à l'heure sur une partie du parcours ? Je pense qu'il peut dépasser les cent vingt. Vous avez déjà pris le Cheltenham Flyer ? Maman…

Laura referma la porte et descendit les marches. Ce serait ainsi quatre longues semaines durant, presque cinq ! Dieu merci, elle était à la campagne et son fils passerait ses journées à s'amuser dehors. Un enfant fougueux était tellement épuisant ! Laura avait proposé de publier un ouvrage intitulé *Pourquoi je déteste mes enfants*. Adrian l'y avait encouragée et toutes les mères de son entourage avaient proposé d'y contribuer, mais le projet n'avait jamais vu le jour. Une heure plus tard, près du lit de Tony, elle se dit que les enfants seraient moins attendrissants s'ils n'étaient pas si infernaux.

Son démon de fils était allongé, plongé dans le sommeil. Ses joues fraîches et fermes dans la journée se transformaient la nuit en une gelée rose et douce, comme si elles allaient fondre sur l'oreiller. Ses lèvres étaient exquises et il avait encore sur les mains, momentanément impeccables, des fossettes de bébé qui feraient bientôt place à des articulations noueuses. Il serrait Foxy contre son cœur. Neddy, lui, trônait au milieu du lit, comme il l'avait dit, de sorte que Tony se trouvait au bord du précipice.

Laura souleva son corps lourd et inerte et le remit au milieu du matelas. Puis elle posa rageusement Neddy sur la table de chevet et remonta les couvertures. Enfin, elle embrassa son enfant si infernal et angélique à la fois, puis éteignit la lumière en sortant.

3

Low Rising

Pendant les vacances de Noël, au petit déjeuner, Tony et Stoker se livraient à un rituel avec une égale délectation. Tel un détenu qui sort de prison au terme d'une longue peine, Tony savourait l'heure de sommeil supplémentaire que lui accordait un petit déjeuner servi à neuf heures et les attentions créatives dont Stoker, qui vouait un véritable culte à l'appétit des garçons, garnissait son assiette.

Le lendemain matin, lorsqu'il descendit, une saucisse, un œuf sur le plat et une tranche de pain grillé l'attendaient sous une cloche avec le reste des frites de la veille. Il s'en régala avec gourmandise, tout en se plaignant auprès de sa mère du régime spartiate imposé par la femme du directeur du pensionnat. D'après Tony, cette diète consistait à affamer les élèves entre deux tentatives d'empoisonnement. Tant qu'il avait de bonnes joues et un corps visiblement bien nourri, Laura ne prêtait guère attention à ses complaintes. Juste après le petit déjeuner, elle lui remit des sandwiches et l'envoya rejoindre les chasseurs à Low Rising. Après un monologue d'une demiheure de Stoker sur la vie et ses mille facettes, elle se réfugia dans sa chambre, où elle ne s'interromprait que pour ajouter du charbon dans le poêle. Elle espérait boucler une matinée de travail acharné devant sa machine à écrire. Si la dactylographie d'un manuscrit n'avait rien de palpitant, elle ne s'en chargeait plus désormais qu'en l'absence de miss Todd.

Hélas, ce fut l'une de ces journées où les caprices de sa machine à écrire se montrèrent particulièrement frappants. D'abord, Laura n'avait que trop repoussé le moment de changer de ruban encreur. Pour ce faire, elle enfila une grande blouse dont elle releva les manches. Après de longues recherches dans une pile de documents, elle dénicha le mode d'emploi de sa machine portable Harrington. N'importe quel auteur, songea-t-elle sans amertume, saurait changer ce maudit ruban après vingt années d'utilisation quotidienne d'un engin de ce type ! Malheureusement, aucun souvenir de ladite manœuvre ne persistait dans sa mémoire et, si les croquis figurant dans le livret se voulaient sans doute clairs, ils présentaient l'engin sous un angle improbable et présupposaient une familiarité avec les notions de « corbeille », de « levier de verrouillage » et autres « barres à caractère ».

Avant de changer de ruban, Laura poussa donc le système de déverrouillage vers la droite afin d'extraire l'ancienne bobine, de sortir le ruban de la fente située au milieu de la machine et de soulever l'autre bobine. Ensuite, elle dut retirer le dispositif à ressort de la bobine vide, opération qui lui noircit autant les doigts que si la police avait relevé ses empreintes. Naturellement, avec la vivacité caractéristique des objets inanimés, la pince à ressort s'envola pour disparaître. Ne la trouvant pas sur le tapis, Laura se mit à secouer la machine. Un tintement lui indiqua que le pire était arrivé : le ressort avait chuté dans les entrailles de la bête. Ravalant un juron, elle dénicha un tournevis dans un tiroir et ouvrit le capot avec précaution afin de récupérer la pièce.

Elle actionna le levier de verrouillage dans l'autre sens pour reproduire le processus inverse à l'aide d'un ruban neuf qui se plia volontiers à ses exigences, et ses empreintes digitales devinrent si chargées en encre que Scotland Yard n'aurait rien pu en tirer.

L'espace d'un instant, Laura envisagea de se jeter dans la grande aventure du nettoyage de chariot, mais se contenta de gratter la poussière entre le *e* et le *a* à l'aide d'une épingle à cheveux.

Le temps d'accomplir cette mission et de remettre l'épingle en place, elle avait le visage strié de noir, de sorte qu'elle dut aller se débarbouiller dans la salle de bains. Elle cria à Stoker d'aller chercher un savon spécial au garage, ce qui lui valut un nouveau discours interminable de la part de la domestique.

Enfin, les doigts légèrement teintés de bleu-noir, elle se mit au travail. Au bout de trois lignes, elle vit que sur sa feuille les caractères étaient de plus en plus pâles. Son texte n'était que l'ombre de lui-même.

— Naturellement ! maugréa-t-elle. J'ai positionné le levier dans le mauvais sens…

La mine grave, elle actionna le levier, enroula le long ruban d'une bobine à l'autre et recommença. Enfin, le destin se montra favorable.

Le soleil se couchait quand elle se mit en route pour Low Rising. High Rising était un village charmant et sans prétention, bâti autour d'une rue principale et dont les plus imposantes demeures étaient d'un style vaguement géorgien. Celle de Laura se dressait à la lisière de la bourgade, de sorte qu'elle avait seulement un kilomètre et demi à parcourir pour gagner Low

Rising, hameau constitué d'une église, d'un presbytère, d'une ferme et d'une poignée de cottages.

La maison des Knox se détachait à la sortie d'un virage ne menant nulle part. Derrière elle, les champs s'étendaient à perte de vue dans un paysage vallonné. En longeant le chemin qui bordait la Rising, une petite rivière, elle s'efforça d'imaginer cette mystérieuse miss Grey. Sans doute était-ce une jeune diplômée omnisciente qui aidait George Knox et lui fournissait dates et références.

Sibyl, qui n'avait jamais fait d'études à proprement parler, devait souffrir d'un complexe d'infériorité. Les femmes cultivées produisent souvent cet effet. Alors qu'elle émergeait des champs, près de l'église, elle croisa le Dr Ford en voiture. Il s'arrêta pour échanger quelques mots avec Laura, qui s'enquit de la santé de Mrs. Todd.

— Elle ne devrait plus être de ce monde avec un cœur si fragile, fit remarquer le médecin. Mais elle tient le coup grâce à miss Todd. Elle vivra peut-être jusqu'à quatre-vingt-dix ans… à moins qu'elle ne tombe raide morte en une fraction de seconde. Miss Todd sera ravie de vous revoir. Elle est gentille et n'a guère de distractions.

— Je crains qu'elle ne s'amuse pas beaucoup avec moi non plus, répondit Laura très sérieusement.

— C'est votre façon de voir les choses. Je peux vous déposer ?

— Non, merci. Je me rends chez les Knox. J'imagine que vous sortez de chez eux.

— En effet. Je ne mérite guère mes honoraires. Mr. Knox se porte comme un charme. Mais sa fille a pris peur et m'a fait appeler.

— Ah oui ? Je croyais que c'était la secrétaire.

— Je vois que vous êtes au courant des derniers potins. Grâce à notre amie Mrs. Stoker, je suppose, dit le médecin en riant.

— Oh, non ! Sibyl est passée chez moi hier soir. Elle m'a dit que la secrétaire s'inquiétait beaucoup alors qu'elle-même pensait que ce n'était rien.

— Si c'est bien la secrétaire qui m'a appelé, elle m'a affirmé que miss Knox voulait que je vienne. Observez-la bien, madame Morland. Cette secrétaire est intéressante. Quant à Tony, il va bien. Je l'ai vu en compagnie de Sibyl. Il ne s'est pas tiré une balle dans le pied et n'a tué personne.

Sur ces mots, le Dr Ford s'éloigna. Il faisait presque nuit quand Laura traversa le pré et longea l'allée bordée de saules, près du ruisseau. Ce chemin isolé avait la réputation d'être hanté, aussi de temps à autre les domestiques de Mr. Knox piquaient-elles des crises d'hystérie et rendaient-elles leur tablier. Mais comme il s'agissait de jeunes filles de la région, en général leurs mères les poussaient à reprendre leur poste.

Tout au bout de l'allée se dressait la maison des Knox, au cœur d'un paysage alluvial le plus souvent nimbé d'une brume blanche sinistre. Fort heureusement, Laura n'avait d'imagination que lorsqu'il s'agissait de ficeler une intrigue.

D'ordinaire ouverte, la porte d'entrée était close ce soir-là, si bien que Laura dut sonner. Annie l'accueillit avec un large sourire.

— Mr. Knox est là ?

— Je crois bien, madame. Monsieur est dans son bureau avec miss Grey. Miss Sibyl et Monsieur Tony sont dans la cour, avec les chiens. Ils ne vont pas tarder.

Laura délaissa volontiers le froid de décembre pour le salon. Le manoir de Low Rising ressemblait toujours à la ferme qu'il avait été pendant des siècles. De façon très inopportune, George Knox tenait à ses lampes à pétrole, qui projetaient des ombres sur les poutres du plafond et dans les recoins de la pièce. Au terme d'une soirée distrayante à la lueur d'une lampe mal réglée, Laura s'était permis de dire à George que s'il tenait à ce point à respecter le cachet de la maison, il pouvait opter pour des chandelles à mèche de porc, qui présentaient l'avantage de provoquer moins d'incendies. Le salon tout en longueur était doté de portes-fenêtres. Au-dessus se trouvait une pièce similaire, le bureau de George Knox, avec une vue sur l'allée bordée de saules menant vers Low Rising. Un feu crépitait dans la grande cheminée, où une marmite, encore une tentative d'authenticité historique de la part de George, se balançait au-dessus des flammes. Laura s'assit près de l'âtre, secrètement soulagée de savoir que Tony avait survécu à cette partie de chasse. Sa fierté l'empêchait de s'en enquérir, mais elle se réjouissait toujours de la fin de ces expéditions. Bientôt, elle entendit des pas dans l'escalier. Une jeune femme ouvrit la porte.

— Excusez-moi, vous devez être Mrs. Morland. Miss Knox m'a informée de votre venue. Mr. Knox est très occupé. Il va néanmoins descendre, uniquement pour prendre le thé.

— Vous êtes tout excusée, répondit Laura, même si je ne vois pas pourquoi. Vous êtes miss Grey, je présume.

— Miss Knox vous a parlé de moi ?

— Oh, oui, de même que le Dr Ford et Stoker, ma loyale domestique. Les langues se délient rapidement par ici, miss Grey. J'étais impatiente de vous rencontrer.

Elle tendit la main sans se lever. Miss Grey hésita, puis l'effleura sans enthousiasme avant de se diriger vers la table.

Laura avait failli se montrer impolie et en avait honte, mais elle ne supportait pas qu'une gamine fasse part de condescendance à son égard sous le toit de George. Et quel toupet de lui demander si Sibyl lui avait parlé d'elle ! Pourquoi quelqu'un aurait-il envie de parler d'elle, d'ailleurs ? Quelle impertinence !

C'est alors que Sibyl et Tony entrèrent en trombe, suivis de George Knox, homme corpulent, exubérant, véhément dans ses gestes et ses paroles, mais qui avait bon cœur et pouvait se montrer timide.

— Très chère Laura ! s'exclama-t-il en l'étreignant. Quel plaisir ! Laissez-moi vous faire la bise, comme l'exigent mes origines françaises. J'étais presque endormi à l'étage, l'esprit embrumé et le corps décati. Vous apparaissez et je reprends vie ! Vous avez rencontré miss Grey, qui aide Sibyl à faire croire à un vieil homme plein d'illusions qu'il peut encore travailler un peu.

— Ne faites pas l'idiot, mon cher, répondit Laura sur qui les élans de George n'avaient plus le moindre effet depuis longtemps. Vous n'êtes pas beaucoup plus âgé que moi et aucun de nous deux n'est décati, du moins je l'espère. Comment avance votre livre ?

— Il avance, il avance… Et le vôtre, chère Laura ?

— Le mien n'a aucune importance, vous le savez très bien. Je ne suis qu'une tâcheronne de la littérature. Votre question rhétorique est une offense, mais puisque vous me la posez quand même, sachez que le Mannequin Mystérieux se retrouve au service de

Valera et tente de faire entrer des robes de haute couture en fraude en Irlande afin d'aider Dublin à dominer le monde de la mode.

George Knox éclata d'un rire tonitruant. Laura observa miss Grey, qui fronçait les sourcils au-dessus de la théière. Je m'en doutais, songea-t-elle. Une Irlandaise, bien sûr.

D'abord son accent, sa voix mélodieuse, et maintenant ceci. Quelle idée d'avoir abordé ce sujet !

Miss Grey était tout à fait intéressante à observer, comme l'avait prédit le Dr Ford, et fort séduisante. De taille moyenne, elle avait une jolie silhouette, des cheveux blonds, raides et soyeux, coupés court comme ceux d'un page. Elle avait de grands yeux gris foncé et un teint de porcelaine. Pour l'heure, elle affichait une mine boudeuse, les traits déformés par la colère tandis qu'elle préparait le thé dans son coin. Laura comprit qu'elle devait être aussi jolie qu'attirante dès lors qu'elle parvenait à se contrôler. Sacré caractère, songea-t-elle, mais elle ne le montrera jamais à George. Sibyl, elle, a des doutes. Si seulement Anne Todd était là.

Sibyl et Tony étaient trop occupés à manger pour discuter, de sorte que le champ était libre pour George. Miss Grey boudant dans son coin, Laura l'écouta.

— Quel plaisir de vous entendre parler de votre livre, ma chère Laura ! Nous pourrons en discuter à loisir à présent que vous êtes de retour parmi nous ! Je brûle d'en savoir davantage. Nous bavarderons et vous me direz tout. Je rencontre moi-même pas mal de problèmes avec ma biographie d'Édouard VI, qui est presque achevée. Un petit roi bien négligé, si vous voulez mon avis. C'est vrai : imaginez-vous un peu avec deux sœurs aînées telles que Mary et

Elizabeth ! Presque des tantes. Et quelles tantes ! Et tous ces oncles… Un jour, j'écrirai un livre sur les Grands Oncles de l'histoire. Les Grands Oncles, pas les grands-oncles, bien sûr. Ils sont la malédiction de l'Angleterre. Depuis l'époque d'Arthur, que son neveu Mordred tenait en haute estime, soit dit en passant. *Et pour cause*, ma chère Laura, si vous lisez Malory avec attention. Jusqu'au règne de Victoria, les oncles ont toujours eu le vent en poupe. Je n'irai pas plus loin par loyauté. Je vous mets au défi de me citer plus de deux rois anglais n'ayant pas souffert de l'intolérable tyrannie de leurs oncles.

— Knut le Grand, répondit aussitôt Laura. Alfred, Richard III.

— Vous vous moquez de moi, ma chère. Naturellement, Richard était si essentiellement un oncle qu'on a du mal à le voir dans le rôle du neveu. Mais je crains que nous ne puissions le compter. Quant à Knut et Alfred, je parlais de rois anglais dans le sens le plus courant, comprenant tous les rois qui n'étaient pas anglais ou les rois d'après la conquête normande de l'Angleterre, date à laquelle, comme vous le savez, on commence à parler de rois et de reines d'Angleterre. Je vous le dis, Laura, aucun des oncles royaux, pour autant que nous le sachions, n'a jamais renversé un neveu. En fait, ils préféraient leur arracher les yeux ou les enfermer à la Tour de Londres que de se séparer d'un demi-souverain, cette noble rose, cet ange, appelez comme vous voudrez le privilège de droit d'un neveu. Plus je vois les oncles, plus j'aime les tantes. Et vous, ma chère Laura, vous êtes l'incarnation de la tante, la perfection.

— Eh bien, George, je ne le suis pas si cela peut vous aider. Je suis une mère et j'espère devenir grand-mère. En revanche, je ne peux être une tante. Je n'ai ni frère ni sœur et mon mari n'en avait pas non plus. En revanche, ajouta-t-elle en désignant Tony d'un index accusateur, je suis la mère de cet enfant et la fille de ma mère.

Tony parut abasourdi.

— Encore un peu de thé, madame Morland ? proposa miss Grey, qui avait apparemment recouvré ses esprits.

Elle veut m'empêcher de parler, songea Laura.

— Non, merci, répondit-elle. Il était délicieux. Ne t'inquiète pas, Tony. Mr. Knox et moi échangions quelques paraboles.

— Mais vous avez tout faux, Maman. C'est un homme qui observe son portrait et qui dit…

— Cela suffit, Tony ! intervint Sibyl en lui tendant vivement un beignet. Ils rigolaient, rien de plus. Dépêche-toi de finir ton thé.

Se sentant obligée d'être un peu plus courtoise envers miss Grey, Laura lui demanda si elle était très occupée.

— Oui, nous sommes très occupés. Aujourd'hui, pendant que miss Knox accompagnait les chasseurs, nous avons beaucoup travaillé. Mr. Knox doit rendre son manuscrit très bientôt. Chaque instant est précieux.

— Je pourrais peut-être vous aider, suggéra timidement Sibyl, encouragée par la présence de Laura. Je sais que vous tapez mieux que moi à la machine, mais si vous êtes débordée j'aimerais vous prêter main-forte, à vous et à Papa.

— Qu'en pensez-vous, Mr. Knox ? demanda miss Grey sans regarder Sibyl. N'est-il pas dommage que miss Knox, qui aime tant le grand air, reste assise devant une machine à écrire alors que vous avez une secrétaire ?

Elle pensa si fort « et une bonne » que les autres crurent l'entendre.

— Il serait bénéfique que Sibyl s'entraîne à la frappe, miss Grey, dit doucement Laura. Si elle ne travaille jamais, elle va perdre la main.

— Je suis sûre que Mr. Knox ne souhaiterait pas que miss Knox reste enfermée toute la journée à travailler pour lui…

— Vous devriez sortir, vous aussi, mademoiselle Grey, déclara Laura non sans malice. N'est-ce pas, George ?

La querelle de deux chiens qui avaient réussi à se faufiler sous la table et que Tony nourrissait discrètement évita à George de se prononcer.

— Faites sortir ces chiens, Tony ! ordonna miss Grey d'un ton sec.

Laura réagit aussitôt à sa façon de donner un ordre à son fils. Cette femme faisait preuve d'une froideur et d'une impolitesse absurdes depuis le début, ce qu'elle trouvait intolérable. Elle se leva avec grâce et, ignorant miss Grey, déclara avec majesté :

— George, nous devons partir. Ce fut un plaisir de vous revoir et de vous parler de mon livre. La prochaine fois, vous me parlerez du vôtre. Où en sont vos querelles avec Johns et Fairfield ?

— Elles font rage, comme toujours. Les éditeurs forment une espèce bien inhumaine et malfaisante. Ils sont promis aux Enfers, selon moi.

— Vous exagérez, George ! Votre avarice est notoire dans le milieu de l'édition. Les éditeurs vous fuient comme la peste. Essayez de vous montrer aimable, désintéressé, ne posez pas de questions et ils vous mangeront dans la main, comme mon charmant Adrian Coates !

— Allons, ma chère ! Toujours à la merci d'un visage avenant et de quelques flatteries. Si Coates vous mange dans la main, c'est parce qu'il y trouve un avantage. S'il mangeait moins, vous gagneriez plus d'argent.

— Taisez-vous donc, George ! Vous êtes terrible ! Adrian m'accorde d'aussi bonnes conditions que vos éditeurs, et sans que j'aie pour cela à le traiter de pingre en permanence. Quant à son visage, j'ignore s'il est avenant, mais je vous prie de surveiller vos paroles en présence d'une veuve.

Laura et George se mirent à rire de bon cœur. Le visage de miss Grey exprima soudain des émotions contradictoires. De toute évidence, elle était décontenancée par leur humour si particulier, à défaut d'être spirituel. De plus, elle semblait choquée de voir son employeur se ridiculiser de la sorte. Et il y avait autre chose. De la curiosité, peut-être. Son visage s'adoucit et elle esquissa un sourire.

— Adrian Coates est donc votre éditeur, madame Morland ? demanda-t-elle avec un intérêt qui contredisait son attitude jusqu'alors.

— Absolument, répondit Laura sur un ton tout aussi suave.

Miss Grey rougit, mais Laura ne put déterminer si c'était à cause du léger accent irlandais affecté par Laura ou pour une autre raison.

— J'ai lu ses poèmes, déclara la jeune femme, ce qui surprit Laura.

— Il doit s'agir de ses œuvres de jeunesse, car il n'en a pas composé depuis.

— Je les ai trouvés exquis, reprit miss Grey. J'ai vu sa photographie dans un journal. Je le trouve merveilleux.

Quelle attitude étrange… Et Adrian serait bien agacé, songea Laura, qu'on admire ces poèmes du passé, publiés sur un coup de tête alors qu'il était encore étudiant à Oxford. À présent il en avait honte, d'autant plus qu'il avait renoncé à la poésie depuis longtemps.

— Il faudrait que vous le rencontriez, à l'occasion, histoire de bavarder avec lui, suggéra Laura avec enjouement avant de saluer George. Je suppose que Sibyl et vous partez bientôt pour l'Italie ?

— En fait, nous avons annulé, répondit George.

— Pourquoi diable ?

— C'est… cela semble préférable.

Il n'en dit pas davantage. Étonnée, Laura lui serra la main, refusant son accolade, et sourit à miss Grey, qui vint lui serrer la main aimablement. Sibyl raccompagna Laura et Tony à la porte.

— Quel dommage que vous n'alliez pas en Italie, insista Laura. C'est à cause du taux de change, sans doute ?

Gênée, Sibyl jeta un coup d'œil furtif en direction de son père.

— Miss Grey a persuadé Papa de renoncer, souffla-t-elle. Elle affirme qu'il doit préparer son prochain livre et qu'un voyage en Italie serait préférable en mai. Oh, madame Morland ! Sans vouloir être méchante, je crois qu'elle cherche à assurer son poste. Loin de moi l'idée d'être malveillante, mais j'attendais ce voyage avec Papa avec impatience. Selon moi, miss Grey a eu peur que, une fois son Édouard VI terminé, Papa n'ait plus besoin de ses services. En lui faisant commencer un autre projet, elle se rend indispensable.

— Je suis désolée pour vous, ma chère, mais il faut prendre du recul. Si vous vous faites du souci, venez en discuter avec Anne Todd et moi. Et je tiens à ce que vous preniez le thé à maison samedi. Adrian sera là et je souhaite vous le présenter. Il peut être utile à vos ambitions d'écrivain.

Sibyl était visiblement mal à l'aise. En l'embrassant, Laura remarqua qu'elle avait la joue brûlante. Pourquoi la mention d'Adrian la mettait-elle dans cet état ?

— C'est très gentil à vous, madame Morland. Cependant, je préfère décliner. Vous et Mr. Coates devez avoir un tas de choses à vous raconter et je ne voudrais pas vous déranger.

— Ne dites pas de bêtises ! Je ne vous inviterais pas si je n'en avais pas envie. Et, surtout, je ne veux pas de votre père, cette fois. Ce cher George brasse trop d'air. Venez seule. Au revoir, mon petit.

Terrifiée, les joues empourprées, Sibyl s'attarda sur le seuil tandis que Laura et Tony s'éloignaient dans la nuit. Elle vit la torche de Tony vaciller le long de l'allée, puis disparaître après le virage.

— Si seulement les gens me laissaient tranquille, soupira-t-elle avant de rentrer.

4

La veille de Noël

Samedi matin, veille de Noël, le Dr Ford reçut une lettre de miss Todd, en vacances à Bournemouth. Elle lui expliquait que sa mère n'allait pas bien depuis l'avant-veille et qu'elles rentreraient chez elles à la date prévue. Le médecin aurait-il l'obligeance de l'ausculter juste après le déjeuner s'il était disponible ? Aussitôt, celui-ci se précipita dans son bureau pour consulter les horaires des chemins de fer. Ne les trouvant nulle part, il sonna la tante d'Annie, une veuve placide qui dirigeait le foyer du Dr Ford d'une main de fer. Déjà cuisinière de son prédécesseur, elle avait épousé le jardinier et vivait toujours sur place. Quelques années plus tard, acceptant le décès de son mari avec philosophie, elle avait reporté ce qu'elle avait de dévotion pour son époux non pas sur son employeur en particulier, mais sur la maison et l'aura médicale qui l'entourait. À la mort du vieux médecin, elle s'était retrouvée gardienne des lieux. Quand le Dr Ford avait acheté la propriété et le cabinet à la veuve, nul n'avait songé une seconde à mettre en question son droit à rester en tant que gouvernante. Depuis, elle faisait la cuisine, la lessive, le ménage, parfois avec l'aide de la sœur d'Annie, dont le travail lui inspirait les mêmes récriminations qu'à Stoker, avec un peu plus d'amertume compte tenu de leur lien de parenté. En outre, elle ne se formalisait pas de l'irrégularité ou de l'heure tardive des repas.

Le Dr Ford était un homme entre deux âges très dynamique, doté d'une fortune personnelle et qui entretenait des relations amicales avec ses patients. Si certains se plaignaient du fait qu'en hiver il consacrait plus de temps à la chasse qu'à leurs maux, il ne rechignait pas à la tâche et le moteur de sa voiture à deux places se faisait entendre d'un bout à l'autre du secteur. Naturellement, les commères du village l'avaient tour à tour marié avec la veuve de l'ancien médecin, avec Mrs. Morland, puis miss Todd, et miss Knox, ainsi que plusieurs autres femmes dans l'ignorance et dont les noms n'ont aucune importance. Les années passant, le Dr Ford ne donnait aucun signe de vouloir convoler. La tante d'Annie – autant la désigner par son nom : Mrs. Mallow – écoutait avec une certaine tolérance ces ragots de mariage, sans toutefois les encourager. Elle aurait aimé avoir une gentille patronne qu'elle aurait pu régenter et choyer à loisir. Hélas, quelque chose lui disait que cela n'arriverait pas. Certains signes, connus uniquement de qui avait vécu longtemps chez un médecin et en connaissait la profession et les mystères, indiquaient à Mrs. Mallow que cette demeure serait toujours le foyer d'un célibataire. L'un de ces signes était-il un paquet de vieilles lettres entouré d'un ruban découvert par Mrs. Mallow lors d'un nettoyage de printemps ? Poser la question eût été malvenu, car ces lettres adressées par le grand-père du médecin au père de ce dernier exprimaient en termes choisis l'opinion du vieil homme quant à l'adhésion de son fils au mouvement d'Oxford, un courant théologique dans la lignée des théories de la Haute Église anglicane. Il était donc peu probable que ces lettres puissent exercer la moindre influence sur les intentions matrimoniales du docteur. Il n'avait simplement pas la moindre envie de se marier, du moins jusqu'à cet hiver où la vieille Mrs. Todd avait nécessité une plus grande attention et où la proximité avait effectué son œuvre fatale. Le Dr Ford savait juger une femme par son comportement face à la maladie. Or il avait rarement vu personne plus bienveillante, plus courageuse et plus parfaite que miss Todd.

Au terme d'une journée particulièrement éprouvante au cours de laquelle la vieille dame avait exigé sa présence par trois fois sous prétexte de palpitations, alors qu'elle souhaitait simplement faire faire un tour dans l'ambulance de l'hôpital du comté à son immonde petit roquet, le Dr Ford avait fini par livrer son diagnostic à miss Todd :

— Si seulement je pouvais faire interner votre mère, lui avouait-il avoué en toute franchise, chassant le chien du tapis posé devant la cheminée. Une semaine à ce rythme, et je n'y survivrai pas. Quand je pense à ce que vous devez endurer en permanence…

— Oh, il y a pire, lui avait assuré miss Todd. Maman est inoffensive et Louisa est plutôt fière d'être au service d'une vieille dame gâteuse. Ce qui me mine, c'est plutôt de répondre dix fois à la même question en une heure. Tant que je ne perds pas la boule moi aussi et que l'argent ne nous fait pas défaut, tout ira bien.

— Vous êtes une femme bien. Quant à l'argent… ne me regardez pas avec cet air rebelle ; ce n'est que fierté mal placée… autant vous dire que je ne peux rien faire pour votre mère et, à moins que son cœur ou son état mental ne se dégradent encore, mes visites en tant que médecin ne lui servent à rien. En revanche, je ne vois aucun mal à ce que vous me permettiez de passer de temps à autre en toute amitié.

— J'accepte votre charité, répondit miss Todd la gorge serrée. Mais je ne l'accepterais de personne d'autre au monde.

Sur ces mots, elle quitta la pièce en larmes.

Dès lors, il n'avait plus jamais été question d'argent, puis miss Todd avait commencé à travailler chez Mrs. Morland en tant que secrétaire, et insisté pour que le Dr Ford lui ouvre un compte, ce qui avait contrarié le médecin au-delà du raisonnable. Il avait protesté, tempêté, négocié de façon presque pathétique. Rien n'y avait fait. Miss Todd avait tenu bon. Il lui parlait dans le jardin, et non plus au salon, et déposait les honoraires, qu'elle lui réglait par chance en espèces, dans son coffre-fort, dans une enveloppe portant la mention : PROPRIÉTÉ DE MISS ANNE TODD, ARGENT QU'ELLE M'A CHARGÉ DE METTRE EN LIEU SÛR.

Mrs. Mallow apparut, tenant par les pattes un gros canard.

— La mère d'Annie nous a apporté c't'oiseau ce matin, Monsieur, annonça-t-elle. Si j'arrive à le dompter, vous voulez le manger pour le dîner ? Il est bien gras.

Comme pour souligner ses propos, elle palpa le malheureux volatile, qui protesta bruyamment.

— Remettez-le vite à l'endroit ! s'écria le médecin. Comment voulez-vous que je consomme un animal que vous avez promené les pattes en l'air ? Vous faites monter le sang à la tête de cette pauvre bête !

Mrs. Mallow posa le canard à terre, où il s'agita maladroitement en tous sens, battant des ailes et cancanant à pleins poumons.

— Vous vouliez quelque chose, Monsieur ?

— Les horaires du chemin de fer ! répondit-il sèchement.

— Les pages que vous n'avez pas utilisées pour les lames de vos rasoirs sont dans votre cabinet de toilette, Monsieur. Je vais vous les chercher.

Elle revint avec les vestiges d'un guide des chemins de fer.

— Bon sang, j'ai utilisé toutes les pages jusqu'à Exeter ! maugréa le Dr Ford, furieux. Et je voulais les horaires de Bournemouth !

— Vous voulez que je téléphone à la gare, Monsieur ?

— Non. Je m'en chargerai. Et débarrassez-moi de ce maudit volatile ! Je ne veux plus le voir !

Sans le moindre effort, Mrs. Mallow attrapa le canard et prit congé aussi sereinement qu'elle était venue, tenant la bête par les pattes, la tête en bas. Une minute plus tard, l'infortuné rendit son dernier souffle sous les mains expertes de la mère d'Annie. Le lendemain soir, le médecin le trouva succulent.

Le Dr Ford obtint l'heure d'arrivée de miss Todd grâce au chef de gare de Stoke Dry, puis il commença sa tournée en veillant à être présent lors de l'arrivée du train de Bournemouth. Il apparut au moment où miss Todd aidait sa mère à descendre du wagon. Il lui prêta main-forte et porta leurs bagages.

— Je vous conduis chez vous. Dès que votre mère se sera reposée, je l'ausculterai.

Tous trois se serrèrent dans la voiture à deux places. L'air marin semblait avoir fait du bien à Mrs. Todd sur le plan mental, à défaut d'avoir amélioré son état physique. Elle babilla gaiement, décrivant leur hôtel et les rues de Bournemouth.

— Le pire, c'était dans les boutiques, expliqua miss Todd, qui s'était accoutumée à parler de sa mère comme si elle était sourde. Maman malmenait les vendeuses, comme d'habitude. Quand je leur disais qu'elle était un peu gâteuse, elles se montraient compréhensives. Le personnel de l'hôtel la voyait comme une vieille dame très riche et excentrique. Vous lui trouvez bonne mine ?

— Nous verrons comment elle se porte lorsque je l'aurai examinée. Et vous ? Le séjour n'a pas été de tout repos, j'imagine.

— Mrs. Morland est de retour ? s'enquit miss Todd, ignorant la question du médecin.

— Oui. Elle est arrivée jeudi avec Tony. D'ailleurs, j'ai un message à vous transmettre. Elle vous invite à prendre le thé cet après-midi. Son éditeur sera présent. Elle veut peut-être vous parler d'un projet. Si vous êtes disponible, a-t-elle précisé.

— J'irai volontiers. Mon travail m'a terriblement manqué. Vous voulez bien l'appeler pour l'en informer ? Vous seriez un ange. Maman se débrouillera très bien. Vous pourrez bavarder avec elle quand vous viendrez. Louisa sera ravie de lui servir le thé et de l'écouter parler de Bournemouth.

— Je passerai peut-être aussi et je vous reconduirai chez vous.

— Ne vous donnez pas cette peine. Sauf si vous passez par là.

— C'est le cas.

Le Dr Ford déposa Mrs. Todd sans encombre chez elle, où elle fut accueillie par Louisa et l'affreux roquet ; puis il rentra déjeuner chez lui.

Venu de Londres à bord d'une voiture flamboyante, Adrian Coates atteignit High Rising à temps pour le déjeuner. Adrian avait le sens des affaires et un charme ténébreux dû à de lointaines origines étrangères. Certains de ses confrères éditeurs se demandaient d'ailleurs si elles n'étaient pas l'un des facteurs de son succès. À un moment ou un autre ils avaient presque tous tenté d'arracher Laura à ses griffes, mais elle préférait lui rester fidèle. Les éditions Johns et Fairfield, dont Mr. Knox avait une piètre opinion, étaient déterminées à conquérir Laura.

— Vous devez songer davantage à vos propres intérêts, madame Morland, avait déclaré Johns (ou Fairfield) sur un ton persuasif à l'occasion d'un déjeuner organisé par George Knox. Notre ami Coates est un homme remarquable dans son genre. Il a vraiment du flair pour repérer le talent et préparer le terrain. En revanche, il n'a pas et n'aura jamais notre prestige. Nos ressources sont considérables et nous pouvons vous assurer deux fois plus de publicité. Si vous travaillez sur un nouveau projet captivant et n'avez pas encore signé avec Coates, faites-nous l'honneur d'être les premiers à lire votre manuscrit !

— Voyez-vous, en ce qui concerne la publicité, ma position est très simple, avait expliqué Laura : elle n'impacte en rien mes droits d'auteur.

Cette opinion rationnelle avait laissé Mr. Johns (autant l'appeler ainsi, car Laura ne sut jamais auquel des deux associés elle s'adressait et se garda d'ailleurs de s'en enquérir) sans voix. Laura avait donc poursuivi sur un ton posé :

— Et j'aime traiter directement avec mon éditeur. Si je venais chez vous, la plupart du temps j'aurais affaire à des sous-fifres. Or je tiens à pouvoir rencontrer Adrian chaque fois que je le souhaite. Et comme il n'est pas marié il n'y a aucun problème concernant les invitations à dîner, par exemple.

Là encore, Mr. Johns ne masqua pas sa stupeur. Car Laura ignorait qu'il était réputé pour les banquets d'un ennui mortel que son épouse américaine, nettement plus jeune que lui, le forçait à organiser quatre ou cinq fois par an.

— Je vous remercie, conclut Laura en posant un regard charmeur sur Mr. Johns tout en glissant quelques mèches de cheveux sous son chapeau, mais je suis très bien là où je suis. Et de toute façon j'ai signé un contrat pour trois livres supplémentaires, à des conditions très intéressantes.

Elle bluffait, bien entendu, ayant une idée très vague quant à la qualité de ces conditions. À chaque nouveau roman elle touchait plus d'argent que pour le précédent, ce qui suffisait à la satisfaire. Si elle s'était renseignée, elle aurait découvert qu'elle était fort bien traitée.

Par chance, George Knox avait été abandonné un instant par la dame assise face à lui et avait pu écouter cet échange assez peu particulier. Il était impatient que le repas se termine pour se retrouver seul avec Laura.

— Oh, vous êtes une perle ! Une perle ! s'était-il exclamé en prenant ses deux mains dans les siennes. Seigneur ! Vous lui avez rabattu son caquet avec un tel brio ! Quand je pense au calvaire que je dois endurer à cause de sa femme, et je pèse mes mots : ses soirées assommantes sont vraiment un calvaire ! Cela fait un bien fou de vous voir le moucher de la sorte.

Mortifiée, la pauvre Laura avait proposé d'aller présenter ses excuses à Mr. Johns, mais George Knox l'en avait dissuadée, affirmant que cela n'arrangerait en rien la situation. Avec son indiscrétion coutumière, il avait ensuite raconté à qui voulait l'entendre ce qui s'était passé, y compris à Adrian. Ravi et touché par la confiance de Laura, l'éditeur s'était réjoui du soufflet reçu par Johns.

— Cette femme est une délicieuse idiote, avait-il confié à George Knox. Elle semble prendre tout ce que je fais pour elle sur le plan professionnel comme un service personnel et me remercie pour ce qu'elle paie. Si j'étais un escroc… Dites-moi, Knox, histoire de suivre l'exemple de Johns, et si vous me montriez l'un de vos manuscrits ?

Il plaisantait, bien sûr. Pourtant, George Knox avait cru bon de repousser cette suggestion en débitant un verbiage si pompeux et empli de circonvolutions qu'Adrian avait amèrement regretté sa boutade.

Lorsque Adrian s'arrêta devant chez Laura, Tony surgit du coin de la maison, la tête dans les nuages.

— Bonjour, Tony ! lança Adrian en descendant de voiture.

— Bonjour, monsieur. Au fait, dites-moi, monsieur Coates, quel est selon vous le plus beau nom pour une locomotive ? Princess Elizabeth ou Titley Court ?

— Princess Elizabeth, sans l'ombre d'une hésitation.

Tony fit grise mine.

— Cependant, la Princess Elizabeth n'est qu'une 240 alors que la Titley Court est une 460 !

— Qu'est-ce que tu me racontes là ?

— Vous ne le savez donc pas, monsieur ? La Princess Elizabeth compte deux bogies et quatre roues motrices alors que la Titley Court a quatre bogies et six roues motrices. La Titley Court est une superbe locomotive ! Elle coûte treize guinées, mais je fais des économies. J'ai reçu plus de deux livres à Noël, donc si je mets de l'argent de côté toute l'année il me faudra presque six ans pour acheter la Titley Court.

Incapable d'endiguer ce flot d'informations, Adrian entra dans la maison, le petit expert ferroviaire sur les talons.

— Voyez-vous, monsieur, je pourrais acheter la Titley Court en version mécanique, à vapeur, à l'alcool à brûler ou au charbon. Et si j'optais pour le charbon, je pourrais avoir un vrai réservoir pour remplir la chaudière. Ce serait formidable si j'avais un accident et si la Titley Court déraillait en crachant un nuage de vapeur, non ?

— Va te faire débarbouiller, Tony ! lui ordonna sa mère depuis le haut des marches. Entrez donc, Adrian, et ôtez votre manteau. Vous avez les mains glacées. Il commence à geler, je crois. Ne devriez-vous pas poser une couverture sur le radiateur ?

— Il est équipé de sa propre couverture, merci. En revanche, j'ai une faim de loup.

— Excellente nouvelle, intervint Stoker depuis le seuil de la salle à manger. C'est l'heure du déjeuner et j'aime les messieurs qui ont bon appétit. Il y a de la tourte au bœuf et aux rognons, monsieur Coates. Cela vous remplumera un peu. Vous m'avez l'air moins vaillant qu'avant.

— Vos compliments me vont droit au cœur, Stoker.

— Le Dr Ford a appelé, déclara Stoker à sa patronne tout en servant les légumes. Il a dit que miss Todd viendrait prendre le thé et qu'il passerait la chercher ici.

— Merci, Stoker. Vous pouvez disposer.

Tandis que la domestique s'éloignait, Laura ajouta à l'adresse de Coates :

— J'ignore pourquoi je prends la peine de le dire ; elle sera de retour sans tarder avec le plat suivant et recommencera à papoter. Je ne peux pas la chasser deux fois. Parfois, je rêve de l'enfermer dans une cellule avec Tony et George Knox pour voir lequel des trois finirait par achever les autres par ses discours.

— Je parie sur Tony, répondit Adrian avec conviction. Sa jeunesse joue en sa faveur, sans parler de son incroyable faconde.

— Maman, déclara l'objet de ce commentaire désobligeant, Mr. Coates m'a conseillé la Princess Elizabeth, mais il ne savait pas que la Titley Court était une bien meilleure locomotive. Voyez-vous, la Princess Elizabeth n'est qu'une 240 alors que la Titley Court…

— Tais-toi, Tony. Veuillez m'excuser pour ce déjeuner digne d'une *nursery*, Adrian. Dites-moi plutôt de quoi vous êtes venu me parler, si ce n'est pas trop rébarbatif.

Adrian se lança dans un exposé sur les éditions bon marché, leurs avantages et leurs inconvénients. Il parla si longtemps qu'ils eurent le temps de manger les beignets aux pommes et le fromage. Il se laissa emporter par son enthousiasme au point que Laura déclara d'un ton morne :

— Je crois que vous aussi, Adrian, je vais vous enfermer dans la cellule. Cette pauvre Stoker n'a pas pu placer un mot depuis le début du repas. Oui, Tony, tu peux quitter la table. Nous prendrons le café au salon, Stoker, je vous prie.

L'éditeur s'attarda encore sur son sujet, mais finalement Laura ne se trouva guère plus informée qu'au départ, en dépit de son air entendu. En revanche, Adrian avait réussi à mettre ses projets au clair et à poser les bases d'une édition qui contribuerait à assurer les vieux jours de Laura. Celle-ci lui prêtait une attention distraite tant elle était plongée dans la rêverie qui le réunissait à Sibyl : quoi de plus merveilleux que de susciter l'intérêt d'Adrian pour Sibyl à travers les écrits de la jeune femme avant que ne naisse une histoire d'amour ?

Laura n'avait jamais réussi à persuader Sibyl de lui montrer quoi que ce soit, et la jeune femme ne semblait guère pressée de se voir publier. George Knox avait évoqué avec enthousiasme les projets de Sibyl, mais en termes si vagues que Laura était incapable de dire si elle écrivait un roman, une nouvelle, des poèmes, une pièce, une biographie ou des essais littéraires. Avec un tel père, elle devait avoir l'écriture dans le sang puisqu'elle avait grandi dans cet univers. Et si le désir de miss Grey de voir la jeune fille s'installer à Londres était une bonne chose ? En ville, elle prendrait de l'assurance. Quoi qu'il en soit, Adrian et elle devaient absolument se rencontrer, et ce serait pour le jour même. Et qui sait, si Adrian épousait sa fille, George Knox le laisserait peut-être publier aussi tous ses livres à lui, songea Laura dans son ignorance.

Une main posée sur son bras la tira de ses douces spéculations. Dans un sursaut, elle revint au moment présent et vit Adrian lui tendre deux épingles à cheveux.

— Avez-vous écouté un seul mot de ce que je viens de dire, Laura ? demanda-t-il avec une exaspération teintée d'affection. Vous êtes là, affalée dans votre fauteuil, avec vos épingles qui tombent par terre, telle la dernière rose de l'été[1], et vous ne m'accordez pas la moindre attention. Ma conversation est ennuyeuse, j'en conviens, mais quand je tâche d'assurer votre fortune, ma chère Laura, vous pourriez au moins essayer de me comprendre.

— Je suis navrée, dit-elle en remettant ses épingles en place. De toute façon, il vaut mieux que je me taise parce que vous savez toujours mieux que moi. D'ailleurs, ce sera votre fortune autant que la mienne. Et je compte sur votre intégrité. Que voulez-vous que je fasse de plus ? Que je m'adresse à l'un de ces agents littéraires et que je le paie pour semer la zizanie entre nous ?

L'éditeur ne trouvant rien à dire à cette conception novatrice du métier d'agent littéraire, Laura poursuivit :

— Soyons sérieux, Adrian. Vous m'envoyez un contrat, je le fais lire à George Knox, qui affirme que c'est insuffisant, et j'en conclus que vos conditions sont acceptables.

— Laura, vous me rendez fou. Est-ce ainsi que l'on mène ses affaires ? George Knox n'est qu'un vieux grippe-sou. Pour l'amour du ciel, ne suivez pas ses conseils ! Consultez plutôt votre avocat.

— Je n'en ai jamais eu l'intention. Quand j'aurai une raison de me méfier de vous, Adrian, je vous ferai une scène terrible. Jusqu'à ce jour, je me fie à votre parole.

— Vous pesez plus lourd sur ma conscience que dix auteurs cupides, soupira l'éditeur, résigné.

— Dans ce cas, la question est réglée. Et ne soyez pas trop dur avec George, car sa fille vient prendre

1. *The Last Rose of Summer*, poème de Thomas Moore (1805).

le thé et elle écrit, elle aussi. Je ne sais pas quoi, au juste. Si c'est dans vos cordes, vous pourriez souffler un auteur à Johns et Fairfield. Je sais que George en pense grand bien, mais personne n'a jamais lu ses textes. Soyez gentil avec cette jeune fille, car elle est timide. Au fait, vous avez une nouvelle admiratrice dans le secteur.

— Qui donc ?

— La secrétaire de George. Elle vous voue une passion secrète grâce à vos poèmes ou à cause d'eux. Elle a même découpé votre portrait dans le journal.

— Seigneur ! Je retourne en ville immédiatement.

— Ne vous affolez pas ! Elle n'est pas conviée à prendre le thé. Il n'y aura que Sibyl Knox et Anne Todd, que vous connaissez déjà. Vous aurez peut-être besoin d'elle… Je les ai invitées pour quatre heures afin que vous ayez tout votre temps. Vous n'auriez pas envie d'aller voir le train miniature de Tony avant le thé, par hasard ? Il en serait ravi.

Soucieux de faire plaisir à sa poule aux œufs d'or et sincèrement attaché à son enfant malgré ses babillages incessants, Adrian monta à l'étage.

Peu de temps après, une voiture s'arrêta devant la maison. Laura entendit Stoker ouvrir la porte, puis la loyale domestique apparut mystérieusement à la porte du salon, lui adressant des signes incompréhensibles. Lorsque Laura lui intima de parler, Stoker entra et referma la porte avec un air de conspiratrice.

— À quoi riment ces simagrées ?

— Vous savez qui est dans l'entrée ?

— Non, mais vous allez me le dire, n'est-ce pas ?

— *Elle* est venue, souffla Stoker avec un visage à la fois triomphal et sinistre.

— Qui donc ? Vraiment, Stoker, vous êtes bizarre en ce moment ! Serait-ce miss Knox ?

— Oui et non, pour ainsi dire.

— Pour l'amour du ciel ! Qui est là ?

— Miss Sibyl, avec *l'autre.*

— Miss Grey, je suppose.

Stoker hocha la tête et prit un air solennel de mauvais augure.

— Eh bien, c'est très fâcheux car je ne l'ai pas invitée et je ne veux pas de sa présence. Enfin, c'est ainsi. Inutile de faire tant de mystères. Où sont-elles ?

— Je leur ai dit d'entrer dans la salle à manger pendant que j'allais vous chercher. Vous ne voulez pas la voir, *l'autre*, n'est-ce pas ? demanda Stoker avec un signe de la main.

— Allons, Stoker, ne soyez pas si godiche ! Introduisez-les tout de suite et prévenez Mr. Coates. Il est en haut avec Tony.

Contrariée, Stoker s'éloigna puis revint avec les deux jeunes femmes. Au grand dam de Laura, elle annonça Sibyl avec emphase, puis demanda à miss Grey :

— Qui dois-je annoncer, mademoiselle ? Mrs. Morland ne m'avait pas prévenue que vous seriez deux.

— Entrez donc, mademoiselle Grey ! lança Laura, venant à la rescousse. Quel plaisir de vous voir ! Vous devez avoir froid, non ?

Hélas, Stoker la mit davantage dans l'embarras :

— Ravie de *vous* voir, mademoiselle, souffla-t-elle en aparté à Sibyl avant de partir en claquant la porte.

— Quelle chance que vous ayez réussi à sortir un peu ! reprit Laura avec empressement. Cela doit signifier que le livre de Mr. Knox avance bien, j'imagine.

Le trajet est des plus agréables depuis Low Rising, n'est-ce pas ?

— Il est exquis, répondit miss Grey, qui s'était défaite de sa morosité coutumière. Je n'ai pas pu résister à l'appel du grand air. Je suis donc partie en même temps que miss Knox, dans l'intention de rentrer à temps pour le thé… Au fil de l'après-midi, elle m'a persuadée de l'accompagner. J'espère, madame Morland, que je ne m'impose en rien. Mr. Knox m'a tellement parlé de vous que j'avais l'impression de bien vous connaître.

Laura parvint à répondre poliment, même si elle fulminait intérieurement. Quelle impertinence ! Comment cette fille osait-elle laisser entendre qu'elle et George Knox avaient parlé de Laura ? Sibyl savait pertinemment qu'elle était libre d'amener qui bon lui semblait. Laura était certaine que la jeune fille n'avait en rien suggéré cette sortie. Voilà qui ne présageait rien de bon… Pourrait-elle encore voir George et Sibyl sans que cette importune ne vienne s'imposer entre eux ? Incapable de regarder Sibyl, Laura se réjouit de voir Stoker apporter le thé, Adrian et Tony sur les talons.

— Adrian ! J'aimerais vous présenter une amie très chère, Sibyl Knox, que je considère comme ma fille de cœur.

Elle attendit qu'ils se soient serré la main pour présenter miss Grey, en ajoutant avec un regard entendu destiné à Adrian :

— Miss Grey effectue en ce moment des travaux de secrétariat pour George Knox.

Elle vit son éditeur blêmir, puis l'implorer du regard.

— Prenez donc place à côté de miss Knox, Adrian, proposa-t-elle. Et vous, mademoiselle Grey, venez près de moi. Vous vous plaisez, dans notre belle région ?

— Beaucoup ! Et j'aime particulièrement travailler pour Mr. Knox ! C'est un immense privilège.

— Vous avez passé l'automne chez lui, n'est-ce pas ? Vous n'étiez pas encore arrivée lors des vacances d'été, il me semble.

— Non. J'occupais un autre poste dans lequel je ne m'épanouissais guère.

— Quel dommage ! commenta Laura, qui n'avait aucune envie d'entendre miss Grey lui raconter ses malheurs.

— C'était un peu difficile, madame Morland. J'étais totalement incomprise.

— Ce sont des choses qui arrivent ! lança Laura avec entrain.

Miss Grey posa sur elle ses grands yeux expressifs et murmura avec un accent irlandais un peu plus marqué :

— Certes, mais la plupart des gens ont quelqu'un à qui confier leurs soucis. Moi, je suis seule au monde...

Laura fut contrainte de bredouiller quelques paroles de circonstance quant à son espoir que miss Grey se sente enfin chez elle à Low Rising.

— Je m'y sens chez moi, en effet. Mr. Knox est la gentillesse incarnée, et miss Knox également. Comme il est bon de vivre dans une maison dénuée de malveillance ! Si j'ai dû quitter mon emploi précédent, c'est en grande partie à cause de l'épouse de mon employeur, et je n'avais nulle part où aller, personne vers qui me tourner... Quelle chance j'ai eue de trouver ce poste ! Tout le monde est si gentil et les amis de Mr. Knox si captivants. J'ai toujours adoré vos romans, madame Morland. Permettez-moi de vous dire qu'ils sont merveilleux. J'étais impatiente de vous rencontrer ! C'est aussi un grand privilège de faire la connaissance de Mr. Coates. Je n'aurais osé l'espérer.

L'hostilité de Laura envers cette jeune femme éloquente monta d'un cran. Elle se moquait éperdument de savoir que l'épouse de son dernier employeur la détestait ! Je l'aurais détestée moi aussi à la place de cette femme si comme aujourd'hui elle passait sans cesse de la grossièreté à la flagornerie, songea-t-elle. Par chance, miss Grey semblait avoir suffisamment flatté Laura dans l'immédiat et se tourna vers Tony pour lui parler des chiens, un thème qui les rendit étrangement plus humains. Laura put ainsi surveiller du coin de l'œil ceux qu'elle surnommait déjà ses tourtereaux et qui semblaient très bien s'entendre. Même si la présence de miss Grey constituait une légère entrave, Sibyl semblait bien plus ouverte, même si elle ne parvenait à chasser quelque tourment qui lui pesait. Profitant de la description détaillée que faisait miss Grey d'un airedale terrier ayant marqué son enfance, Sibyl se tourna vers Adrian :

— Croyez-vous qu'il soit souhaitable de parler aux écrivains de leurs œuvres ?

D'expérience, l'éditeur savait que les auteurs évoquaient rarement autre chose.

— Absolument, répondit-il sur un ton enjoué.

— Même pour la poésie ? insista Sibyl, désarçonnée.

— Je le pense, oui.

— Ah…

Elle semblait au bord des larmes, ce qui ne manqua pas d'intriguer Adrian. Cette fille aurait-elle par hasard composé des poèmes qu'elle espérait lui faire lire ? Sinon, pourquoi évoquer ce sujet ?

— Seriez-vous poétesse ? s'enquit-il.

— Oh, non. Enfin, oui, et c'est là le problème.

Elle paraissait tellement désemparée qu'Adrian se sentit obligé de lui demander s'il pouvait l'aider de quelque façon.

— Eh bien… il est arrivé quelque chose de très fâcheux. La secrétaire de Papa… celle-là, là-bas… elle adore vos poèmes et me les a fait lire parce que nous devions vous voir aujourd'hui. Du moins, Mrs. Morland m'a conviée à prendre le thé et la secrétaire a tenu à se joindre à moi. Je ne pouvais pas refuser, n'est-ce pas ? Mais je savais que ce serait terrible.

— Je ne comprends plus très bien. Qu'est-ce qui est terrible, au juste ? Serait-ce moi ? Ou prendre le thé avec Mrs. Morland ?

Sibyl secoua la tête avec vigueur, sans cesser de lui adresser des regards appuyés, comme si elle l'implorait de l'aider à surmonter quelque difficulté.

— À moins que vous n'aimiez pas mes poèmes ? insista-t-il.

Sibyl s'empourpra pitoyablement.

— Je suis vraiment désolée, monsieur Coates. J'ai essayé, parce qu'elle tenait à ce que je vous dise à quel point je les appréciais, et afin de vous inviter chez nous, à l'occasion. Je sais que je suis stupide… De toute façon, je ne comprends rien à la poésie, à part les extraits figurant dans les anthologies. Bref, je n'ai rien compris aux vôtres. Je suis confuse !

— Chère mademoiselle Knox, personne ne m'a jamais rien dit de plus réconfortant.

— Voulez-vous dire que l'on peut se dispenser de les aimer ?

— Non seulement on peut s'en dispenser, mais il faut être le dernier des abrutis pour les apprécier, sauf le respect que je dois à la secrétaire de votre père. Les poèmes de jeunesse sont un mal dont on met des années à se remettre. Si vous saviez combien de gens ont prétendu admirer les vers honteux et médiocres que j'ai commis, et ce dans l'unique espoir que je publie leurs poèmes encore plus médiocres ! Vous seriez étonnée. Je n'étais qu'un étudiant vaniteux, gâté par ses parents. Ces poèmes, si l'on peut les qualifier ainsi, sont un crime contre la civilisation. Depuis, je n'ai pas rédigé la moindre ligne et je ne le referai jamais.

Adrian décela sur le visage de Sibyl un soulagement qui lui parut disproportionné.

— Je m'en réjouis, avoua-t-elle. Je me sens bien mieux. Vous n'êtes donc pas un auteur ?

— Pas le moins du monde, et je n'en ai plus l'intention. Mais il me semble que je m'adresse à une auteur en devenir. Mrs. Morland m'a confié que vous écriviez. Puis-je vous demander de quoi il s'agit ?

— Vous venez de dire que les premiers écrits étaient mauvais !

— Pas toujours, répondit l'éditeur en riant. Je vous sens capable de produire quelque chose de très intéressant et d'exquis, mademoiselle Knox.

De nouveau en plein embarras, Sibyl se tordit nerveusement les mains. Heureusement, miss Grey lui épargna d'autres questions en se levant pour déclarer qu'elles devaient partir car Mr. Knox l'attendait. Avant que Laura ne puisse laisser libre cours à son indignation face à cette prise de pouvoir intolérable et injustifiée de miss Grey, Stoker ouvrit la porte et annonça :

— Quelqu'un que vous serez *heureuse* de voir. C'est miss Todd.

Cette arrivée incita la petite délégation de Low Rising à s'attarder un peu. Miss Todd engagea la conversation avec miss Grey, évoquant Bournemouth et les différents modèles de machines à écrire. Sibyl, qui avait retrouvé son entrain, n'avait d'yeux que pour Adrian. Mais, croisant soudain le regard de miss Grey, elle se leva et commença à faire ses adieux.

— Mademoiselle Knox, suggéra miss Grey, nous pourrions sans doute prier Mrs. Morland d'amener Mr. Coates chez nous lors de sa prochaine visite, ne croyez-vous pas ? Je suis certaine que votre père en serait ravi.

— Oui…, balbutia Sibyl, de nouveau tourmentée.

— Mr. Coates passe le week-end du nouvel an chez moi, déclara Laura, désireuse de voir jusqu'où irait miss Grey.

Celle-ci proposa un dîner à Low Rising la veille du jour de l'an. Sachant qu'Adrian se lasserait rapidement de George Knox, Laura tentait d'esquiver lorsque l'éditeur se déclara en faveur de ce projet. Telle la reine des entremetteuses, Laura accepta à son tour, sous réserve de la validation de Mr. Knox. Enfin, ces demoiselles prirent congé.

Laura, miss Todd et Adrian passèrent un moment à parler travail, puis Adrian se remit en route pour Londres, Tony accroché au pare-chocs de sa voiture jusqu'au bout de l'allée.

— Maman ! Maman !

Les yeux écarquillés, l'enfant surgit dans le salon, où Laura et miss Todd étaient confortablement installées au coin du feu.

— Vous ne devinerez jamais ce qui s'est passé !

Laura fut saisie d'une sourde angoisse.

— Pas un accident, j'espère ! Il est arrivé quelque chose à Adrian ?

— Enfin, Maman ! Pas du tout ! Regardez ! Vous aussi, mademoiselle Todd !

Ivre d'émotion, il brandit un billet d'une livre, le cadeau de Noël d'Adrian. Laura le poussa hors de la pièce et lui conseilla d'aller raconter cela à Stoker, puis elle se rassit, épuisée. Après un instant de silence bienfaisant, miss Todd reprit la parole :

— C'était donc elle…

Toujours contrariée par l'attitude inadmissible de miss Grey, Laura raconta à miss Todd les événements de l'après-midi et lui fit part de son indignation face à l'impudence de la secrétaire. Miss Todd l'écouta posément.

— Enfin, je suis contente car j'avais envie de la voir à l'œuvre. En votre absence, cet automne, je n'ai guère vu les Knox. Quand Sibyl passait en coup de vent, c'était parce que son père et miss Grey travaillaient, la laissant seule. Je peux à présent tout vous raconter sur elle, madame Morland.

— Vous la connaissez donc ?

— Non. Mais nous autres, les serfs (miss Todd employait volontiers ce terme pour évoquer son statut de secrétaire d'une auteur à succès), nous nous comprenons tacitement. Cette femme est bizarre, madame Morland. Je n'irais pas jusqu'à la qualifier de mauvaise graine… En tout cas, c'est une névrosée, et elle représente un danger potentiel. Naturellement, elle court après Mr. Knox et finira sans doute par le prendre dans ses filets. Elle est de celles qui mettent toujours le grappin sur leur patron. À ses yeux, Sibyl constitue un obstacle. Il faut être folle pour jouer les grandes dames en présence de Sibyl et inviter des gens chez les Knox. La pauvre petite est trop ignorante et timorée pour lui tenir tête. Je me demande d'où vient vraiment cette miss Grey et quels dégâts elle a provoqués par le passé.

— Quel sinistre tableau !

— Certes, mais c'est peut-être encore pire. Quelle chance que vous soyez venue pour les fêtes !

— Hélas, je suis impuissante. Je ne puis faire ingérence.

— Vous constituez néanmoins une attraction concurrente, une rivale.

— Balivernes ! répliqua Laura.

— Peut-être, mais j'ai raison à propos de miss Grey, persista Anne. Croyez-moi, entre serfs, on se reconnaît. Il suffit de demander au Dr Ford, ajouta-t-elle lorsqu'elle vit le médecin franchir le seuil, si miss Grey n'est pas bizarre.

— Eh bien, c'est toujours mieux que d'être une mauvaise graine névrosée, Anne. Comment allez-vous, docteur ? Miss Grey n'étant pas votre patiente, pouvons-nous bavasser sur elle ?

Par chance, le Dr Ford ne semblait nullement opposé aux commérages, ce qui était très plaisant. Il jugea la nouvelle secrétaire névrosée et dangereuse, ajoutant qu'elle poserait problème si on la laissait sans surveillance.

— Je n'ai que faire de Knox, précisa-t-il. Si à son âge il est incapable de repousser les avances d'une femme, c'est un imbécile. Mais je suis plutôt ennuyé pour Sibyl. Elle est assez immature et se laisse facilement malmener. Elle aurait pu succomber au charme de miss Grey, qui sait s'y prendre pour manipuler les gens, mais comme ce n'est pas le cas, miss Grey risque de la persécuter. Vous avez déjà assisté à l'une de ses crises ?

Aucune des deux femmes n'avait eu cet honneur.

— Eh bien, attendez de voir et vous comprendrez. J'espère simplement qu'elle perdra son sang-froid contre Sibyl en présence de son père. Il adore sa fille. Miss Grey se calmera bien vite.

— Comment se fait-il que vous ayez assisté à l'une de ses crises ? s'enquit miss Todd.

— Secret professionnel.

— Ah non, pas maintenant ! protesta miss Todd. C'est trop important. Allez, crachez le morceau !

Le Dr Ford, qui aimait se faire prier, poursuivit son récit :

— C'était en novembre. Les Knox étaient invités à dîner à Castle Rising. Apparemment, miss Grey a tant pleuré misère et joué les Cendrillon que Knox, mal à l'aise, a demandé si elle pouvait se joindre à eux. C'était très fâcheux, car Lady Stoke était absente et le comte espérait recevoir les Knox de façon informelle. Il me l'a dit lui-même. Bref, miss Grey a eu son invitation. Puis Sibyl a attrapé la grippe et, la voyant très mal, Knox a donc annoncé qu'ils n'iraient pas au château. Rien de plus normal, car Sibyl brûlait de fièvre. Comme il n'osait pas le dire à miss Grey, je m'en suis chargé. Ce fut une expérience intéressante, car elle a complètement perdu la tête. Ensuite, elle s'est ressaisie et a prétexté être nerveusement épuisée à force de soigner Sibyl. C'est une bonne infirmière, je le concède, mais une femme qui perd ainsi son sang-froid en présence d'un inconnu a indéniablement quelque chose qui cloche. J'aimerais la faire analyser.

— J'espère que tout va bien pour Sibyl, dit Laura, que les indiscrétions du Dr Ford inquiétaient un peu.

— Tout va bien, lui assura-t-il. Miss Grey est assez intelligente pour comprendre que Sibyl est la prunelle des yeux de son père. Si Knox était amoureux, ce serait une autre histoire. Miss Grey serait capable de n'importe quoi pour nuire à toute personne chère à George Knox qui se dresserait sur son chemin.

Cette conversation ayant déprimé tout le monde, l'apparition de Tony fut pour une fois un grand soulagement. Le petit groupe joua au cadavre exquis, non sans avoir posé la condition préalable que Tony n'utiliserait aucune expression choquante apprise en pension. Lors de la lecture du résultat, Tony s'efforça de garder une attitude détachée, mais il ne put réprimer d'adorables gloussements.

— Maman, écoutez un peu ! ordonna-t-il, hilare, avant de lire le papier posé devant lui : « Les sourcils froncés, le Dr Ford rencontre la blonde Stoker à la gare. Il lui dit : "Où est Tony ?" Et elle lui dit : "Miss Grey a le cerveau dérangé." Conclusion, la locomotive a déraillé et le monde entier a dit : "Joyeux Noël !" » Maman, elle est bien dérangée, n'est-ce pas ?

— Oui, lui répondit sa mère. Je me doutais qu'il s'agissait là de ta contribution, Tony. Mais tu frôles les limites.

— Pourtant elle est vraiment dérangée, n'est-ce pas, docteur Ford ? On disait toujours qu'elle avait le cerveau dérangé.

— Qui, « on » ? Toi et Stoker ? demanda Laura.

Le Dr Ford se leva, interrompant le fil de ses pensées, et emmena miss Todd vers sa voiture à deux places. Lorsqu'il s'arrêta devant la maison de la jeune femme, elle déclara :

— J'aimerais savoir comment va Maman. Entrez donc un instant. Je promets de ne pas vous demander de facture.

C'est à cette seule condition que le Dr Ford la suivit dans le petit salon, où il l'informa que Mrs. Todd n'était pas en état d'être internée, mais que son cœur était encore un peu plus fragile.

— Rien de très inquiétant. Néanmoins, il peut arriver quelque chose à tout moment, même si je ne le pense pas. Elle peut aussi vivre encore de nombreuses années, voire vous enterrer !

— Voilà qui est clair, répliqua miss Todd. Parfois, j'ai envie de l'étrangler, la pauvre. Et pourtant je ne veux pas la perdre. Je fais de mon mieux. Je n'ai qu'elle au monde.

— Vous en faites bien plus qu'il n'en faut, mademoiselle Todd. Et sachez que si elle venait à succomber, ce ne serait en rien votre faute. Vous ne pouvez en faire davantage. Le reste n'est pas de votre ressort.

— Je sais, je sais… Merci de me parler ainsi, mais je vais fondre en larmes, alors je vous dis au revoir.

Avant que le Dr Ford ne puisse lui apporter quelque consolation, elle le mit à la porte. Il rentra chez lui pour un dîner solitaire, avec l'image de miss Todd en pleurs, seule, loin de son masque de fierté et de bravoure, avant de monter voir sa mère. Il faillit se lever et retourner la voir. Songeant qu'elle ne ferait que se réfugier derrière son armure, il se ravisa et termina son repas avec un bel appétit.

5

Une soirée embarrassante

Le 24 décembre étant un samedi, Noël tomba logiquement un dimanche. En plus du billet d'une livre d'Adrian, Tony récolta trente-cinq shillings pour sa tirelire et devint si insupportable à parler de locomotives que Laura dut bannir toute conversation ferroviaire au cours des repas.

Par chance, il put voir les chiens de chasse par deux fois au cours de la semaine, ce qui détourna vaguement son attention des maquettes de trains et lui permit de fournir à sa mère une foule d'informations sur la chasse, en grande partie erronées. Ces deux passions se mêlèrent avec bonheur le jour où le renard traversa la voie ferrée, juste au-dessus de la gare de Stoke Dry. Tony, qui suivait la voie à pied, eut la chance d'arriver pile au moment où le train express de Londres passait à pleine vitesse, sans marquer l'arrêt à Stoke Dry. Il tua un chien sur le coup et en heurta un autre, qui fut projeté sur le bas-côté, une patte fracturée, hurlant de douleur. Un jeune cheval fut également pris de panique.

Tony pleura à chaudes larmes au côté de la victime, mais retrouva vite son entrain quand on l'autorisa à accompagner le vétérinaire et à assister aux soins prodigués au chien blessé. Les jours qui suivirent, il passa le plus clair de son temps à parler à la pauvre bête invalide.

Dans l'effervescence des préparatifs de Noël, Stoker maîtrisa son animosité envers la sœur d'Annie car elle avait besoin de renfort. La maison entière résonnait de leurs cris et leurs chansons, au point que Laura abandonna tout espoir de travailler. Elle passa trois jours au lit, à lire des romans policiers.

Le Dr Ford partagea le déjeuner de Noël des Todd et insista pour rester l'après-midi avec la vieille dame, car Louisa était de sortie pour le reste de la journée et miss Todd contribuait au sapin de Noël du presbytère. Quand il s'agissait de jouer aux cartes, Mrs. Todd était parfaitement lucide. Ils passèrent un moment délicieux à jouer au bridge. Face à cette adversaire de taille, le médecin perdit même un peu d'argent. Puis il lui prépara son thé et elle s'endormit jusqu'au retour de sa fille, qui libéra le médecin.

Nul ne sait ce qui se déroula à Low Rising mais, plus tard dans la semaine, Annie, la bonne de Mr. Knox, vint voir Stoker à vélo pour lui demander de renoncer aux services de sa sœur, car elle serait mobilisée pour le week-end.

— Elle donne un dîner à huit heures et demie samedi, expliqua Annie lorsqu'elle se fut assise avec sa sœur et Stoker dans la cuisine, bien au chaud.

— C'est une bolcho, voilà tout ! maugréa Stoker. Pourquoi tu la laisses faire ?

— Oh, ça ne me dérange pas, répondit Annie, désinvolte. Je peux toujours rendre mon tablier.

— Annie ! Tu sais bien que Maman ne te laisserait pas faire, intervint sa sœur.

— On ne t'a rien demandé, Flo ! De toute façon, il faut que tu viennes chez nous dimanche si Mrs. Stoker n'a pas besoin de toi.

Stoker était trop heureuse d'avoir une espionne dans le camp adverse et l'office résonnait de leur conversation animée sur « la grande dame », ainsi qu'Annie surnommait miss Grey en imitant très mal son accent.

Selon Annie, la grande dame avait un faible pour Mr. Coates, car Flo avait aperçu la photo de l'éditeur dans un tiroir de miss Grey en faisant la poussière.

Stoker répondit que la jeune Flo n'était vraiment pas douée pour faire la poussière, et qu'elle n'avait aucune raison de dépoussiérer l'intérieur des tiroirs. Annie s'en offusqua et la conversation s'envenima, jusqu'à ce qu'elle évoque les préparatifs en cours à Low Rising pour le réveillon du nouvel an.

— Le dîner est à huit heures et demie, madame Stoker, comme je le disais. Votre patronne sera là, ainsi que le Dr Ford et Mr. Coates, et nous autres, donc ça fait six. Il y aura de la dinde et tout le toutim, la même chose qu'à Noël. Dieu sait à quelle heure on terminera la vaisselle ! Ensuite, Monsieur veut servir du punch au salon et ils boiront à la nouvelle année.

Cette information les laissa toutes sans voix, y compris Stoker. Annie triompha intérieurement, jusqu'à ce que la jeune Flo fasse tomber le couvercle de la théière dans une tasse qui se brisa. Annie et Stoker se liguèrent alors contre elle, l'accusant de gourmandise pour avoir voulu reprendre du thé, d'insolence pour s'être servie sans y avoir été invitée et, plus généralement, de maladresse et de dépravation. Annie plaignit Stoker de l'avoir dans sa cuisine, et Stoker ne masqua pas sa commisération envers Annie à la perspective d'une destruction partielle de la vaisselle de Mr. Knox lorsque Flo l'aiderait à faire la vaisselle.

Lymphatique et assez sotte, Flo ne s'en offusqua pas et se racheta en portant deux bouteilles vides dans la cour afin de les briser, à la demande de Stoker.

— Qui casse une fois casse trois fois, dit-elle. Autant en finir tout de suite.

Ainsi passa le temps jusqu'à la veille du nouvel an, lorsque Adrian arriva chez Laura pour y rester jusqu'au lundi. Tony était monté se coucher de bonne heure, au terme d'une journée merveilleuse à Stoke Dry en compagnie du chef de gare, qui l'avait autorisé à l'assister au poste d'aiguillage et à la réception des marchandises. Il était même monté dans la locomotive lors des manœuvres !

Très élégants, Laura et Adrian buvaient un verre avant de partir pour la maison des Knox lorsque Laura demanda soudain le silence. Elle alla vite ouvrir la porte, puis dressa l'oreille. Si Adrian n'avait rien entendu, elle avait manifestement capté quelque chose.

— C'est Tony… quelque chose ne va pas, dit-elle dans un souffle.

Elle gravit les marches quatre à quatre, Adrian sur les talons.

Elle ne s'était pas trompée. Des sanglots provenaient de la chambre de l'enfant. Le cœur de mère de Laura se serra immédiatement. Assis dans son lit, sa lampe de chevet allumée, Tony pleurait à chaudes larmes, un bout de papier dans une main, un crayon dans l'autre.

— Que se passe-t-il, mon chéri ? s'écria Laura en s'agenouillant près du lit, affolée.

Entre deux hoquets, l'enfant parvint à s'expliquer :

— J'ai écrit un poème… il est tellement beau, Maman !

Il se tourna vers elle et enfouit son visage dans le creux de son épaule. Peu à peu, ses pleurs se calmèrent. Laura approcha une chaise du lit et s'assit, puis interrogea son fils sur son poème.

— Il parle d'une poule d'eau. On en a chassé l'autre jour et j'ai écrit quelques vers sur cette partie de chasse. Mon poème est si merveilleux, Maman !

Ses lèvres se remirent soudain à trembler.

— Je peux le voir, mon chéri ?

— Je vais vous le lire, Maman, mais il est tellement triste que vous allez pleurer.

— Ce n'est pas grave, mon ange. J'ai envie de l'entendre, et Mr. Coates aussi. Entrez, Adrian, et fermez la porte.

Réconforté et ravi d'avoir un auditeur supplémentaire, Tony renifla bruyamment et se frotta les yeux du dos des mains.

— Il s'intitule « Par monts et par vaux, à travers bois », annonça-t-il.

— Un sacré bon titre, commenta Adrian gentiment.

— C'est très triste, rétorqua Tony sur un ton de reproche.

— Peu importe, chéri, dit Laura. Nous t'écoutons.

Tony se racla la gorge et déclama :

Par monts et par vaux,
À travers bois,
Par monts et par vaux,
Tiens, les voilà.
Par monts et par vaux,
Une poule d'eau,
Par monts et par vaux,

Faisait des sauts.
Par monts et par vaux,
Quand bien trop tôt,
Un chasseur rougeaud
Tua la poule d'eau.
Par monts et par vaux,
À travers bois,
Par monts et par vaux,
Plus jamais ça.

Inutile de préciser que les yeux de mère de Laura étaient embués de larmes à la fin de la lecture.

— Chéri… c'est d'une tristesse effroyable.

— Je savais bien qu'il vous ferait pleurer, déclara Tony d'un ton complaisant. J'ai pleuré comme une madeleine. N'est-il pas merveilleux, Maman ?

— Laura, intervint Adrian, j'ai adoré le poème de Tony, surtout la partie où les vers perdent pied, pour ainsi dire. Ce garçon est bien meilleur poète que je ne l'ai jamais été. Nous le publierons au sein d'un recueil. Cela étant dit, vous rendez-vous compte qu'il est presque huit heures et demie et que de nuit, sur une route inconnue, même ma voiture ne peut parcourir le trajet en moins de dix minutes ?

— J'arrive, lui répondit Laura en séchant ses larmes. Merci, Tony. C'est un poème très triste en effet. À présent, endors-toi et ne sois pas malheureux, je t'en prie. Oublie les poules d'eau.

Tony étreignit sa mère et s'allongea. Au moment où Laura et Adrian quittaient la pièce, il appela :

— Maman ?

— Oui ?

— Maman, Sibyl m'a invité à retourner à la chasse, lundi. C'est formidable, non ? Je peux y aller ?

— Bien sûr, chéri. Dors bien.

Laura ferma vivement la porte. Adrian et elle échangèrent un regard complice et éclatèrent de rire. Ils s'esclaffèrent à tel point que Laura faillit trébucher sur les deux dernières marches de l'escalier. Adrian la rattrapa de justesse.

— J'ai des enfants très bizarres, admit-elle en montant dans la grosse voiture de l'éditeur.

— Tony va bien. Ses poèmes sont bien rangés dans sa petite tête. Chère Laura, savez-vous que je pense à vous chaque fois que j'assiste à des funérailles ?

— Comme c'est charmant ! Pourquoi ?

— Quand le révérend cite l'Ecclésiastique avec « Faisons l'éloge de ces personnages glorieux que sont nos ancêtres », je me dis que vous en avez votre version personnelle avec « Faisons l'éloge de ces personnages glorieux que sont mes enfants ».

Laura rit de plus belle et Adrian aussi, avec affection. Il trouvait touchante la façon dont elle avait serré son petit poète dans ses bras. Depuis une semaine, il sentait monter en lui comme une envie de stabilité domestique, et Laura s'intégrait parfaitement dans ce tableau. Avec ses cheveux châtains rebelles, sa robe en velours noir élimée à laquelle elle parvenait à donner des airs de deuil, son châle de soie rouge qui lui tombait des épaules, ses yeux embués de larmes et sa façon de serrer son petit élégiste sur son cœur… Chère Laura…

Longtemps, tous deux se souviendraient de ce réveillon du nouvel an comme de la réception la plus embarrassante à laquelle ils aient participé. À leur arrivée un peu tardive, les Knox, miss Grey et le Dr Ford étaient déjà réunis. Laura s'était promis, dans la mesure du possible, de se montrer aimable envers miss Grey, tout en veillant à ce qu'Adrian profite au mieux de la présence de Sibyl. La description qu'avait faite Tony de miss Grey, la qualifiant de dérangée, était très pertinente. D'ailleurs, pourquoi diable avait-il dit « on » ? C'était étrange. « On dit toujours qu'elle a le cerveau dérangé. » Son intuition d'enfant lui avait sans doute permis de jauger la jeune femme. Le petit vaurien ! Laura chassa vite ces pensées lorsque George Knox l'invita à s'asseoir auprès de lui. Le Dr Ford était placé en face, à côté de Sibyl, puis il y avait Adrian et miss Grey, qui côtoyait George.

— Ma foi, cher George, ces dames vous font honneur ce soir, déclara Laura.

Elle ne mentait pas. Si sa beauté aristocratique et un peu fatiguée demeurait sans rivale, les cheveux blonds et soyeux de miss Grey et sa robe vert pâle lui donnaient des airs de sirène. Quant à la brune Sibyl aux yeux sombres, vêtue de rouge elle était radieuse sous le regard d'Adrian. Tous deux étaient fort séduisants.

— C'est vous qui nous honorez de votre présence, ma chère Laura, répondit son hôte. Vous êtes divine, ce soir. En noir, vous me rappelez Mrs. Siddons, notre grande tragédienne.

— Ne serait-ce pas plutôt la redoutable Mrs. Crummles de Dickens, George ? Comment va votre Édouard VI ?

— Vous touchez un point sensible, chère amie. Il ne va pas très bien. L'aimable miss Grey et moi-même nous sommes escrimés en vain aujourd'hui. Le malheureux se meurt doucement et l'Angleterre retient son souffle. Bon sang ! Je n'arrive pas à l'achever, s'emporta George avec véhémence.

— Et si vous le laissiez en plan pendant un mois, le temps d'un séjour à l'étranger ?

— J'y compte bien, Laura. Je savais que vous viendriez à la rescousse et me protégeriez. Les obsèques d'Édouard seront donc repoussées. Sibyl ! Laura a raison. Elle a toujours raison. Nous devons partir. Je suis à court d'inspiration, je suis vidé.

— Excellente idée, Papa !

Miss Grey, qui était en grande conversation avec Adrian, se retourna en entendant les propos de son patron.

— Allons, Monsieur, vous n'y pensez pas ! Le soleil vous ferait le plus grand bien, ainsi qu'à miss Knox, certes, et cela ne me dérangerait pas le moins du monde de rester ici, dans le froid, mais vous savez très bien que votre éditeur attend votre manuscrit pour fin février. Si seulement je pouvais le terminer pour vous !

— Bonne idée, faites donc, intervint le Dr Ford. Knox et Sibyl ont grand besoin de changer d'air.

Miss Grey estima sans doute qu'il avait une idée derrière la tête car Laura la vit afficher, de façon fugace, la même mine boudeuse que lors de leur première rencontre.

George Knox paraissait irrité de cette irruption dans ses projets. Grâce aux quelques ragots que Laura et le Dr Ford avaient échangés, chacun savait que l'autre inspectait du coin de l'œil miss Grey tandis qu'elle apaisait son patron en jouant de ses beaux yeux.

— Quelle est donc votre mission, ici, ce soir, madame Morland ? s'enquit le médecin en voyant que les deux autres couples étaient occupés.

— Veiller sur Sibyl et Adrian, répondit-elle à voix basse. Et la vôtre ?

— Je suis envoyé par miss Todd afin de lui faire un compte rendu. C'est un cas typique de jalousie maladive, je dirais.

— Qui donc, Anne ? demanda Laura, alarmée.

— Non. Pas elle, non. Ces patients sont capables d'empoisonner quelqu'un ou de se suicider au gaz, deux cas de figure fort déplaisants.

— Pourquoi ferait-elle une chose pareille ?

— Vous constituez l'une de ces raisons, Laura, et Sibyl en est une autre. Ce soir, elle est comme un âne entre deux bottes de foin.

L'austère Dr Ford s'autorisa un ricanement.

Tandis qu'Adrian et Sibyl échangeaient quelques reparties qu'ils trouvaient très amusantes, étant parvenue à calmer Mr. Knox, miss Grey se tourna vivement vers Adrian et lui coupa la parole :

— Je dois vous dire, monsieur Coates, que j'ai une grande admiration pour ces poèmes.

— Quels poèmes, mademoiselle Grey ? J'avoue que je ne vous suis pas.

— Allons ! Ce petit recueil intitulé *La Corbeille dorée*.

Adrian adressa un regard implorant à Laura, mais celle-ci semblait captivée par George Knox, qui développait une théorie selon laquelle la Réforme avait provoqué un recul de cent ans dans le domaine de l'hygiène. Adrian était furieux d'avoir été interrompu de façon aussi grossière dans sa conversation avec Sibyl, surtout pour entendre parler de cette fâcheuse erreur de jeunesse.

— Ah… *La Corbeille dorée*.

— Oui, de A. C. Naturellement, nous savons de qui il s'agit. Ces poèmes sont sublimes.

— N'en parlons pas, déclara Adrian, la mine grave.

— Pourquoi pas ?

— À ce jour encore, mon pauvre frère demeure un sujet douloureux, mademoiselle Grey.

— Votre frère ?

— Eh bien, je vous croyais au courant de sa fin tragique.

— Nullement. Mais quel rapport a-t-il avec ces poèmes ?

— Tout, affirma l'éditeur, estimant être allé assez loin pour tirer quelque amusement de sa supercherie. Nous étions jumeaux. Il s'appelait Alfred. Il était ce que je ne suis pas, raconta Adrian d'un air humble. Il était beau comme un dieu. Hélas, il avait en lui le germe de la folie et n'a pu assimiler aucune instruction classique. Ces petits poèmes, miss Grey, sont inspirés de la seule nature. Épuisée par l'effort, sa frêle constitution n'a pas supporté un esprit aussi ardent. Il est mort. Cela valait mieux. Pardonnez-moi de ne pas m'attarder sur un sujet aussi cruel.

Miss Grey écarquilla les yeux.

— Le pauvre garçon..., déclara-t-elle. Donc vous n'êtes pas poète ?

— Pas le moins du monde, répondit l'éditeur avec un entrain qui le rassura lui-même.

À cet instant, frustré que son auditoire soit limité à une seule personne, George Knox décida d'accaparer toute la tablée.

— La Réforme, ma chère Laura, s'exclama-t-il d'une voix tonitruante qui couvrit les autres conversations, fut l'un des plus grands malheurs subis par l'Angleterre. Pas d'un point de vue religieux. Je me garderais d'en juger, étant catholique de naissance, presbytérien par mariage et athée par conviction. Je parle d'un point de vue purement social.

Il observa ses convives, cherchant un contradicteur. Miss Grey remercia Dieu d'être protestante. Adrian semblait sidéré par cette déclaration sans pertinence, tandis que Laura et le Dr Ford échangeaient un regard à la fois amusé et inquiet, sachant qu'il s'agissait là de l'un des dadas de George. Quant à Sibyl, elle ne pensait qu'à Adrian.

— Non, non, poursuivit Knox avec fougue. Je ne parle pas de religion. Les égouts, ma chère Laura. Les égouts ! S'il y a une chose que le monde comprenait avant la Réforme, ce sont les canalisations. Voyez les châteaux normands. Citez-moi un château normand que l'on peut explorer sans rencontrer un peu partout des fosses de dix mètres.

Fasciné mais plein d'appréhension, son auditoire attendit non sans impatience la suite de son discours. George martela la table du poing et poursuivit :

— Voyez Tintern, un exemple parfait d'évacuation de la cuisine dans le fleuve, le tout exposé à notre regard. Considérez ensuite l'Elizabethan Manor House ou Hampton Court. Où sont les égouts ? À leur place, je…

L'assemblée s'insinua soudain dans la brèche comme un seul homme. Laura éprouva le besoin de fournir au Dr Ford bon nombre d'informations confidentielles sur le commerce de gros de la soie en France tandis qu'Adrian, oubliant sa joute verbale avec miss Grey, se mit à lui raconter avec passion son dernier voyage en Amérique, tout en acceptant ses commentaires avec magnanimité. George finit par se calmer et fut rapidement en mesure de se joindre à la conversation générale. C'est vers la fin du repas seulement que Laura comprit ce que le Dr Ford signifiait à propos d'un âne entre deux bottes de foin : assise entre George Knox et Adrian, miss Grey était visiblement distraite. Alors qu'elle recherchait l'attention des deux hommes, dès qu'elle se tournait vers l'un, l'autre lui échappait. Si elle interrompait la conversation d'Adrian et Sibyl, Knox accaparait Laura. Si elle s'imposait entre Knox et Laura, Adrian s'empressait de replonger dans les yeux de braise de Sibyl. Si Laura s'amusait de la situation, elle éprouvait également un peu de compassion pour l'infortunée miss Grey.

Au terme d'un dîner aussi long que succulent, il était déjà plus de dix heures lorsque Sibyl, encouragée par miss Grey, invita les dames à passer au salon. Quand elle quitta la table, Laura murmura au Dr Ford :

— C'est impossible… Si je neutralise George, pourrez-vous vous charger du succube ?

— Pour une fois, ce sera avec plaisir, répondit le médecin, qui se réjouissait de voir Sibyl heureuse.

Au salon, Laura s'efforça d'orienter la conversation sur des thèmes généraux. Miss Grey avait manifestement autre chose en tête. Elle ne se montra pas impolie, contrairement au premier soir, mais si distraite que Laura et Sibyl abandonnèrent toute tentative de l'intéresser. Plus tard, elle se réveilla enfin et déclara :

— Madame Morland, le sort du pauvre frère de Mr. Coates est une véritable tragédie, vous ne trouvez pas ?

— Il n'a pas de frère. De qui parlez-vous donc ?

— Je parle de ce frère qui est mort, l'auteur de *La Corbeille dorée*. Le pauvre…

— C'est Adrian qui a écrit *La Corbeille dorée*. Il en a honte aujourd'hui car ces poèmes sont très mauvais, expliqua Laura à miss Grey, balayant l'enthousiasme de la jeune femme.

— Il m'a dit tout à l'heure qu'ils étaient d'Alfred, son frère jumeau, un garçon intelligent et bizarre, décédé très jeune. Vous devez vous méprendre, madame Morland.

— Pas le moins du monde, insista Laura. Adrian est le seul descendant masculin de sa branche paternelle.

Miss Grey en fut abasourdie.

— Je n'y comprends rien, admit-elle. Mr. Coates n'a-t-il pas composé ces poèmes ?

— Si. Il en est bien l'auteur. Je crains qu'il ne vous ait fait une plaisanterie, miss Grey. Ce n'est pas très courtois de sa part.

Bienveillante, Laura n'aimait pas voir la jeune femme aussi mal à l'aise.

— Il est très timide et c'est ainsi que se manifeste son humour, ajouta-t-elle.

— Il s'est moqué de moi ! s'exclama miss Grey avec un air mauvais.

— Oh non, mademoiselle Grey, intervint Sibyl. Il plaisantait, rien de plus. Il ne faut pas le prendre au sérieux.

Miss Grey s'empourpra violemment.

— Ma foi…

Elle se ravisa et, foudroyant les deux femmes du regard, quitta la pièce en claquant la porte derrière elle. Terrifiée, la pauvre Sibyl semblait au bord des larmes. Alors qu'elle s'apprêtait à aller voir si la secrétaire n'était pas souffrante, Laura l'en dissuada, de peur que n'éclate une crise d'hystérie.

— Je pense que nous devrions partir, à présent, dit-elle à Sibyl. Je ne voudrais pas paraître ingrate, cette soirée est délicieuse, mais miss Grey se montre assez peu coopérative. Sibyl, ne pensez-vous pas comme moi qu'Adrian et votre père ne devraient pas s'attarder dans la salle à manger ? Adrian doit me reconduire chez moi en voiture, et si votre père se laisse aller ils seront encore en pleine conversation à minuit. Et je crains que le délicieux vin de George n'ait un effet regrettable sur notre automobiliste.

— J'y ai pensé, répondit Sibyl, qui avait le sens des réalités. C'est pourquoi j'ai demandé au Dr Ford de les faire revenir bientôt. Je sais ce qui arrive lorsque Papa boit du porto. Il perd toute notion du temps. Mais je vous en prie, restez pour les douze coups de minuit, madame Morland. Sinon, ce ne sera pas un véritable nouvel an.

Laura le lui promit.

Le Dr Ford tint parole et les deux hommes se présentèrent au salon. George Knox demanda où se trouvait miss Grey et Laura lui répondit qu'elle avait quelque problème à régler dans la maison, ce dont il se contenta volontiers. Adrian s'arrangea pour avoir Sibyl pour lui seul et le Dr Ford se joignit à Laura pour occuper George Knox.

— Maintenant que les domestiques ne sont plus là, dit le médecin, Knox devrait se défaire de ses inhibitions à propos des égouts. Allez, Knox ! Crachez le morceau !

George n'eut guère besoin d'encouragement pour se lancer sur ce sujet palpitant. Laura rit si fort que des mèches de ses cheveux se mirent à tomber de son chignon, comme d'habitude.

— Chère Laura, dit George, je veux bien déposer une vie de travail à vos pieds pour le simple plaisir de vous entendre rire et vous gausser si cela libère si merveilleusement vos boucles ensorceleuses. Je pourrais tresser une couronne avec vos cheveux et l'arborer moi-même en buvant du punch en votre divine compagnie.

Par malchance, miss Grey choisit cet instant pour refaire son entrée. Elle entendit donc la tirade de George et foudroya Laura du regard avant de s'asseoir à l'écart des deux petits groupes. Elle semblait avoir recouvré ses esprits et ne tenta d'accaparer ni Adrian ni George. En fait, lorsque le Dr Ford se rapprocha d'elle, elle parut même se résigner à sa compagnie.

Peu avant minuit, Annie, suivie par Flo, d'humeur rieuse, apporta une série de bouteilles qu'elle disposa sur la table. Knox prépara un cocktail corsé, prétendument une recette familiale transmise de génération en génération, mais qui dépendait en réalité de la composition de sa cave. Cette année-là, les ingrédients étaient abondants et variés. Laura, qui connaissait la composition du punch, aurait aimé mettre Adrian en garde sans froisser George. Avant qu'elle n'en trouve l'occasion, minuit sonna et la nouvelle année commença. Telle une sorcière devant sa marmite, George se mit à remplir de sa mixture chacun des verres.

— Bonne année à tous ! lança Laura. À vous et Sibyl, George, et à vous, mademoiselle Grey, et à vous, docteur, sans oublier Adrian, ainsi qu'Anne Todd.

Les convives trinquèrent et burent avec enthousiasme.

— À mon tour de porter un toast, déclara miss Grey. Au prochain livre de Mr. Knox ! Qu'il soit son plus grand succès avant le suivant, celui que nous commençons à peine.

Quatre personnes posèrent sur elle un regard meurtrier.

— Je lève mon verre à miss Grey, enchaîna George Knox. Qu'elle m'assiste encore longtemps.

Laura, le Dr Ford et Sibyl furent ainsi contraints de boire en échangeant des regards sinistres.

— Et j'ajouterai : à vos garçons, chère Laura, déclara l'éditeur.

Toutes ces émotions et le cocktail de George faillirent faire pleurer Laura, qui parvint à ravaler ses larmes.

— Merci, dit-elle simplement.

Elle s'inquiétait pour Adrian car si elle-même, miss Grey et Sibyl s'étaient contentées de tremper les lèvres dans leur verre, de même que le médecin, pour des raisons plus professionnelles, Adrian avait bu davantage que de raison et leur hôte avait rempli plusieurs fois son verre. Il était extrêmement séduisant et passablement éméché. Laura mourait d'envie de mettre fin au plus vite à cette soirée cauchemardesque et espérait que le froid régnant au-dehors aiderait son chevalier servant à recouvrer ses esprits. Les convives se souhaitèrent enfin une bonne nuit et, en montant dans sa voiture à deux places, le Dr Ford serra la main de Laura dans la sienne.

— Merci de vous être rappelée Anne Todd.

Sur ces mots, il s'éloigna.

Adrian enveloppa Laura d'une épaisse fourrure et démarra son véhicule. Sa conduite ne fut pas aussi assurée qu'elle l'aurait souhaité, loin de là. Par chance, la route n'était pas verglacée. Le moindre dérapage les aurait menés dans le fossé, ce qui eût été très fâcheux, voire désastreux.

— Ne roulez pas trop vite, Adrian, le prévint-elle lorsqu'ils s'engagèrent sur la grande route. La chaussée se rétrécit avant d'atteindre High Rising et nous risquons de croiser quelques fêtards attardés.

Adrian leva le pied, mais le volant oscillait de façon inquiétante. Lorsqu'ils virent une voiture surgir juste en face d'eux, le démon de l'alcool incita Adrian à accélérer sans klaxonner. L'autre véhicule ne serra donc pas à gauche. Adrian tenta de l'éviter, et face au choc inéluctable Laura se couvrit la tête de la fourrure en pensant très fort à Tony. La voiture fila sur le talus, qui la ralentit légèrement. Quand Adrian revint enfin à lui, il freina brutalement et le véhicule se coucha sur le flanc, au bord du fossé. Toujours emmitouflée, Laura fut projetée contre Adrian et attendit la mort. Mais celle-ci avait autre chose à faire.

— Nom de Dieu ! s'écria l'éditeur en coupant le moteur.

Les phares étant brisés, ils restèrent ainsi dans le noir, serrés l'un contre l'autre.

— Laura, vous allez bien ? s'enquit-il d'une voix tremblante.

Furieuse de ne pas parvenir à se dégager, elle lui répondit qu'elle n'avait rien et lui demanda non sans sévérité ce qu'ils allaient faire à présent. Coincé entre le volant et le corps de Laura sous sa fourrure, Adrian était manifestement impuissant. Au prix d'un grand effort, Laura s'extirpa de sous la fourrure et, à califourchon sur le corps de l'éditeur, tenta d'ouvrir la portière qui se trouvait au-dessus de sa tête.

— Naturellement, elle est bloquée, maugréa-t-elle. Nous n'allons tout de même pas passer la nuit ici ! Au vu des possibilités très limitées qu'elle offre, la situation est respectable, mais ce n'est pas ma conception du confort.

Adrian se tortilla comme un beau diable pour s'extraire de sous Laura, puis il se glissa sur la banquette arrière. L'autre portière était également coincée, ainsi que la vitre.

— Pouvez-vous ouvrir votre fenêtre, Laura ? demanda-t-il.

Par chance, elle y parvint. Adrian repassa à l'avant en s'efforçant de ne pas trop piétiner Laura, puis il eut toutes les peines du monde à sortir par la fenêtre pour se retrouver dans l'herbe.

— Venez, Laura ! dit-il. Donnez-moi la main.

— Comment voulez-vous que je passe par cette toute petite fenêtre, située au-dessus de ma tête de surcroît ? Quel nigaud ! protesta-t-elle. C'est la dernière fois que je vous emmène à une soirée !

Néanmoins, afin de ne pas passer une nuit pénible, seule dans le froid et l'inconfort d'une voiture accidentée, elle consentit à essayer. Elle commença par jeter la fourrure au-dehors et demanda à Adrian de l'étaler là où elle était susceptible de chuter.

— Tête la première, lui conseilla Adrian. Tenez, enroulez les bras autour de mon cou et je vous tirerai hors de la voiture.

Si Laura était svelte, la faire passer par une fenêtre aussi petite ne fut pourtant pas chose aisée. Mais Adrian ne ménagea pas ses efforts, ne craignant pas de rayer sans merci la carrosserie de sa superbe voiture, jusqu'à parvenir à extirper son auteur.

— Heureusement que je vous avais demandé d'étaler la fourrure à cet endroit, dit-elle en se relevant.

Elle enroula ses cheveux en un chignon.

— Personne ne vous volera votre voiture. Venez vite à la maison, que je vous dise ce que je pense de vous.

Elle accepta le bras de l'éditeur et souleva légèrement le bas de sa robe pour parcourir les quelques centaines de mètres qui les séparaient du cottage. Sans un mot, elle ouvrit la porte d'entrée et introduisit Adrian au salon, où un feu crépitait encore dans la cheminée. Ils trouvèrent également un plateau avec des boissons, deux bouteilles Thermos et des sandwichs gentiment laissés à leur intention par Stoker.

— Si vous saviez à quel point je suis navré, Laura. C'est la première fois que je commets une telle erreur. Vous êtes certaine de ne pas être blessée ? Buvez un petit remontant et montez vous coucher sans attendre, tenta Adrian, espérant échapper à la colère de son auteur.

— Ce dont vous avez besoin, Adrian... Retirez donc votre manteau et asseyez-vous ! Ce dont vous avez besoin, c'est d'une bonne cure de désintoxication. Vous m'avez fait honte ! Je ne vois pas d'inconvénient à ce que vous profitiez librement des excellents crus de George Knox au cours du dîner, mais pour ce qui est d'abuser du punch juste avant de reconduire une dame en voiture, les mots me manquent. Enfin, pas complètement, Dieu merci. Un homme de votre âge, qui a participé à des fêtes universitaires et des soirées de la Société des auteurs, deux ambiances bien différentes, soit dit en passant, devrait avoir conscience des conséquences d'un punch corsé comme celui de George. Et si dans tous les cas George est un imbécile, ce n'est pas une raison pour l'être autant que lui. Moi qui voulais vous faire passer un bon réveillon du nouvel an ! Et vous, pour me remercier, vous foncez dans le fossé avec votre voiture. J'ai presque envie de vous souhaiter qu'elle ne soit pas assurée tant vous m'avez fait une peur bleue. Puis vous m'extirpez par une fenêtre comme un cadavre, et tout cela uniquement parce que George Knox et vous êtes deux sombres crétins ! Je vous déteste !

Sur ces mots, Laura s'agita tant que des mèches de cheveux tombèrent de son chignon. Alors elle se mit à pleurer amèrement.

Éberlué, Adrian se leva. Laura avait raison. Au cours de cette soirée, il avait bu plus que de raison et ne s'était pas rendu compte de ses excès. Jamais il ne s'était montré aussi désinvolte en voiture, et il ne recommencerait pas de sitôt. Il était impardonnable ! Laura était en larmes, et par sa faute. L'année commençait bien mal ! Lui qui se réjouissait de ce week-end, de la perspective de ses discussions avec Laura, du plaisir de revoir la délicieuse Sibyl Knox. Laura raconterait certainement à Sibyl qu'il n'était qu'un ivrogne. Non, elle n'en ferait rien. Elle était trop bienveillante, trop noble. Chère Laura ! Quelle brute j'ai été, se répéta-t-il pour la deuxième ou la troisième fois, encore troublé. Elle était seule avec quatre enfants à charge et il l'avait fait pleurer. Comment se racheter ? Comment témoigner un dévouement qui compenserait cette terrible bévue ?

Laura appréciait presque de se laisser ainsi aller à ses larmes.

— Donnez-moi un mouchoir, je vous prie, Adrian, dit-elle d'une voix nasillarde tout en tendant un bras derrière elle.

Il en plaça un dans sa paume. Au même moment, à sa grande surprise, elle sentit un bras viril lui enserrer la taille et des lèvres déposer un baiser respectueux et plein de vénération sur sa tempe.

— Laura, ma chère, fit l'éditeur d'une voix brisée par l'émotion et les vestiges du punch. Me pardonnerez-vous un jour ? Quand je pense à vous, si courageuse, si seule… je m'en veux à mort. Laura, et si vous m'épousiez ? Si vous me laissiez porter vos fardeaux ? Être un père pour vos garçons ?

Telle la Miss Skiffins de Charles Dickens, Laura se dégagea de l'emprise d'Adrian et se moucha avec bruit. Puis, sans un mot, elle déboucha l'une des Thermos et servit une grande tasse de café, qu'elle tendit à Adrian.

— Asseyez-vous et buvez cela immédiatement, ordonna-t-elle, je vais vous parler de vous.

Horrifié par sa propre audace, il obéit, sa tasse à la main.

— Vous êtes peut-être un bon éditeur, déclara Laura, profitant de l'avantage de sa position debout. Mais vous êtes le dernier des crétins ! Si je voulais vraiment vous punir, j'accepterais votre proposition. Croyez-vous vraiment que je veuille un nouveau mari ? Et si tel était le cas, pensez-vous que je vous choisirais, vous ? Je suis en âge d'être votre mère ! Du moins le serais-je si nous étions en Inde. Quant à être le père de mes garçons, croyez-vous que trois jeunes gens autonomes qui gagnent leur vie aient vraiment besoin d'un père ? Allons ! Et Tony n'en a pas besoin non plus. Nous nous en sortons très bien, merci. Porter mon fardeau ? Non mais ! Vous n'êtes qu'un incompétent vaniteux ! Vous me dégoûtez ! Et buvez ce café !

Adrian vida sa tasse, honteux mais presque sobre.

— Laura, cet accident de voiture m'a secoué. Je sais que c'était ma faute ! Vous avez été si courageuse et je vous admire tellement ! Je voudrais vraiment vous aider.

— Écoutez-moi bien, Adrian. Autrefois, j'ai connu un jeune homme, qui n'était pas si jeune que cela d'ailleurs, mais qui se croyait jeune. Bref, il a emmené une jeune fille aux courses hippiques et, en rentrant, il était tard, ils ont eu un accident de la route. Sous le choc, dans l'exaltation du moment, il l'a demandée en mariage et elle a accepté. Peu de temps après, un démenti est paru dans *The Times*. Ce n'est pas ce que vous voulez, n'est-ce pas ? Et je vais vous dire autre chose : vous êtes amoureux de Sibyl Knox.

— Vous avez parfaitement raison, comme toujours, admit Adrian en prenant sa tête dans ses mains.

— Cessez de geindre de la sorte ! répliqua Laura. Vous pourriez au moins me remercier ! J'ai fait de mon mieux pour vous aider, Sibyl est adorable et tout ce que je reçois en retour, c'est ce comportement d'abruti.

— Pardon, Laura. Mille fois pardon, dit Adrian, résolument sobre. Puis-je espérer votre mansuétude ?

Laura se mit à rire.

— Bien sûr, pauvre idiot ! Volontiers. Promettez-moi de vous fiancer avec Sibyl dès qu'elle voudra bien de vous. Topez là ! Bien, à présent… mangez quelques petits sandwichs. Et servez-nous donc un peu de café, avec un nuage de lait cette fois. Nous discuterons de Sibyl. La mission est délicate, vous savez, à cause de cette importune miss Grey. Cependant, je peux vous prêter main-forte le temps de ma présence ici. Le problème, c'est que vous avez offusqué la secrétaire avec vos mensonges inutiles au sujet de votre frère Alfred.

Adrian afficha un air contrit.

— Selon moi, sa passion juvénile pour vous en a été ébranlée. Mais comme elle est aussi jalouse qu'une tigresse, si elle croit que Sibyl a des vues sur vous, elle risque de se montrer pénible. J'exagère sans doute… En réalité, c'est ce pauvre George qu'elle veut prendre dans ses filets, et nous allons devoir le tirer de ce mauvais pas.

— Si quelqu'un en est capable, c'est vous. Laura, croyez-vous vraiment que j'aie une chance, avec Sibyl ?

— Absolument. Elle ne rencontre jamais d'hommes si ce n'est les garçons du coin, répondit Laura avec un brin de méchanceté. Et n'oubliez pas qu'elle écrit. Vous devez l'aider.

— Avec plaisir. En plus, je suis sûr qu'elle écrit très bien. J'espère simplement que quand nous serons mariés elle ne voudra pas s'accaparer le monde de la littérature, dit-il, inquiet. Il y en a déjà suffisamment de cette espèce dans le métier. Mrs. Jones, pour n'en nommer qu'une.

— Ne vous en faites pas. Vivre avec George Knox dégoûterait n'importe qui de la littérature. De plus, telle que je la connais, elle voudra plutôt élever des chiens et fonder une famille nombreuse.

— Vous allez vite en besogne, Laura. Naturellement, j'ai envie de fonder une famille moi aussi. En vous voyant avec Tony, ce soir, j'ai ressenti quelque chose d'inédit.

— De la sensibilité, dit Laura fort judicieusement. Cela vous prend de temps en temps. Je vous ai déjà vu fondre devant des jumeaux dans un landau. Il faut que vous fondiez un foyer, cela vous mettra du plomb dans la cervelle. À présent, allez vous coucher. Stoker vous montera votre petit déjeuner. Et je ne veux pas vous revoir jusqu'à demain midi. Je m'occuperai de votre voiture. Si le garage de mon ami est fermé en ce dimanche, j'en parlerai au fermier. C'est un ami, lui aussi, et il la redressera avec ses chevaux. Allez, filez !

Elle le poussa dans l'escalier, puis s'assit devant son secrétaire pour esquisser les grandes lignes d'un roman fondé sur les événements de la soirée. Son rôle était tenu par une riche comtesse, et celui d'Adrian par un jeune créateur de mode de génie. Sibyl était le mannequin désargenté mais issu de la noblesse que ses lecteurs appréciaient tant. Quant à miss Grey, Laura hésitait entre une anarchiste russe et une agente de la traite des Blanches spécialisée dans les mannequins défavorisés ayant des relations. Ensuite, Laura alla se coucher et lut dans son lit une partie d'un roman policier intitulé *Mort dans un abri de jardin*, puis s'endormit. Ce fut le règne de la paix et des ténèbres.

6

Le jour de l'an

— Bonne année, mon chéri ! s'exclama Laura le lendemain, en entrant dans la chambre de Tony. Nous allons à la messe ce matin, alors tâche d'être présentable.

— Maman ! Il le faut vraiment ? J'avais quelque chose de très important à faire avec mon train, aujourd'hui.

— Oui, il le faut. Je suis désolée pour ton train, mais nous devons assister à l'office au moins une fois durant les fêtes afin de ne pas décevoir le révérend.

Se montrer à l'église pour des raisons sociales était peut-être légèrement mieux que de ne pas y aller du tout. De plus, le service religieux méritait de faire partie de la culture générale, ne serait-ce que pour la beauté de la langue.

— Tu ne me présentes pas tes vœux ? ajouta-t-elle.

— Bonne année, maugréa Tony de mauvaise grâce. J'espère que les cantiques ne seront pas trop mauvais.

Heureusement, l'enfant recouvra son entrain avec le petit déjeuner. Laura lui raconta qu'Adrian et elle avaient effectué une sortie de route en voiture en pleine nuit. Avant qu'elle ne puisse lui en fournir les détails, Tony se lança dans le récit interminable et assommant d'un accident ferroviaire survenu en Écosse en 1907. Puis, apprenant que Mr. Brown, le garagiste, remorquerait le véhicule dans l'après-midi, l'enfant oublia un instant ses trains et partit vite demander au vétérinaire s'il pouvait emmener le chien de chasse à la patte fracturée afin qu'il assiste au spectacle, histoire de lui changer les idées.

La messe en compagnie de Tony promettait d'être une expérience éprouvante. L'enfant ne connaissait de la pratique religieuse que la chapelle du pensionnat et posait un regard soupçonneux sur ce qui se démarquait de ses rites. Pour couronner le tout, il avait du mal à s'y retrouver dans le livre de prières mais refusait l'assistance de sa mère. Vexé, il préférait tourner les pages avec bruit, quitte à se faire remarquer davantage. À l'annonce du premier cantique, son visage s'illumina :

— On chante souvent ça à la chapelle, murmura-t-il.

Dès que l'organiste joua les premières mesures, il ajouta à voix haute :

— Ce n'est pas cet air-là !

Il referma son livre et regarda autour de lui, affichant une expression d'ennui, à la limite de l'exaspération. Comme il fallait s'y attendre, il égara les six pence que sa mère lui avait remis pour la quête et dérangea les autres fidèles de la rangée en cherchant ses pièces à leurs pieds. Il ne retrouva son argent que lors de la bénédiction. Sous le regard effaré de sa mère, Tony sortit de sa poche un mouchoir grisâtre dont les pièces s'échappèrent pour rouler dans l'allée avant de disparaître dans la grille du chauffage. L'air abattu, Tony regarda sa mère et haussa les épaules, résigné.

Les Knox étaient au grand complet. Ni le catholicisme de George ni son presbytérianisme ne l'auraient empêché de soutenir le révérend anglican, qui était son ami. Après l'office, Laura échangea quelques mots avec eux. Hélas, elle ne pouvait décemment demander devant tout le monde à Sibyl ce qui s'était passé la veille après le départ des invités.

— Adrian vous envoie ses amitiés, parvint-elle à lui glisser. Nous avons eu un petit accident en rentrant. Rien de cassé, rassurez-vous, mais je l'ai consigné au lit.

— Était-ce la voiture que nous avons croisée sur la route ?

— Absolument. Elle sera remorquée après le déjeuner. Tony participera à l'opération. Et si vous veniez également ? Cela pourrait vous amuser. Il faut que je voie Anne Todd. Anne ! Anne ! Venez donc déjeuner avec nous. Prévenez votre Louisa, puis venez chez moi. Elle travaille, aujourd'hui, non ?

— Avec grand plaisir, répondit miss Todd. Je serai chez vous à la demie.

À son retour, Laura trouva Adrian reposé, lisant ses propres annonces publicitaires dans les journaux du dimanche.

— Très bien, dit-elle. Pas un mot sur cette nuit ! C'est oublié. Brown ira récupérer votre voiture cet après-midi. Il y a jeté un coup d'œil et pense que les dégâts sont limités, hormis les phares, qu'il peut réparer, ainsi que la peinture laquée. Bien fait pour vous ! J'ai annoncé à Sibyl que nous allions déplacer la voiture, sans préciser que vous seriez présent.

— Vous êtes un ange, Laura. Vous avez apprécié l'office ?

— Tony a épuisé les dernières ressources de mon courage, répondit-elle. À un moment, le révérend a cité l'un de ces psaumes terrifiants, vous savez, sur le démon qui « grince des dents contre moi », et « mes entrailles se déversent à terre ». J'ai failli avoir un fou rire.

Cette interprétation amusa tellement Adrian que Laura s'esclaffa à son tour.

— Vous êtes à mourir de rire, ma chérie !

— À la bonne heure, répondit son hôtesse, mais gardez vos « chérie » pour Sibyl.

— À votre guise, madame Morland.

— Monsieur Coates, intervint Tony, saviez-vous que l'un des chiens de chasse s'était fait renverser ? Cet après-midi, je l'emmènerai voir le garagiste sortir votre voiture du fossé. Cela lui fera plaisir, c'est certain ! C'est une superbe locomotive qui l'a renversé. Le dernier modèle en plus.

— Sacrée consolation pour le chien.

— Le pauvre ! Il a dévalé le talus en criant de douleur. Il a une patte cassée. Si seulement vous l'aviez vu, ce train, monsieur Coates ! Il comportait huit wagons et une voiture postale tractés par une locomotive de type 460, comme la Titley Court. Maman, je pourrai installer mon train dans le jardin l'été prochain ? Je pourrais construire un talus de toute beauté. J'imagine déjà mes trains filant dans le jardin ! Quel spectacle ! Je compte m'acheter un petit train de marchandises avec l'argent que vous m'avez donné, monsieur, et une locomotive à vapeur. En réalité, il coûte vingt et un shillings, mais ce sera quand même votre cadeau.

— Est-ce qu'un shilling supplémentaire te serait utile ? s'enquit l'éditeur en fouillant dans sa poche.

— Oh, oui, monsieur ! Merci ! s'exclama Tony en s'empourprant de joie. Je donnerai à ma nouvelle loco le nom d'Adrian Coates en votre honneur. Oh, mademoiselle Todd ! lança-t-il à la jeune femme qui venait d'apparaître sur le seuil. Regardez ce que Mr. Coates vient de me donner ! À présent, je peux m'offrir une locomotive à vapeur pour les wagons de marchandises. Vous voulez que je vous montre mon train, mademoiselle Todd ?

— Après le déjeuner, Tony.

Les thèmes ferroviaires étant proscrits lors des repas, les adultes purent profiter d'une conversation à peu près normale. Laura permit à Tony de quitter la table dès qu'il eut terminé son pudding, et put ensuite évoquer à loisir le réveillon de la veille en passant au salon. Adrian ne tarda pas à s'impatienter, si bien que Laura l'envoya superviser le tractage de sa voiture pendant qu'elle bavardait avec miss Todd. Anne se réjouit de la romance naissante de l'éditeur avec Sibyl et fut soulagée d'apprendre qu'il avait réprimé l'enthousiasme poétique de miss Grey. Laura et elle s'accordèrent sur un point : le succube risquait d'importuner les tourtereaux pour le principe.

— Je prendrai volontiers le relais en votre absence, proposa Anne. Le succube vient chaque semaine à la réunion du Women's Institute et j'avoue que la plupart des autres membres la détestent royalement, car elle joue les grandes dames. Je vais me lier d'amitié avec elle. Ainsi, si Mr. Coates vient voir Sibyl, je proposerai quelque sortie à cette chère miss Grey et m'offusquerai à tel point d'un refus de sa part qu'elle n'osera décliner. J'en profiterai pour me renseigner sur ses vues sur Mr. Knox. Je suis une assez bonne détective, vous savez, madame Morland.

De la part de toute autre personne qu'Anne, cette réflexion aurait fait rire Laura, sa confiance aveugle en miss Todd la rassura : si toutes deux œuvraient en faveur de Sibyl, tout irait bien.

— A-t-il déclaré sa flamme ? s'enquit miss Todd.

— Non. En fait, il m'a même proposé un mariage de raison hier soir. Enfin, cette nuit… Voyez-vous, sa sortie de route et le punch de George l'ont perturbé, et comme il avait vaguement en tête de demander la main d'une femme, il l'a fait à une heure du matin. Il ne peut décemment en faire une autre à Sibyl le même jour.

Miss Todd admira le flegme de sa patronne et s'engagea à garder le secret sur cette histoire, une promesse qu'elle tint.

— J'admets qu'il est agréable de sentir un bras secourable autour de soi, reprit Laura sur un ton nostalgique. Mais je n'ai aucune intention de me remarier. Cependant, il m'arrive d'avoir envie d'un bras platonique. Vous aussi, sans doute, Anne, ajouta-t-elle avec sa franchise coutumière.

— Non, répondit miss Todd. Je ne crois pas. Cela ne m'arrivera pas car je n'attire guère les bras des hommes.

Elles poussèrent un soupir, puis éclatèrent de rire.

— Vous ai-je dit, chère Anne, qu'Amy Birkett viendrait passer quelques jours à la maison avant la rentrée des classes ?

— Tant mieux. J'apprécie Mrs. Birkett. Et j'ai dans l'idée qu'elle nous sera utile.

Miss Todd se garda de préciser en quoi.

Une foule enjouée était venue assister au sauvetage de la voiture d'Adrian. Aux premières loges figurait

Tony, perché sur le talus, la chienne blessée dans les bras. Le Dr Ford avait arrêté son propre véhicule pour profiter lui aussi du spectacle, et Mrs. Mallow et Annie, dans leurs habits du dimanche, n'auraient manqué cela pour rien au monde. Même la jeune Flo avait réussi à échapper à sa mère pour une heure. Adrian était mortifié. La veille, il s'était ridiculisé. Tout le village savait sans doute qu'il s'était enivré au point de se retrouver dans le fossé.

— Pas de chance, Coates ! lança le Dr Ford. Ces bolides sont infernaux.

— En réalité, je ne roulais pas très vite.

— Non ! Je faisais allusion à l'autre. J'ai remarqué votre véhicule dans le fossé, ce matin, puis j'ai rencontré Brown, du garage, qui m'a raconté que vous aviez quitté la route à cause d'un abruti roulant à plus de cent à l'heure.

— Mrs. Morland lui en aura parlé, sans doute.

— Effectivement. Elle l'a appelé après le petit déjeuner, pendant que vous faisiez la grasse matinée… Elle n'est pas blessée, j'espère ?

— Non. Elle a fait preuve d'un courage exemplaire.

— Vous aussi. Et je salue vos talents de pilote. Il faut avoir des tripes pour renverser délibérément sa voiture dans le fossé. Vous n'avez pas relevé le numéro de ce type ?

— Hélas non…

— Eh bien, je vous dis à bientôt ! conclut le médecin avant de s'éloigner.

Cette chère Laura !

Adrian échangea quelques mots avec Brown qui, d'expérience, rechignait à accepter l'assistance d'amateurs. L'éditeur alla donc rejoindre Tony sur le talus.

L'enfant attirait l'attention de la chienne de chasse sur les aspects les plus palpitants de l'opération. Plus tard, Sibyl Knox apparut, promenant ses chiens.

— Bonjour, Tony ! lança-t-elle. Comment va cette pauvre Ruby ?

Remarquant Adrian, elle grimpa sur le talus pour s'asseoir à côté de lui.

— Quel coup de malchance, cet accident ! lui dit-elle en tendant ses laisses à Tony. Annie, notre domestique, nous a appris la nouvelle. C'est une grande amie de Brown, le garagiste. J'espère que Mrs. Morland n'est pas blessée.

— Non. Dieu merci. Elle a fait preuve d'un grand courage.

— J'en suis certaine. Et je trouve que vous avez merveilleusement bien agi, ajouta-t-elle en posant sur lui un regard d'adoration. Quelle réactivité ! Brown a raconté à Annie que la manœuvre avait dû être d'une précision exemplaire. Il n'est pas aisé d'esquiver un choc sans détruire son véhicule. Je suis tellement contente que vous soyez sains et saufs… tous les deux.

La gentillesse de Laura lui donnait l'impression d'être un menteur doublé d'un hypocrite, mais il ne pouvait en rien démentir la version édulcorée de son amie. C'eût été la trahir…

— Je pense qu'ils en ont encore pour un certain temps, dit-il. Et il fait un peu froid. Vos chiens doivent être désireux de poursuivre leur promenade, non ? Tony, passe-moi leurs laisses.

Sibyl n'exprimant aucune objection, ils se mirent en route. Les chiens étaient tenus en laisse à cause des voitures et ne cessaient de se croiser, de sorte qu'il fallait sans cesse démêler les lanières et les retenir afin qu'ils ne s'enfuient pas. Parfois, ils tiraient si fort qu'Adrian redoutait de se déboîter le poignet. D'autres fois il fallait presque les traîner, quand ils ne se couchaient pas tout bonnement à terre.

Pourtant, Adrian savoura chaque seconde de cette promenade mouvementée, de même que Sibyl. Leurs propos futiles étaient ceux des jeunes amoureux. Avant de prendre congé, Adrian implora la jeune femme de lui montrer ses écrits, mais elle ne lui promit rien, si ce n'est qu'il serait le premier à la lire lorsqu'elle aurait terminé. Il garda sa main dans les siennes un peu plus longtemps que nécessaire avant de regagner High Rising, sur un petit nuage.

La foule s'était dispersée et la voiture était désormais au garage de Mr. Brown, qui la remettrait en état de fonctionnement pour le lendemain matin. De retour à Londres, Adrian devrait faire effectuer des réparations plus poussées.

— J'espère que vous aurez plus de chance la prochaine fois, monsieur Coates, déclara Brown quand son client eut réglé sa facture. Pour avoir réussi l'exploit de coucher la voiture sur le flanc en douceur, vous devez être un sacré conducteur.

Adrian trouva Laura assise au coin du feu.

— La promenade fut agréable ? lui demanda-t-elle.

— Excellente ! Vous aviez raison, Laura. Toutefois je la sens un peu plus distante eu égard à la position que vous m'avez donnée.

— Comment cela ?

— Allons ! Ne cherchez pas à me culpabiliser davantage ! Apparemment, tout le village – et surtout Sibyl – me considère comme un preux chevalier doublé d'un pilote hors pair. Jamais je ne parviendrai à me montrer à la hauteur de cette réputation façonnée de toutes pièces.

— Il le faudra pourtant bien, insista Laura avec amusement. Je ne veux pas que Sibyl s'inquiète, et encore moins que des ragots circulent au sujet de mon éditeur. Chacun sa croix, Adrian !

— Vous êtes la plus délicieuse des femmes, et je suis sincère, puisque Sibyl n'est encore qu'une enfant. Vous êtes la gentillesse et la générosité incarnées, et je suis votre humble admirateur reconnaissant.

— Merci, Adrian. N'ayez crainte. Je suis une âme solitaire, et j'aime voir les enfants passer du bon temps…

Des invités passèrent prendre le thé, puis un peu lasse, Laura monta se reposer avant le souper. Le lendemain matin, Adrian quitta la maison ; il ne la reverrait pas avant un certain temps.

7

Un auteur en sa maison

Avant la fin des vacances de Noël, Amy Birkett tint sa promesse et rendit visite à Laura par le train qui arrivait à Stoke Dry peu après l'heure du déjeuner. Laura alla la chercher en voiture en compagnie de Tony. À la demande de l'enfant, ils partirent une demi-heure plus tôt pour avoir une chance de voir passer le train express et de regarder Sid Brown, le frère du garagiste, lorsqu'il actionnerait l'aiguillage et la barrière du passage à niveau. Indigne de tels plaisirs, Laura attendit dans la voiture, levant de temps à autre les yeux de son livre pour vérifier que son fils ne faisait pas de bêtises. Comme il demeurait invisible, elle se dit qu'il devait être avec le chef de gare, un neveu par alliance de Mrs. Mallow. Au bout de vingt minutes, elle le vit descendre la rampe située à l'extrémité du quai, puis s'accroupir au beau milieu de la voie. Elle baissa la vitre et lui cria de bouger. L'imprudent se contenta d'afficher un air blasé avant de reprendre sa mystérieuse activité. Entre fureur et panique, Laura descendit de voiture et traversa vivement la gare pour jaillir sur le quai.

— Tony ! Écarte-toi des rails immédiatement !

L'enfant sembla avoir vaguement entendu quelque chose, mais rien n'était moins sûr.

— Tony ! Viens ici !

Il se leva lentement et remonta sur le quai pour venir à la rencontre de sa mère, peiné.

— Pourquoi n'as-tu pas obéi quand je t'ai appelé ? s'indigna Laura.

— Je ne vous ai entendue que la troisième fois.

— Qu'est-ce que tu fabriquais sur les rails, petit inconscient ?

— Maman, le passage à niveau est levé et l'express est passé il y a cinq minutes. Il n'y a pas d'autre train avant celui de Mrs. Birkett.

— Peu importe. Tu sais parfaitement qu'il est interdit de se promener sur les voies. Si tu persistes dans tes bêtises, je dirai à Mr. Mallow de ne plus t'accepter à la gare.

— Mais Maman, je ne faisais que poser une pièce de trois pence sur le rail pour voir si elle serait aplatie par le train et deviendrait une pièce de six. Pourrai-je aller voir le résultat lorsque le train de Mrs. Birkett sera passé dessus ?

— Pas question !

— Mais Maman !

— Tu n'iras pas, un point c'est tout. Crois-tu que j'aie envie de voir mon dernier fils aplati comme une crêpe de six pieds de long ?

Cette description amusa Tony, qui ne fit plus la moindre bêtise jusqu'à l'entrée du train en gare. Très vite, l'enfant vit dépasser d'une fenêtre la bonne bouille d'un épagneul roux.

— Maman ! s'exclama-t-il. Mrs. Birkett a amené Sylvia ! Regardez ! Regardez !

Il courut à la rencontre de la chienne. Quand Mrs. Birkett ouvrit la porte du wagon, dans son empressement à rejoindre Tony, l'animal tira si fort sur sa laisse que sa maîtresse faillit tomber à la renverse.

— Sylvia ! Tu te souviens de moi ? s'exclama l'enfant, à genoux.

Tony donna tous les signes d'apprécier les marques d'affection de l'épagneule, qui lui léchait le visage.

— Madame Birkett, voyez comme Sylvia est contente de me revoir ! Maman, je pourrai emmener la chienne chercher la pièce de trois pence quand le train sera parti ? Cela lui ferait tellement plaisir !

Laura demeura implacable, faisant monter Tony et Sylvia en voiture sans attendre.

Amy fut accueillie avec enthousiasme par Stoker, qui avait beaucoup de sympathie pour « cette Mrs. Biquette », comme elle se plaisait à la nommer.

— Nous sommes ravis de vous recevoir, annonça-t-elle en servant le thé. Il était grand temps que vous reveniez, madame Biquette.

— Merci, Stoker. Comment vous portez-vous ?

— À merveille, répondit la domestique en croisant les bras sur son opulente poitrine avec un air de défi. Le Dr Ford trouve que je devrais me limiter un peu, mais ce n'est que son avis. Mrs. Morland et moi, on n'aime pas se limiter.

— On ne peut pas dire que ce soit un compliment pour votre silhouette, commenta Amy dès que Stoker eut quitté la pièce.

— Ma chère, je n'ai que faire de ma silhouette. Ce physique de matrone me convient parfaitement.

— En tout cas, il vous sied à merveille. Dites-moi, comment avancent vos affaires ?

— Si vous faites allusion à mon roman, pas très bien, Amy. D'abord, il y a eu Noël, puis le nouvel an, sans parler de Tony. Je ne compte pas faire grand-chose durant ces vacances. Et chez vous, tout va bien ?

— Bill et les filles sont bien arrivés en Suisse et doivent être en train de se casser une jambe à ski. Nous avons terminé le grand nettoyage de l'école et la gouvernante passe de bonnes vacances chez sa sœur, dans la station balnéaire de Weston-super-Mare. Elle m'envoie des cartes postales. Notre précieux Edward a effectué un stage chez les éclaireurs et en est revenu bardé de récompenses. En gros, le prochain trimestre s'annonce bien, si l'on excepte les risques de maladies infantiles, bien sûr. Seule ombre au tableau : les fiançailles de Mr. Ferris. Je m'y attendais. Il m'a présenté la jeune femme.

— Le même genre que d'habitude ? hasarda Laura avec compassion.

— Absolument. Le type même de l'épouse de directeur adjoint. Une personne de plus à inviter pour le thé. Et vous n'imaginez pas, ma chère Laura, combien il est pénible de recevoir tous ces gens qui se détestent cordialement ! Je m'en veux de les infliger à mes véritables amis. Je ne vois pas pourquoi les directeurs d'école et les futurs surveillants généraux choisissent des épouses convenables et pas les autres. C'est vrai, en toute modestie, je suis une épouse de directeur très acceptable. Si Bill exerçait un autre métier, il n'aurait pas à avoir honte de moi. En revanche, ces épouses de professeur sont à peine dignes d'entrer dans un tennis club de banlieue. C'est à la fois déprimant et mystérieux.

— J'ai souvent observé la même chose au sein du clergé anglican, répondit Laura. Les archidiacres et autres évêques ont généralement d'excellentes épouses, issues de la noblesse, des femmes de caractère. Mais regardez un peu les épouses des autres membres du clergé ! La Providence devrait veiller à ce que les hommes promis à l'éminence dans l'Église ou le milieu universitaire aient ce qu'en vous regardant, Amy, je ne peux qu'appeler une conjointe à la hauteur. Ou bien est-ce une compagne ? On en parle dans les journaux de temps à autre et j'ai oublié quelle expression ils emploient.

— Disons une partenaire. Avez-vous remarqué autre chose sur le haut clergé, Laura ? Ils ont tendance à porter des prénoms sophistiqués. L'ange gardien de l'Église d'Angleterre semble veiller à ce que les futurs évêques aient été baptisés Talbot Devereux ou Cyril Cyprian !

— C'est tout aussi étrange dans l'Église catholique, répondit Laura en repoussant ses cheveux de son front. Il suffit de lire l'annonce des prêches du carême devant l'oratoire. Monsignor Cuthbert Bede Wilkinson par-ci, Dom Boniface Chrysostome Butts par-là... J'ignore à quoi correspond le « Dom », au juste. Il figure aussi sur certaines bouteilles, non ? Naturellement, les catholiques n'ont pas à se soucier de choisir une épouse à la hauteur de leurs ambitions. La vie est peut-être plus facile pour eux. Une femme inappropriée peut être un véritable succube ! À propos, vous connaissez George Knox ?

— Je ne l'ai jamais rencontré, mais j'ai entendu parler de lui. En quoi est-ce un démon ? Je croyais que vous l'aimiez bien.

— Oh, j'ai beaucoup d'affection pour ce cher George. Non, il n'a rien d'un démon. En revanche, sa secrétaire… une femme des plus étranges, si vous voulez mon avis. Une peste ! Je crois qu'elle est terriblement compétente dans le travail. Elle a au moins réussi à obliger George à travailler sur son livre et à le terminer à temps, ce qui constitue une première. Pourtant, elle le malmène sans merci, même s'il n'en a pas conscience. Je suis persuadée, tout comme Anne Todd, qu'elle cherche à l'épouser.

— Serait-ce si grave ? Les auteurs épousent souvent leur secrétaire, non ? Et ils ne sont pas les seuls.

— En général, ce n'est pas grave. En l'occurrence, cette femme ne lui convient absolument pas. Elle prend de grands airs comme si elle était déjà la maîtresse de maison et ne se montre pas très gentille avec la fille de George, une enfant pourtant adorable, vulnérable et qui a besoin d'égards. Cette secrétaire est une femme d'une jalousie maladive, qui recherche l'attention de tous les hommes. Nous avons passé chez les Knox une soirée de réveillon du nouvel an très cocasse, mais aussi assez dérangeante. J'avais emmené Adrian Coates. La secrétaire s'est attaquée à lui et à George en même temps. Le plus triste, c'est qu'Adrian n'avait que faire d'elle car il est fou amoureux de Sibyl, la fille de George. En toute franchise, George ne remarque absolument aucune femme, du moment qu'il a un auditoire. C'est justement le danger qui le guette. Il risque de l'épouser sur un malentendu. Dans ce cas, je perdrais mon cher George. Et ce serait très ennuyeux pour les deux Rising, où l'on déteste cette femme de part et d'autre. Cela s'annonce mal.

— Mr. Knox ne voit donc pas qu'elle est tyrannique ? Il n'a qu'à la renvoyer ! Il lui suffirait de prétexter que son livre est terminé, par exemple.

— Elle est très habile et a réussi à s'imposer. D'abord, elle n'a pas de famille chez qui aller. C'est l'une de ces pauvres filles seules contre le monde entier, et cela touche l'esprit chevaleresque de George. Ce sont des balivernes, bien sûr, puisqu'il pourrait lui accorder un long préavis afin qu'elle ait le temps de chercher un autre poste. Mais George ne se rend compte de rien ! Quant à son livre, c'est une bonne chose qu'il l'ait achevé. En général, il part en voyage à l'étranger avec Sibyl chaque fois qu'il termine un manuscrit, histoire de réfléchir au projet suivant. Eh bien, cette femme a réussi à le persuader d'en commencer un autre dans la foulée. Bientôt, il sera incapable de se passer d'elle. C'est une catastrophe, Amy ! D'ailleurs, Anne Todd semble croire que vous auriez quelques idées utiles.

— Pourquoi en aurais-je ? Cela dit, j'aimerais bien le rencontrer, votre succube. Il me semble plus captivant que les épouses de professeur.

— Très volontiers ! Je téléphone immédiatement chez les Knox.

Sur ces mots, Laura sortit dans le couloir.

— La secrétaire de Mr. Knox à l'appareil, énonça la voix de miss Grey.

— Ici Mrs. Morland. Mr. Knox est là ?

— Je peux prendre un message ?

J'ai un message pour *vous*, songea Laura, agacée : vous n'êtes qu'une impudente. Mais elle préféra déclarer :

— Serez-vous tous présents demain si je viens prendre le thé ?

— En ce moment, Mr. Knox travaille beaucoup sur son dernier chapitre, déclara miss Grey d'un ton neutre.

— Oui, je le sais, répliqua Laura, maîtrisant à grand-peine son impatience. Cela ne l'empêche pas de descendre prendre le thé, si ? Dites-lui que je passerai demain avec une amie.

— Je crains qu'il ne soit occupé, madame Morland. Je lui en parlerai tout à l'heure et je vous rappellerai.

Laura raccrocha.

— Vous me connaissez, je ne suis pas bégueule, dit-elle à Amy lorsqu'elle revint s'asseoir près du feu. Mais je ne supporte pas l'insolence de cette femme ! Je connais George Knox depuis vingt-cinq ans, et voilà que ce succube me répond qu'il est trop occupé pour m'inviter à prendre le thé. Cette bourrique lui transmettra le message et me rappellera plus tard. Je suis folle de rage !

C'est alors que Tony entra en trombe.

— Maman, voici Sibyl ! Sylvia est tellement contente de voir ses chiens ! Ils s'entendent à merveille.

— Sibyl, ma chère, quel plaisir de vous voir ! s'exclama Laura en l'embrassant. Voici Mrs. Birkett, une amie de longue date, la directrice du pensionnat de Tony. Sibyl, je fulmine ! Tony, prends du gâteau et va voir les chiens. Sibyl, je viens d'appeler chez vous et c'est le succube qui a décroché. Oui, Tony, prends du sucre pour les chiens et file ! Miss Grey m'a affirmé que votre père était tellement occupé qu'il ne pouvait pas me recevoir demain pour le thé et ne pouvait même pas me parler au téléphone ! J'ai failli exploser.

— Oh ! Madame Morland ! C'est affreux. Papa n'est jamais trop occupé pour vous. Naturellement vous viendrez nous voir demain, avec Mrs. Birkett. D'ailleurs, en aucun cas Papa ne pouvait être trop occupé pour vous parler puisqu'il n'était pas là. Il passe l'après-midi à Castle Rising pour faire des recherches dans la bibliothèque de lord Stoke.

— C'est donc par pure méchanceté, je suppose, qu'elle m'a fait croire qu'il était débordé, dit Laura. Il est inadmissible que votre père n'ait pas le droit de voir une vieille amie ! Je peux donc amener Mrs. Birkett demain ?

— Naturellement. Ainsi que Tony et cette magnifique épagneule. Elle est adorable, madame Birkett. A-t-elle déjà eu des petits ?

La conversation devint très technique, et presque incompréhensible pour Laura, qui crut seulement comprendre que les juges des concours canins étaient notoirement ignorants et partiaux, quand ils n'étaient pas vénaux, et qu'un cocker du nom de Marston Hero, le champion officiel, était en tout point inférieur à Sylvia.

— J'aime bien cette jeune fille, déclara Amy après le départ de Sibyl et ses chiens. Elle est parfaite pour Mr. Coates. Il a besoin d'une femme qui ne soit pas trop complexe.

— Oui, et je serai ravie de le voir convoler enfin, admit Laura en souriant intérieurement.

Le lendemain, Laura, Amy, Tony et Sylvia se mirent en route pour Low Rising. En dépit d'une interdiction formelle, Sylvia avait passé la nuit sur le lit de Tony, qui lui avait même montré sa locomotive Princess Elizabeth flambant neuve lors de son parcours d'essai. Tony rencontrait les pires difficultés à trouver un public pour son train. Les adultes lui accordaient cinq minutes avant de lui dire que son train était superbe et de s'éloigner sans avoir cherché à comprendre quoi que ce soit. Les garçons de son âge lui témoignaient davantage d'intérêt, mais ils étaient trop désireux de jouer avec le train, ce qui était intolérable pour Tony. Sylvia, elle, était parfaite. Confortablement allongée devant la cheminée de la salle de jeux, elle avait suivi la locomotive de ses yeux d'ambre. De plus, elle avait écouté avec plaisir et pendant plus d'une heure Tony discourir sur les avantages du Cornish Riviera Express par rapport au Cheltenham Flyer sans jamais l'interrompre. Pour la remercier, le garçon avait installé des rails menant jusque sous son museau et lui avait envoyé un wagon rempli de biscuits grâce à sa locomotive à vapeur, baptisée Adrian Coates. Sylvia était trop bien éduquée pour s'emparer des friandises, mais lorsque Tony lui avait expliqué que son train livrait simplement sa petite collation du matin, elle s'était mise à japper de plaisir, renversant au passage « Adrian Coates ». La locomotive s'était retrouvée sur le flanc.

— Regardez, madame Birkett ! s'était écrié Tony lorsque Amy était entrée. Sylvia vient de provoquer un superbe accident. Si seulement vous aviez vu le wagon de biscuits rouler vers la gare d'Épagneulville ! Je l'avais appelée ainsi en son honneur. Sylvia était tellement contente ! Quel plaisir de voir le train arriver vers elle ! Elle est adorable !

L'intéressée s'était relevée et étirée, provoquant la destruction du tunnel de Totley, le plus long d'Angleterre, constitué de piles d'ouvrages de George Eliot couverts de papier crépon vert. Ensuite, Sylvia s'était assise sur la gare de St. Pancras, réalisée à partir d'un jeu de construction ayant appartenu au défunt Mr. Morland, et qui n'était donc pas conçue pour supporter un tel poids. Incapable d'en vouloir à sa chère Sylvia, Tony avait déblayé les débris tout en expliquant à l'épagneule les multiples possibilités qu'offrait un système électrique doté d'un transformateur.

En arrivant à Low Rising, le petit groupe trouva George Knox en plein travail dans son jardin. Son sens du spectacle n'étant pas étranger au succès de ses biographies, il aimait s'habiller en fonction des circonstances. Ce jour-là, il incarnait un auteur célèbre s'affairant dans le potager de son manoir du XVIe siècle. Peut-être en faisait-il un peu trop avec sa large culotte de golf marron, ses chaussures de football usées qui paraissaient trop grandes pour lui, son tricot crotté et élimé ainsi que sa veste de chasse en tweed avec ses poches à rabat et ses gros boutons… George était déjà corpulent en temps normal, mais affublé de cet attirail de vieilles frusques, il faisait presque peur et, au-dessus de son corps engoncé, son visage rond au front grêlé de verrues et son crâne dégarni semblaient disproportionnés. Quoi qu'il en soit, il avait décidé de consacrer son après-midi à creuser la terre et s'activait d'arrache-pied. À l'ouest, là où le soleil d'hiver se couchait derrière les nuages, le ciel se teintait d'un rose sur lequel se détachaient les branches nues en un motif délicat. De la fumée s'élevait à la verticale de la cheminée du superbe manoir aux quelques fenêtres éclairées. Le maître des lieux avait les pieds crottés et les mains maculées de terre. Un rouge-gorge le regardait creuser.

— Quel cadre idyllique, George. Un décor parfait ! s'exclama Laura en s'approchant. Idéal pour un écrivain jusque dans les détails, avec ce rouge-gorge. Il faut que j'écrive un roman sur une ravissante vendeuse qui épouse un noble fils de la terre, dont vous serez le modèle.

À ces mots, l'oiseau s'envola.

George Knox planta sa bêche dans le sol et se redressa avec peine, comme s'il avait passé sa vie à labourer des champs. Il s'épongea le front à l'aide d'un grand mouchoir rouge à pois blancs.

— Telle est l'engeance de ce pays, rétorqua-t-il. Les écrivains qui débarquent sans prévenir et effarouchent nos petits amis à plumes. « Qui a tué le rouge-gorge ? » comme dit la comptine. « Moi, répondit la Laura, avec mon aura. » Chère amie ! Je ne puis vous serrer la main, mais vous êtes la bienvenue, comme toujours.

— Amy, je vous présente Mr. Knox. George, quand vous aurez fini de vous maculer le front de terre avec ce mouchoir discutable, je vous présenterai Mrs. Birkett, dont le mari dirige le pensionnat de Dotheboys Hall et canalise l'énergie débordante de Tony.

— Je veux bien prendre vos déclarations à la lettre, Laura, mais je crains que vous ne mentiez : aucun pouvoir ici-bas ni aucun démon dans les profondeurs de l'océan ne saurait détourner Tony de ses obsessions puériles. En revanche, je suis tout à fait disposé à croire que cette dame est Mrs. Birkett, que je… *dont* je suis ravi de faire la connaissance. Je lui serrerai volontiers la main dès que j'aurai fait un brin de toilette.

— Quel soulagement de vous entendre hésiter sur les pronoms relatifs, George. Il m'arrive si souvent de douter ! Et quelle plaie que la ponctuation ! Le meilleur moyen de s'exprimer clairement est de souligner quatre fois un mot sur deux, comme la reine Victoria. Hélas, c'est mal vu de nos jours. Que creusez-vous donc, George ?

— Le sol, figurez-vous.

— Certes, mais que comptez-vous y planter ? Des pommes de terre, des oignons, des asperges ? insista Laura, qui n'avait que faire du jardinage et n'y connaissait rien.

George Knox observa les alentours d'un air coupable.

— Le jardinier étant parti à Stoke Dry chercher un colis à la gare, j'ai décidé de bêcher un peu en son absence, histoire de me dépenser. Il déteste me voir dans son potager. J'ai réussi à déterrer ces choses étranges qui sentent l'oignon. Rentrons plutôt retrouver Sibyl.

— C'étaient sans doute des oignons, déclara Laura tandis qu'ils passaient au salon. Ou alors des poireaux… Vous m'en ferez parvenir pour la Saint-David et j'en ornerai mon chapeau.

— Seriez-vous galloise ? s'enquit Amy Birkett.

— Non, mais à la Saint-David, saint patron du pays de Galles, il est pertinent d'arborer le poireau, emblème du pays, non ? Uniquement ce jour-là, naturellement, il ne faut pas exagérer ! Oui, Tony, tu peux emmener Sylvia chercher Sibyl… Mais garde-la en laisse au cas où les chiens lui bondiraient dessus.

— Maman, les chiens de Sibyl ne feraient aucun mal à Sylvia. Ils savent reconnaître leurs amis, ils sont merveilleux et ont de l'instinct. Madame Birkett, connaissez-vous l'instinct ? Mr. Ferris nous en a parlé un jour pendant un cours de mathématiques.

— Quel rapport avec les mathématiques, Tony ? L'instinct serait-il une branche de l'algèbre ?

— Non ! Mais Mr. Ferris aime nous expliquer des tas de choses pendant la récréation. Son père était médecin de campagne et en hiver, quand les moutons étaient couverts de neige, les chiens savaient d'instinct les retrouver. Ils leur sautaient sur le dos et léchaient la neige pour les en débarrasser.

— Que vient faire le père de Mr. Ferris dans cette histoire ? s'enquit George, intrigué.

— Rien, monsieur. Je parlais des chiens, répondit Tony sur un ton affligé. Ils ont un merveilleux instinct...

Sa mère le chassa gentiment du salon avec Sylvia, puis regagna sa place.

— Comme j'allais vous le dire, reprit-elle, et je compte vraiment le faire car il serait regrettable de vous dispenser d'une information si capitale, le bon jour et le bon symbole semblent ne jamais coïncider. On ne peut s'attendre à voir des roses, emblèmes de l'Angleterre, le jour de la Saint-Georges, soit le 23 avril. Du temps de Shakespeare, me direz-vous, le mois d'avril tombait peut-être beaucoup plus tard eu égard à l'ancien calendrier. Ou alors les gens possédaient des serres... ce qui est loin d'être prouvé.

— Que vient faire Shakespeare là-dedans ? s'enquit Amy, aussi intriguée que George l'avait été par la mention du père de Mr. Ferris.

— Eh bien, il est né le jour de la Saint-Georges, donc tout est lié. Quant à la Saint-Patrick, c'est peut-être la saison du trèfle, allez savoir... Pas en Ulster, je suppose, mais dans l'État libre d'Irlande.

C'est difficile à dire car ce que l'on vend alors dans les rues ressemble plutôt à du cresson alénois. Par chance, on n'a pas à arborer le chardon écossais pour la Saint-André ! Quant à la Saint-David…

George Knox, qui brûlait d'envie de s'exprimer lui aussi depuis un moment, prit la parole, noyant la petite voix de Laura.

— Saint David, chère madame Birkett, n'avait rien d'un plaisantin. Il savait qu'un poireau était à peu près tout ce dont ses paysans étaient dignes. Je suis certain de ne pas vous offusquer en l'affirmant. Jamais je ne reprocherais à quiconque d'être gallois, étant moi-même, Dieu soit loué, d'origine franco-irlandaise. Loin de moi l'idée d'adhérer à ces mesquineries racistes, mais les mots me manquent pour exprimer mon dédain envers cette nation tout à la fois opportuniste, flagorneuse, Art nouveau, horticultrice et assez méprisable pour aspirer à transformer son poireau en jonquille, comme il en est question ces derniers temps. Vous venez d'évoquer le jour de la naissance de Shakespeare, chère Laura. Qu'aurait-il pensé si Richard Burbage, ce merveilleux acteur de sa troupe, avait proposé de remplacer le poireau par une jonquille dans ses tirades de *Henri V* ? Imaginez un peu Fluellen et Pistolet et le merveilleux défi qu'ils se lancent autour d'un poireau pour se tenir en respect ! L'essence même de cette scène serait perdue. Oui, perdue !

George foudroya affectueusement du regard Sibyl, qui venait d'entrer en compagnie de Tony.

— De même, reprit George, si l'on avait remplacé la jonquille par un poireau dans *Le Conte d'hiver*, imaginez Shakespeare faisant dire à Perdita : « Le poireau, qui point avant que l'hirondelle ne se risque »…

Et Perdita ajoutant alors qu'il « émeut les vents de mars par sa beauté » ? Si le poireau peut coïncider avec le calendrier, et quoique je ne sois pas spécialiste en la matière, sur le plan poétique c'est tout bonnement catastrophique. Non, mesdames, que les Gallois soient à jamais damnés pour le déni de cet emblème !

Laissant son père à son délire grandiloquent, Sibyl servit le thé et offrit à ses invités de quoi se restaurer.

Amy profita du fait que George soit penché sur son breuvage pour placer quelques bons mots sur l'infortunée nation galloise et ses tendances musicales.

— Ah, la musique ! s'exclama Mr. Knox en émergeant de sa tasse, un modèle géant portant l'inscription « PAPA » en lettres gothiques, cadeau de sa fille aimante à une époque où son goût était encore peu sûr, mais qui avait survécu à la vaisselle plus précieuse. La musique, dites-vous ? Permettez-moi, ma chère dame ! Vous vous méprenez et usurpez éhontément le mot. Je les ai entendus chanter ! En dépit de ma sincère pitié pour les malheureux qui errent dans les rues de Londres et soutirent des pièces de monnaie à l'aimable public anglais, ce qui hélas les encourage à ne jamais cesser leurs cacophonies assourdissantes, en dépit de ma profonde pitié pour ces malheureux, disais-je, il ne s'agit pas de musique.

George posa sur Tony un regard exalté qui effraya l'enfant.

— Qu'est-ce que c'est, alors ? demanda Amy, téméraire.

— Qu'est-ce que c'est ? répéta George pour s'accorder un temps de réflexion. Eh bien : ils chantent chacun de leur côté, sans mélodie, et leurs paroles sont un vulgaire charabia. Oui, Laura, et il n'y a que l'Angleterre, pays béni, qui puisse tolérer cette offense au bon goût, cette prise en otage du public par des imposteurs dissonants.

Afin de souligner ses propos, il reposa brutalement sa tasse dans sa soucoupe, dont Sibyl vint le débarrasser.

— Où est votre secrétaire ? s'enquit Laura pour détourner la conversation.

— Elle est navrée de ne pas pouvoir vous voir, expliqua Sibyl. Elle tenait à être présente, mais quand je lui ai appris que Mrs. Birkett serait des nôtres, elle s'est souvenue qu'elle devait effectuer des recherches au musée pour Papa, en ville, et qu'elle rentrerait tard.

Laura eut envie de lui demander si miss Grey avait piqué une crise quand elle avait appris qu'elle viendrait prendre le thé sur l'invitation de Sibyl, mais en présence de George c'était délicat. Sibyl emmena Tony aux écuries pour lui montrer une portée de chiots, laissant seuls les trois aînés. Ayant tiré plusieurs cartouches, George se calma et s'efforça de distraire ses invitées. Lorsque Laura et lui eurent cessé de tenir des propos insensés, Amy fut surprise par l'intimité qui transparaissait dans leurs échanges. George appréciait manifestement la finesse d'esprit de sa consœur, que l'écriture de romans populaires n'entachait en rien. Tous deux semblaient conscients de la médiocre qualité de cette littérature. Laura y voyait un gagne-pain indispensable et, sans la moindre honte quant à ce talent particulier qui était le sien, elle admettait toutefois qu'elle enviait ceux qui n'étaient pas contraints d'exploiter à ce point leur personnalité. Si chacun pouvait sans doute puiser en lui du « bas de gamme », la vie se montrait plus clémente pour ceux qui n'étaient pas forcés de le révéler. Si George Knox avait dû exploiter sa part de médiocrité, elle l'aurait submergé. Pour lui, écrire était un luxe puisque son père commerçant lui avait légué une fortune confortable. Il pouvait donc se maintenir au niveau qui lui convenait, c'est-à-dire plutôt élevé, et bénéficier des encouragements constants de Laura, qui admirait humblement l'artiste qu'elle reconnaissait en lui. Jamais elle n'essaierait de l'imiter, et cette humilité évidente lui allait à merveille. En revanche, dans tous les autres domaines elle avait du répondant, car si elle respectait l'artiste, elle ne s'en laissait pas conter par l'homme. George, lui, respectait le travail qu'elle abattait et avait de l'affection pour la femme. Globalement, il avait pour elle des sentiments bien plus forts qu'elle n'en avait pour lui. La gentillesse de Laura envers Sibyl depuis la mort de son épouse le touchait au-delà de ce que les autres pouvaient en comprendre, excepté Anne Todd et le Dr Ford peut-être. Toujours enclin à croire les gens sur parole, il trouvait en sa consœur une amie digne et aux innombrables qualités.

Car, depuis que miss Grey était sa secrétaire zélée, il ressentait le manque de l'aimable compagnie d'une femme plus proche de son âge, qu'une jeune femme jalouse entravait par des moyens détournés. Miss Grey ignorait qu'elle n'avait rien à redouter de Laura, la plus généreuse et la moins possessive des femmes. Laura se serait en effet sincèrement réjouie de voir George se remarier et être heureux ; elle n'avait pas la moindre aspiration à devenir la seconde épouse malvenue pour avoir fréquenté la première, même si elle n'avait jamais connu intimement cette dame pâle et frêle à la santé fragile qui s'était laissée mourir. Mais miss Grey, prompte à s'amouracher du premier venu, était d'une jalousie maladive et avait vu en Laura une ennemie avant même de la rencontrer, au point de l'appeler en pensée « la Morland », expression chargée des pires menaces. Et si la secrétaire avait pu être invisible et se trouver dans le salon de Low Rising, elle aurait été mortifiée de constater que personne ne pensait à elle et qu'elle ne manquait en rien à George Knox. Laura l'avait oubliée, et Amy Birkett s'en souciait encore moins. Cependant, Anne Todd avait sans doute raison de considérer que Mrs. Birkett pouvait les aider.

Ce soir-là, Laura et Amy dînèrent tranquillement, Tony étant couché avec ses chers Neddy et Foxy, et Stoker partie à une réunion du Women's Institute, où elle faisait parfois une apparition fugace. Naturellement, la conversation revint sur George Knox.

— Il a beaucoup de chance à bien des égards, déclara Laura. Et ses discours grandiloquents parviennent à le débarrasser de tous les excès de son personnage. Vous connaissez ses ouvrages ?

— Oui, j'ai lu sa biographie de Charles Quint.

— Vous le trouvez à l'image de ce livre ?

— Pas du tout. Je m'attendais à une sorte d'érudit ascétique, un genre de Vernon Whitford en moins terne. Quelle surprise de découvrir un homme qui en somme pourrait être le rédacteur en chef français d'un journal anglais de seconde zone.

— Comme vous voyez juste ! répondit Laura en ébouriffant ses cheveux. Vous résumez à merveille ses fanfaronnades, son arrogance et son côté pontifiant. Mais il est aussi tel que vous l'imaginiez et peut épuiser une secrétaire en un seul livre ! Cependant, il ne s'épargne pas non plus. Au nouvel an, il riait de ses difficultés à terminer son Édouard VI, mais au final il y aura mis toute son âme, tout son sang, comme le veut cet immonde Milton dont la citation n'est vraiment bonne que pour les marque-pages. Et comme si un marque-page servait à quelque chose si ce n'est à abîmer le papier. Si seulement cette biographie d'Édouard VI pouvait être rédigée avec le sang du succube ! Depuis qu'*elle* est là, je n'ai pas vu George aussi heureux et décontracté qu'aujourd'hui.

— Ne vous tourmentez pas trop pour le succube, ma chère.

— Vous vous tourmenteriez aussi si vous viviez à proximité et si elle ne cessait de vous snober. Il faut absolument que vous voyiez Anne Todd : elle a immédiatement perçu le danger chez cette fille.

— Quel danger décèle donc Anne Todd, dont je tiens le jugement en si haute estime ? Son envie de se faire épouser par Mr. Knox ou que celui-ci veuille l'épouser ?

Laura réfléchit un instant.

— D'après Anne, si l'occasion s'en présente, elle lui mettra le grappin dessus. C'est suffisant, non ?

— Pas du tout. Ce succube n'aura jamais Mr. Knox à moins qu'elle ne l'enlève. Elle peut lui rendre la vie très difficile, voire le poursuivre pour rupture de promesse, mais elle n'obtiendra jamais son amour. Il se protège trop bien.

— Avec Sibyl, vous voulez dire ? Oh, elle finira par épouser Adrian tôt ou tard, du moins je l'espère. Que deviendra alors ce pauvre George abandonné ?

— C'est précisément ce qu'il vous demandera, Laura.

Celle-ci se redressa vivement, faisant tomber ses épingles à cheveux sur le tapis.

— Ne dites pas de bêtises, Amy ! s'emporta-t-elle. En quoi pourrais-je l'aider ?

— En acceptant sa proposition, ou en la repoussant. Ce sera probablement la dernière solution.

— Amy ! Vous n'avez pas honte ? Je suis mortifiée. Il est déjà assez pénible de voir un homme, pardon, il est déjà assez pénible de voir miss Grey tenter de séduire George sans qu'en plus vous ne pensiez que cet homme souhaite m'épouser, à mon âge de surcroît !

Amy se demanda si elle avait bien entendu le véritable nom du succube. Était-ce bien Grey ? Seul l'avenir le dirait.

— Je suis désolée de vous mortifier, Laura, mais pour une femme intelligente, vous manquez parfois de bon sens ! Mr. Knox a beaucoup d'affection pour vous. Cela saute aux yeux ! Depuis vingt ans, je vois des professeurs se fiancer, et à tous les âges. Ma chère Laura, vous ne vous rendez pas compte du charme que vous avez.

Laura se mit à rire.

— Décidément..., gloussa-t-elle comme une écolière.

Amy la supplia de s'expliquer, mais par loyauté envers Adrian, ou Sibyl peut-être, qui devait absolument ignorer ce moment d'égarement provoqué par le punch, Laura secoua négativement la tête.

— Peu importe, Amy. Mais ne vous méprenez pas sur les sentiments de George. Une relation avec lui serait une énorme bêtise.

Amy aurait aimé approfondir ce sujet passionnant si elle n'avait été interrompue par Stoker, qui leur apporta un plateau.

— Comme je me suis préparé du chocolat chaud, annonça-t-elle, je me suis dit que vous pourriez en boire une tasse, vous aussi.

— Merci, Stoker. Quoi de neuf au Women's Institute ?

Stoker grommela et leva les yeux au ciel, ce qui excita la curiosité d'Amy.

— Des danses folkloriques, concéda Stoker avec dédain.

— C'était bien ?

— Bien ? répéta Stoker, ce qui présageait du pire. Tout dépend de ce que vous entendez par là, madame Biquette. J'ai connu des commerçants qui déclaraient qu'un œuf ou un poisson était « bien » alors qu'ils empestaient à un kilomètre à la ronde. Je n'ai rien contre la danse pour les jeunes. Quand j'étais jeune et mince, d'ailleurs, je n'avais pas mon pareil. Mais aujourd'hui, même si je suis en bonne santé et que je ne souffre d'aucune maladie à part mes problèmes nerveux… vous savez, madame Biquette, cet institut n'est pas folichon. On n'est jamais mieux que chez soi. Mais la jeune Flo a voulu y aller et je l'ai suivie, histoire de pousser la chansonnette s'il fallait mettre de l'ambiance. Je pensais à ces pauvres femmes assises dans cette salle, à suivre une conférence toute la soirée… Là-bas, la femme du révérend a déclaré : « Ravie de vous voir, mademoiselle Stoker. Nous allions commencer à danser. J'espère que vous aurez l'obligeance de vous joindre à nous. »

— C'est vraiment ce qu'elle a dit, Stoker ? demanda Laura, curieuse.

— En gros, répliqua Stoker avec dédain. J'ai répondu que « miss » c'était bon pour les morveuses, comme les deux filles du presbytère, madame Biquette, et que j'étais une « Mrs. » depuis que je portais mon anneau.

Elle leur fit un clin d'œil complice et ajouta :

— Pour ne pas l'encourager, j'ai répondu que dans un premier temps je regarderais, pour voir si la jeune Flo pouvait se joindre à elles. Faut dire que Flo s'était éclipsée avec Sid Brown, des chemins de fer. Je me suis assise, en gardant mon manteau et mon chapeau, mais en voyant ce qui se passait j'ai eu mes nerfs, comme à Noël.

Elle se tourna vers Laura, qui crut bon de clarifier, la mine grave :

— Stoker était dans tous ses états à cause de la façon de travailler de la jeune Flo.

— C'est affreux, commenta Amy, exaltée. Et ensuite ?

— Elles formaient deux rangées, comme sur les photos de mariage dans le journal. Croyez-le ou non, madame Biquette, elles avaient des clochettes, comme celles qu'il y a sur les colliers des chats. Elles les avaient fixées sur leurs jambes avec des rubans. Et voilà qu'elles se sont mises à sautiller, à lever les jambes. Même Mrs. Mallow, qui à son âge devrait être plus raisonnable. Elle qui a enterré un mari ! Jamais les deux pimbêches du presbytère ne pourront en dire autant, d'ailleurs ! ajouta-t-elle sur un ton mauvais. Alors quand miss Todd a arrêté de jouer du piano, je me suis levée et je me suis trémoussée.

Dans une salle de music-hall, son mime lui aurait valu des tonnerres d'applaudissements. Mais son auditoire de l'instant n'en était pas digne.

— Et j'ai dit : j'ai peut-être pas de clochettes sur les gambettes, mais j'ai une bague au doigt et c'est pas un lieu convenable pour une dame honorable. Miss Todd s'est remise à jouer du piano, alors j'ai décidé de rester un peu, par gentillesse et pour garder un œil sur la jeune Flo.

— C'est très aimable à vous, Stoker.

— Et comment ! Et ensuite, Sid Brown a voulu raccompagner la jeune Flo. À mon avis, il ne lui vaudra rien de mieux que ces danses folkloriques.

Les qualités de chaperon de Stoker restaient néanmoins à prouver.

— Alors je suis rentrée me préparer un chocolat chaud et, comme je vous le disais, j'ai pensé que vous pourriez en boire une tasse vous aussi.

— Merci beaucoup, Stoker, conclut Laura. Bonne nuit. Nous montons nous coucher.

— Bonne nuit, répondit Stoker avant de se retirer.

Les dames montèrent. Résistant à l'attrait d'un excellent roman intitulé *L'Épave du sang caché*, Laura ne put chasser de son esprit les remarques d'Amy sur George Knox. Quand elle avait avoué à Anne Todd avoir parfois envie d'un bras platonique, pensait-elle à George ? En y réfléchissant bien, elle se dit que non. Un bras était désirable, et ce que l'on recherchait vraiment était un soutien. George ne répondait pas à ces critères. Si seulement Amy n'avait pas insinué le doute quant au potentiel attachement de George ! Cela risquait de nuire à l'harmonie de leurs relations. Toutefois, si George trouvait Laura séduisante, ce serait là une excellente riposte à miss Grey : qu'elle aille au diable ! Sans elle, la vie serait bien plus simple.

Amy Birkett, elle, s'efforçait de terminer une grille de mots croisés tout en réfléchissant au succube. Comme Anne Todd, elle pensait pouvoir se rendre utile, mais de façon encore très vague et il fallait que l'idée mûrisse dans son esprit. Or elle ne passa que deux journées supplémentaires chez Laura et elles ne revirent pas les Knox, de sorte que le sujet du succube ne ressurgit pas.

Puis Tony retourna à l'école, Laura et Stoker fermèrent la maison et regagnèrent l'appartement londonien pour les mois d'hiver.

8

L'art de recevoir

Pendant presque trois mois, soit la quasi-totalité du trimestre d'hiver, Laura travailla d'arrache-pied à Londres. Elle ne vit Adrian qu'à une ou deux reprises et apprit qu'il avait parfois des nouvelles de Sibyl. Il avait espéré qu'elle viendrait en ville. Malheureusement, elle n'avait pas évoqué de tels projets et ignorait ses allusions – qu'il pensait subtiles – sur une escapade d'une journée à Low Rising.

— Je ne puis continuer longtemps ainsi, confia-t-il à Laura à l'occasion d'un déjeuner. Cette correspondance ne me suffit pas. Sibyl m'écrit des lettres délicieuses, mais si courtes qu'elles ne m'apprennent rien d'elle. J'ai envie de lire ses textes, qui sont certainement exquis et que j'adorerais publier. Peut-être m'en serait-elle enfin reconnaissante…

— Ce n'est pas de la gratitude que vous recherchez, répondit Laura. Ce qu'il vous faut, c'est l'amour d'une jeune fille pure.

— La gratitude ne serait-elle pas déjà une étape ?

— Pas du tout, mon pauvre garçon ! Et d'ailleurs, pourquoi devrait-elle avoir de la reconnaissance pour vous ? Amour ou pas, vous ne publierez pas son livre à moins d'y voir un intérêt lucratif. Vous êtes un requin, savez-vous ? Un voyou qui vit aux dépens de pauvres veuves, même si je ne me vois jamais comme telle. Je suis simplement moi-même. Vous avez remarqué combien les vraies veuves semblent se dessécher après la mort de leur mari ? Se replier sur elles-mêmes ? Pas moi. Je n'ai pas l'esprit d'une veuve. De plus, il est confortable de vivre seule, sauf quand on se sent de trop car on n'a pas de cavalier avec qui se rendre à des soirées. Mais vous êtes trop jeune pour le comprendre, Adrian. Et c'est de Sibyl que vous avez envie de parler, pas de moi.

— Ma chérie, vous êtes une délicieuse idiote, comme je l'ai dit un jour à Knox.

— Vous avez dit cela à George ? Eh bien… vous avez sans doute raison. Cela ne signifie pas que je suis comme Parsifal, une chemise de nuit par-dessus mon armure, à faire deux pas en avant et un pas en arrière ?

Adrian s'empressa de la rassurer.

— Et imaginez la tête de Johns et Fairfield si je mettais la main sur l'œuvre de Sibyl ! Je me demande s'ils savent qu'elle écrit.

— S'ils l'ignorent, ce ne sera pas à cause de son père. Vous devriez lui demander de vous confier quelques pages, histoire d'avoir la priorité, par exemple.

— Eh bien, j'ai obtenu une sorte de promesse, Laura. Je peux vous montrer sa lettre si vous voulez.

— J'aime quand vous me parlez d'elle sur ce ton. Vous n'êtes qu'un imbécile amoureux.

Adrian rougit mais ne répondit pas. Il sortit une lettre de son calepin et la lui tendit.

— Je joue donc la confidente ? demanda-t-elle.

— Vous l'êtes.

Elle commença sa lecture :

— « Cher Monsieur Coates… » Seigneur ! Vous en êtes toujours aux formules de politesse ?

— Je trouve exquis qu'elle ne s'empresse pas de m'appeler par mon prénom, répliqua Adrian un peu niaisement.

— Vraiment, monsieur Coates ? Eh bien, c'est nouveau… J'imagine que vous auriez du mal à citer le nom de famille de la plupart de vos amis. Mais continuons… « Cher Monsieur Coates, Merci pour votre lettre. Oui, les chiens vont bien. La semaine dernière, Sheila a eu ses petits. Je vais vendre les mâles et garder l'autre pour la reproduction. » J'apprécie la délicatesse de « l'autre », commenta Laura. « Vous n'avez pas envie d'un chiot, je suppose ? Ils sont adorables. Naturellement, je ne vous le vendrais pas. Je vous en ferais cadeau. » Qu'allez-vous faire à propos du chiot, Adrian ?

— Je ne sais pas. Je ne peux qu'accepter. C'est tellement gentil de sa part ! Toutefois, sa présence serait infernale dans mon appartement.

— Et si vous lui demandiez de s'en occuper pour vous ? Vous auriez ainsi une excuse pour vous rendre chez elle. « Papa va très bien. Il va commencer un livre sur la reine Élisabeth Ire. Peut-être rendrons-nous visite à ma grand-mère plus tard. Je n'aime guère laisser les chiens. Merci de m'avoir envoyé ce livre ! Il est merveilleux. Hélas, je n'ai guère eu le temps de le lire, car Jane souffre de la maladie de Carré, la pauvre chérie. C'est aimable à vous de vouloir découvrir mon récit. Je ne crois pas qu'il soit bon. Cependant, vous êtes le seul à qui je le montrerais. Bien à vous, Sibyl Knox. »

Laura rendit la lettre à Adrian, qui la rangea avec révérence dans son calepin. Puis il lui demanda ce qu'elle en pensait.

— Quand vous serez mariés, vous devrez vivre à la campagne à cause de ces chiens. Vous en êtes conscient, j'espère ? Quant au livre, il me paraît évident que Johns et Fairfield ne sont pas sur le coup. Dès qu'elle vous l'enverra, montrez-le-moi, Adrian.

— D'accord. Vous serez ma lectrice et me donnerez vos impressions.

Comme de coutume, Laura était totalement concentrée sur son sujet. Les coudes sur la table, les pieds enroulés autour de ceux de sa chaise, elle n'accordait aucune importance à son image.

— Voilà ce que je vais faire, Adrian, reprit-elle. Je vais vous inviter pour les vacances de Pâques. Anne Todd et moi garderons le succube à distance et vous ferez des promenades bucoliques avec Sibyl. Vous écouterez le chant du coucou, vous cueillerez primevères et violettes, vous humerez l'odeur de la terre humide, vous contemplerez les champs de bleuets, bref, vous serez deux amoureux au printemps.

À son grand étonnement, Laura sentit ses yeux s'embuer de larmes.

— Laura chérie, dit Adrian, inquiet, ne pleurez pas. Je sais que le printemps a de quoi troubler les esprits. Ne prenez pas les choses trop à cœur.

— Le printemps et les amours naissantes sont terriblement perturbants, déclara Laura, la mine défaite et les yeux rougis. C'est une période de l'année où le romantisme se déchaîne. On dirait du Heine. Je me réjouis pour vous, mais j'ai l'impression de vieillir. Enfin… le succube se chargera de chasser toute nostalgie de mon esprit. Il faut que j'y aille à présent. Mais avant j'aimerais vous montrer une lettre de Tony. Je ne vous aurais pas infligé ce pensum si vous ne m'aviez fait lire celle de Sibyl ; ce n'est que justice. Il s'agit d'une lettre de Saint-Valentin qui m'est arrivée hier, avec quinze jours de retard, dit-elle fièrement.

— Je couve Tony d'un regard professionnel depuis ce poème sur la poule d'eau, répondit Adrian. Faites-moi voir cela.

Le courrier était rédigé avec soin, en lettres rouges et bleues, à grand renfort de petits cœurs transpercés de flèches perlées de sang :

Chère Maman,

Je vous présente mes humbles excuses pour ce retard, mais on ne trouve rien dans ce trou perdu.

Soyez ma Valentine
Dans une limousine
Ou dans une berline
Mais qui ne rumine
Pas dans la cuisine
Que je vous dessine
Dans la brise marine
Telle une opaline
Soyez ma dulcinée
J'ai raté ma rime
Soyez ma Valentine.

Votre fils aimant,
Tony

P.-S. Il s'agit d'un poème inédit.

P.-S. n° 2. Nous avons un tournoi de boxe le 23 mars. Centurio dixit me meliorem esse quam ultimus terminus. γοοδβέ.

— Quel charmant poème, fit remarquer Adrian sous le regard plein de fierté de Laura. Hélas, les langues mortes n'ont jamais été mon fort. Pourriez-vous m'éclairer ?

— Par chance, je ne suis pas instruite non plus. Il me semble que *centurio* désigne le sergent du pensionnat qui leur enseigne la boxe.

— Mais pourquoi le sergent dirait-il que Tony est meilleur que le trimestre dernier ? La comparaison ne semble pas très pertinente. Ah, je vois : il veut dire que Tony est meilleur qu'au trimestre dernier.

— C'est cela, meilleur qu'au trimestre dernier, confirma Laura en se demandant comment les hommes pouvaient être si obtus parfois. Et je devrais comprendre la dernière partie, ajouta-t-elle avec quelque fierté. Parce qu'il me l'a déjà écrite. Autrefois, j'ai songé à apprendre le grec pour aider les garçons à faire leurs devoirs. Mais, incapable d'en assimiler l'alphabet, j'ai laissé tomber et c'est tant mieux. Chaque fois que je voulais aider mes fils, nous nous énervions. Enfin, merci pour ce déjeuner, Adrian. Avant d'être écrivain, je pensais que les éditeurs offraient de nombreux repas à leurs auteurs. Avec vous, c'est deux fois par an tout au plus. Et encore, il faut que je réclame. Au fait, quel est ce livre que vous avez offert à Sibyl et qu'elle n'a pas eu le temps de lire ?

— *The Testament of Beauty*, de Robert Bridges.

— Mon pauvre petit ! s'exclama Laura avec compassion. Une édition reliée, je suppose. Eh bien, si telle est votre conception de la séduction, j'espère que votre amour elle refusera. Quand j'étais jeune, les hommes avaient plutôt recours aux *Sonnets portugais* d'Elizabeth Barrett Browning, mais c'était le bon temps…

Quelques jours plus tard, Anne Todd adressa à Laura un texte dactylographié accompagné d'une lettre :

Chère Madame Morland,

Je vous adresse les pages 120 à 157. Je pense que vous en serez satisfaite. Je vous les aurais envoyées plus tôt si Maman n'avait pas été si mal la semaine dernière. Le Dr Ford est venu tous les jours et a fait preuve d'une patience d'ange. J'en suis à me demander si je souhaite qu'elle vive ou qu'elle meure. Elle aime la vie, mais ses problèmes cardiaques sont sérieux et l'affaiblissent. Après sa mort, je n'aurai plus de véritable raison de vivre, si ce n'est le travail que j'effectue pour vous. Je pense que je continuerai à diriger le Women's Institute. Stoker vous a sans doute raconté son triomphe lors de la soirée de danse folklorique. Elle était venue nous critiquer et est restée sur la piste pendant une bonne heure, sans quitter son manteau et son chapeau, pour nous montrer qu'elle ne participait pas vraiment. Elle a remporté un vif succès. Je ne serais pas étonnée que Mr. Brown, le garagiste, l'invite à sortir.

Je n'ai guère vu les Knox. Sibyl est plus pimpante que jamais, les effets de sa tendre passion, je suppose. Dites à Mr. Coates qu'il n'a pas à s'inquiéter du moindre rival. Le succube redouble d'assiduité dans ses efforts pour séduire Mr. Knox, tout en surveillant Sibyl du coin de l'œil, la retenant à la maison à la moindre occasion. Que ce soit pour jouer les chaperons ou pour empêcher Sibyl de se lier à un autre jeune homme, je l'ignore. Mr. Knox semble quelque peu agité. Il est venu nous voir plusieurs fois ces derniers temps, ce qui fait le plus grand bien à Maman. Elle recouvre son entrain et badine ouvertement avec lui. Il veut que je l'aide à écrire sa biographie d'Élisabeth Ire, mais il vaut sans doute mieux que je reste à l'écart de ce projet. Miss Grey risque de me tuer. Mr. Knox pense de façon assez touchante qu'une personne qui connaît la mode actuelle connaît forcément les vêtements d'autrefois. À mon grand regret, je ne peux rien faire pour lui dans le domaine des corsets et autres vertugadins. Néanmoins, j'aurais aimé voir la garde-robe de la reine Élisabeth. Les visites de Mr. Knox sont trop fréquentes au goût du Dr Ford, ce qui n'a aucune importance au fond. Je préfère voir ma mère s'amuser un peu que rester enfermée avec moi toute la journée. Je vous enverrai le prochain extrait du manuscrit en début de semaine prochaine. Comment se portent vos ventes américaines ?

Bien à vous,

Anne

Laura se réjouit d'apprendre que George Knox remontait le moral de la vieille Mrs. Todd. Elle partageait le point de vue d'Anne sur les bienfaits de ces visites. Le Dr Ford se montrerait-il un peu indiscret ? Elle oublia vite ces questions pour se préparer à aller assister au tournoi de boxe de Tony. Il était prévu qu'elle profite de l'occasion pour déjeuner avec les Birkett.

Le repas chez le directeur du pensionnat fut vite expédié, car Bill Birkett jouait les arbitres et Edward ne cessait de lui apporter des messages du sergent. De plus, le jeune Wesendonck avait choisi ce jour-là pour se percher sur le mur du jeu de pelote, ce qui était strictement interdit, et s'y livrer à une danse de guerre face à une foule d'admirateurs… jusqu'à ce qu'il chute. Il s'en tirait avec une cheville foulée et diverses contusions. L'élève Johnson, propriétaire du pot de brillantine, avait la grippe, de sorte que les combats durent être réorganisés.

Après le déjeuner, Amy emmena Laura dans la grande salle de l'établissement. Les sièges des premiers rangs étaient réservés aux professeurs et aux invités de marque. Le reste de la pièce était bondé de parents. Au fond, certains élèves étaient debout sur les bancs. Sur la galerie, les spectateurs étaient si nombreux que Laura s'attendait à voir des corps passer entre les barreaux. Derrière le ring, une foule de petits garçons en maillot de corps et en short, leur blazer ou leur pull sur l'épaule, affichaient une insouciance de circonstance.

— Nous avons eu les pires difficultés à les rendre présentables, se lamenta Amy. La gouvernante a eu l'idée saugrenue de leur faire se laver les genoux ce matin. Naturellement, ils ont trouvé le moyen de se salir. Vous connaissez les garçons…

— J'ai l'impression qu'ils naissent remplis de salissures. Tant qu'ils ne se sont pas purgés, ils ne peuvent être propres. Je ne vois pas d'autre explication. On peut les baigner et les enfermer dans une pièce vide, voire les mettre au lit. Dix minutes plus tard, ils sont crottés. Certains ont plus de réserves que d'autres. Ma famille semble particulièrement gâtée sur ce plan.

— Vous croyez ? John a toujours été plutôt propre, mais Gerald était un petit cochon. Est-il toujours en exploration ?

— Bravo, Amy ! Vous ne les avez pas confondus, cette fois. Oui, il est toujours au Mexique et ses Américains veulent qu'il retourne à New York avec eux pour contribuer à la rédaction d'un ouvrage. J'irai peut-être le voir cet automne, si les ventes américaines se déroulent bien. Attention ! Bill s'apprête à crier.

Le directeur émit son célèbre aboiement et le silence se fit aussitôt dans la salle tandis que deux gringalets faisaient leur apparition sur le ring. Mr. Ferris se glissa sous les cordes délimitant le carré au milieu de la salle, et prit la parole. Naturellement, les acclamations enthousiastes des élèves couvrirent sa voix. Le directeur se leva et foudroya l'assistance du regard. Les bavardages se calmèrent et Mr. Ferris put enfin se faire entendre :

— … À ma droite, J.W. Swift-Hetherington, et à ma gauche, A.L. Fairweather.

Il désigna chaque boxeur d'un geste ample, et répéta :

— À droite, Swift-Hetherington, et à gauche, Fairweather.

Puis il quitta le ring. Un enseignant frappa le gong pour annoncer le début du combat, et les boxeurs se mirent en position.

Swift-Hetherington portait une ceinture rouge et Fairweather, une ceinture bleue. Ils faisaient partie de la catégorie des moins de vingt-cinq kilos, poids qu'ils étaient loin d'atteindre au vu de leur frêle silhouette. Sans doute avaient-ils quinze ans à eux deux. Leurs chaussettes blanches étaient roulées avec soin sur leurs chaussons de sport et, à l'extrémité de leurs bras fins comme des macaronis, leurs gants paraissaient ridiculement grands. Pour un esprit sentimental, il y avait quelque chose de touchant à remarquer les points forts et les faiblesses des petits garçons. Tant d'enfants avaient déjà des jambes et un torse musclés de footballeur, mais des bras et un cou de bambin.

Après une poignée de main virile, les adversaires échangèrent d'abord quelques tapes sur leurs joues roses en agitant leurs petits bras et en sautillant sur la pointe des pieds, dans la plus pure tradition des professionnels. Emportés par l'exaltation du combat, ils oublièrent les enseignements du sergent. Swift-Hetherington adopta une technique de coups portés dans le vide tandis que Fairweather optait pour une variante du crochet effleurant parfois le torse de son adversaire. Le souffle court, ils furent soulagés d'entendre retentir le gong. Chacun regagna vivement son coin et goûta à la véritable gloire, majestueusement affalé, les bras tendus sur les cordes et les pieds ne touchant pas le sol, cependant que des « vieux » de douze ou treize ans les tapotaient à l'aide d'une serviette ou leur épongeaient le visage et la langue.

— Au départ, ces coups d'éponge m'inquiétaient, avoua Amy à Laura. Maintenant, je suis plutôt pour. Quand on a vu un même seau d'eau rincer trente langues différentes en un après-midi, on se rend compte de la futilité des précautions d'hygiène. À quoi bon imposer des gargarismes contre la grippe ?

— Vous pourriez verser du désinfectant dans le seau, suggéra Laura.

— Hélas non, ma chère. Le sergent ne l'accepterait pas. Cela irait à l'encontre des traditions de notre école. Quoi qu'il en soit, cette pratique n'a jamais fait de mal à personne. Et puis, parfois, quand il y a trop de sang, Edward va changer l'eau.

Tandis que Laura considérait ces propos, le deuxième round débuta. Les supporteurs se mirent à acclamer les boxeurs en agitant les bras à travers les barreaux de la galerie et le directeur les fit taire. Swift-Hetherington faisait de son mieux, mais sa lèvre inférieure tremblait de façon inquiétante. Il avait les larmes aux yeux et s'agitait de plus en plus. Laura prit le bras d'Amy au souvenir des nombreux combats de boxe auxquels elle avait dû assister pour voir l'un de ses fils endurer le même calvaire et, au moment où la situation devenait insupportable, le directeur se leva d'un bond pour crier :

— Ça suffit !

Il déclara Fairweather vainqueur. Swift-Hetherington eut le courage de lui serrer la main avant de s'écrouler, mortifié. L'admirable Edward prit le petit boxeur en pleurs sous son aile. Il s'accroupit devant lui dans un coin, sécha ses larmes et essaya de lui remonter le moral.

— Heureusement qu'Edward est là, fit remarquer Laura. Bill a bien fait d'arrêter le combat.

— J'ignore si les vrais arbitres en font autant, répondit Amy. Probablement pas. Mais Bill refuse de les laisser continuer quand ils se mettent à pleurer. Selon lui, cela sape leur courage pour la fois suivante. La méthode a fonctionné avec votre Dick, en tout cas. L'air malheureux du pauvre enfant quand il montait sur le ring me brisait le cœur. Finalement, il est devenu l'un de nos meilleurs boxeurs.

— Oui, il était cruel de le regarder encaisser les coups. Je ne comprends pas comment on peut faire une chose pareille. Pourtant, malgré ses larmes il était très enthousiaste. Quand on élève des garçons sans père, on a tendance à leur accorder des activités brutales pour compenser cette absence.

— Ne dites pas de bêtises ! rétorqua Amy avec affection. Au moins, vous enduriez les combats avec courage. La pauvre Mrs. Watson, l'épouse de l'un de nos professeurs, ne supporte pas ce spectacle, même si son fils est un excellent boxeur. Elle quitte toujours la salle quand vient son tour et se réfugie dans une classe pour attendre la fin. Vous pourrez le constater tout à l'heure.

Au fil des rencontres, la carrure des combattants augmenta, leurs bras s'épaissirent et leurs coups s'intensifièrent. Un garçon finit même en sang. Soulagée, Laura vit Tony et son adversaire s'en tirer sans blessures et sans une larme. Pour Tony, la défaite fut honorable. Dès lors, Laura put se concentrer sur l'événement en toute sérénité. Son fils étant hors-jeu, seuls les trois sergents présentaient désormais un intérêt aux yeux de Laura. Deux d'entre eux étaient venus en renfort pour servir de juge. Le premier était un homme séduisant, large d'épaules, qui lui évoquait Trooper George dans *La Maison d'Âpre-vent*, de Charles Dickens. Tout l'après-midi il se tint droit, les jambes légèrement écartées. Seuls ses yeux bougeaient, passant d'un boxeur à l'autre. Face à lui, un ex-instructeur des classes supérieures, ancien boxeur et militaire qu'enseignants et élèves surnommaient affectueusement Benny. Le pauvre ne voyait plus très clair. À travers d'épais verres de lunettes, il scrutait les deux silhouettes malingres en se tournant de temps à autre vers les plus jeunes pour leur expliquer un détail technique. Les enfants rougissaient de fierté et de plaisir.

Quant à Mason, le sergent des petites classes, il était comme dans un autre monde. Pas un mouvement de ses élèves ne lui échappait. Il crispait les poings en murmurant des instructions et des mises en garde qu'il brûlait de crier.

— Je crois vraiment que si la maison de Mason était incendiée, dit Amy à Laura, ou que si on lui lançait des pétards il ne s'en rendrait même pas compte. Un jour, votre Dick et un dénommé Jones étaient en finale…

Ce qui arriva à Dick et Jones demeura un mystère, car l'attention de Laura fut soudain attirée par un léger brouhaha dans l'assistance, juste derrière elle. Amy se retourna.

— Ah, c'est Mrs. Watson, annonça-t-elle fièrement. Elle s'est enfermée dans la classe de Mr. Ferris et n'en ressortira pas tant que le combat de l'élève Watson ne sera pas terminé. Edward ira la prévenir. Regardez ! Mr. Watson quitte la table des juges, mais moins par peur de voir son fils étripé que par probité, car il se refuse à rendre une décision pour ou contre son propre enfant. Quand vous verrez le jeune Watson, vous comprendrez l'ironie de la situation, car il adore la boxe et n'est jamais plus heureux qu'avec ses gants. Comment deux parents si timorés ont-ils pu engendrer un enfant si bagarreur ? C'est à n'y rien comprendre.

Le jeune Watson fit son apparition sur le ring, aussi modeste que sûr de lui. Comment diable un parent pouvait-il s'inquiéter ne serait-ce qu'un instant pour un tel garçon ? Il se mit à danser devant son adversaire, le feu de la passion dans le regard. Il le promenait littéralement sur le ring, ajustait ses coups avec une précision scientifique et sembla même apprécier le filet de sang qui finit par couler sur son propre visage. Mason semblait transfiguré, tel saint Jean à Patmos. Il faillit même étreindre Watson quand il quitta le ring en vainqueur. Edward se fraya un chemin dans la foule en direction de la classe de Mr. Ferris et Mrs. Watson en émergea, livide mais heureuse. Mr. Watson reprit sa place à la table des juges et le tournoi se poursuivit.

Laura ne put échanger que quelques mots avec Tony, car elle devait retourner en ville. Il accepta ses félicitations sans grand enthousiasme. Apparemment, il brûlait d'envie de lui dire quelque chose.

— Maman, pensez-vous que je pourrais inviter ce vieux Donkey pour les vacances ?

— Wesendonck ?

— Oui. Vous voulez bien, Maman ? Il possède beaucoup de rails et une locomotive à vapeur ! On installerait un immense réseau dans le jardin. Il peut venir, Maman ? C'est un garçon très bien, vous savez, et il connaît même quelqu'un qui a un chemin de fer à écartement de quinze pouces avec des wagons de passagers. Il peut venir ?

— Je pense que oui, Tony. Dois-je écrire à Mme Wesendonck ?

— Oh oui, s'il vous plaît ! Ce serait tellement bien d'avoir des rails de dix pouces d'écartement dans le jardin ! Et puis je pourrais promener les chiens de Sibyl !

Laura embrassa son monomaniaque préféré et se hâta de dire au revoir à Amy.

— Revenez donc me voir pendant les vacances, Amy. Et amenez Bill s'il le souhaite. J'aimerais pouvoir héberger les filles aussi, mais c'est ainsi.

Mrs. Birkett promit de venir et de transmettre son invitation à Bill.

— Comment va le succube ? ajouta-t-elle tandis que Laura montait en voiture.

— En pleine forme.

— Comment s'appelle-t-elle, déjà ?

— Mlle Grey ! cria Laura en mettant le moteur en marche.

Amy regagna l'école pour s'entretenir avec des centaines de parents plus rébarbatifs les uns que les autres. Ils se ressemblaient tous. Elle félicita Mason pour les exploits de ses élèves, rassura la gouvernante, qui était dans tous ses états à la perspective de laver ces innombrables shorts et maillots de corps blancs couverts de poussière et de sang. Elle prit ensuite des nouvelles de la cheville de Wesendonck et de la grippe du jeune Johnson, puis remercia Edward pour son aide et dit aux domestiques que le tournoi s'était déroulé à merveille. Au cours du souper froid qui suivait inévitablement les festivités de l'école, elle complimenta Bill. Elle écrivit ensuite à ses filles Rose et Geraldine, qui étaient à l'étranger, dans une famille dont elles essayaient d'apprendre la langue. Elle effectua enfin quelques tâches inhérentes au travail bénévole d'une épouse de directeur. Pendant tout ce temps, une pensée hanta son esprit. Devait-elle en parler à Laura au risque de la tourmenter davantage ? Et si elle se trompait ? En toute logique, c'était impossible. Quoi qu'il en soit, mieux valait laisser les choses se tasser un peu ; les problèmes s'arrangeaient souvent d'eux-mêmes. Toutefois, l'idée trottait dans sa tête et ne la quitterait pas avant les vacances de Pâques. Ensuite, si Laura ou cette gentille demoiselle Knox avaient besoin d'aide, l'information qu'elle détenait serait toujours là.

9

Un après-midi épineux

Quelques jours plus tard, Laura se promenait dans Hyde Park, observant les cavaliers qui arpentaient Rotten Row. Un groupe arrivait au trot de Kensington Gardens, manifestement un cours d'équitation. Laura se sentit fascinée par le professeur, un de ces bellâtres de la haute école, beau ténébreux au corps svelte dont le chapeau évoquait les plaines argentines. Ou plutôt D.H. Lawrence, songea-t-elle. Le genre de personne que, dans un roman, elle aurait transformé en un Indien métis mystérieux au passé sombre, qui aurait ensorcelé sa bien-aimée. Qu'il soit en mesure d'exercer ses pouvoirs dans Hyde Park semblait toutefois improbable, et, soudain, sa voix s'éleva pour asséner un reproche à un élève. Il avait un tel accent cockney qu'il perdit aussitôt son charme viril aux yeux de Laura. Elle se détourna et faillit bousculer quelqu'un.

— Tiens donc ! Madame Morland !

Elle se ressaisit et découvrit la présence fort incongrue de miss Grey.

— Oh ! Comment allez-vous ? lui demanda-t-elle.

Laura chassa ses rêveries de pampa et d'haciendas peuplées d'hommes puissants et rustres dont les forces semblaient provenir des entrailles de la Terre. Ils n'étaient que muscles et poils et il leur suffisait de lever le petit doigt pour qu'une nuée de femmes se jettent à leur cou, ivres de désir pour leur corps bestial, dans le sens noble du terme naturellement.

— J'ignorais que vous étiez en ville, dit-elle.

— J'effectue quelques recherches pour Mr. Knox au British Museum. Nous avançons bien sur la biographie d'Élisabeth Ire.

— Comme ce doit être amusant ! répondit Laura un peu stupidement.

— Je loge chez Mrs. Knox mère, à Rutland Gate, poursuivit miss Grey. Venez donc prendre le thé. Elle sera ravie de vous voir.

Une fois de plus, Laura fut tellement déconcertée par le toupet du succube qu'elle accepta sans la moindre résistance. Il était déjà assez incroyable que la vieille Mrs. Knox, notoirement acariâtre et sénile, accueille la secrétaire de son fils chez elle... Quant à imaginer miss Grey en position d'inviter quelqu'un à prendre le thé, c'était tout bonnement inenvisageable. Laura connaissait Mrs. Knox depuis longtemps et n'avait jamais été très à l'aise en sa présence. Et voilà que le succube prenait ses grands airs et jouait les filles de la maison ! Si seulement Anne Todd était là, songea-t-elle en suivant miss Grey dans Knightsbridge en direction de Rutland Gate. Elle fit de son mieux pour répondre poliment aux questions bien trop précises du succube sur ses fils. Elle n'était pas au bout de ses surprises. Tout en gravissant les marches du perron, miss Grey sortit une clé de son sac à main. Elle se sentait vraiment chez elle ! Laura en perdit l'usage de la parole. Il était évident que miss Grey entendait exploiter cette occasion pour lui montrer à quel point elle était à l'aise chez Mrs. Knox mère. Depuis quelque temps, Laura ne songeait plus guère au succube et voyait la vie sous son meilleur jour. À présent, elle se retrouvait dans une situation épineuse. Elle songea à prétexter un mal de tête, un malaise, un rendez-vous oublié, mais en fut incapable et suivit la jeune femme à l'étage. Comme dans un rêve, elle entendit la secrétaire l'inviter, elle, une amie de longue date de George, à entrer au salon comme si elle était une fillette timorée conviée à sa première fête.

La pièce était un superbe vestige du XIXe siècle. Lorsque Mr. Knox père avait commis l'acte le plus extravagant de sa carrière en épousant une Française, il avait ramené sa jeune épouse dans la maison où ses parents avaient passé leur vie conjugale. Mrs. Knox, qui se souciait comme d'une guigne des apparences, avait accepté les meubles victoriens imposants, les trumeaux, les lourdes tentures et les lampes à gaz avec sérénité, exprimant sa personnalité à travers les vêtements et bijoux. Au fil des années, quelques changements furent effectués, toujours avec dix ans de retard sur ses contemporains. La lumière électrique avait fini par supplanter le gaz et le téléphone avait été installé juste avant la guerre. En revanche, les domestiques étaient toujours sonnés par un système de câbles actionnant une rangée de cloches à l'office. Ils portaient de lourds plateaux dans les escaliers et préparaient les repas dans un fourneau à charbon qui fournissait également l'eau chaude. Pendant tout l'hiver, il fallait porter des seaux à charbon dans le salon et dans les chambres. Il relevait du miracle que Mrs. Knox ait pu trouver et garder des domestiques.

Autrefois, quand son mari et la femme de George Knox étaient encore en vie, Laura avait assisté à bon nombre de dîners dans une atmosphère glaciale. D'après son entourage, George s'était marié avant tout pour échapper à sa mère, lui cédant volontiers cette maison hideuse en échange de sa liberté. Son épouse n'avait jamais impressionné sa redoutable belle-mère, sauf en mourant. La vieille Mrs. Knox avait alors sombré dans un deuil si profond que George avait emmené Sibyl à l'étranger six mois durant. Il était en bons termes avec sa mère et lui rendait visite de temps en temps, par devoir. Sibyl, elle, était trop bienveillante et pas assez intelligente pour comprendre à quel point sa grand-mère était monstrueuse. C'était la seule personne dont elle était proche. Elle semblait satisfaite de passer une quinzaine de jours chez la vieille Mrs. Knox, à condition qu'aucun de ses chiens ne soit malade ou n'attende des petits. Ensemble, elles jouaient aux cartes, se promenaient au parc, parlaient français, une langue que la jeune fille et son père pratiquaient d'instinct.

Au salon, Laura vit Mrs. Knox mère assise près du feu sur un divan hideux. Des rideaux en velours, des voilages en dentelle et des volets à demi fermés assombrissaient la pièce. Il y avait même des tentures de velours sur les hauts miroirs, face à la cheminée et au-dessus de l'arche séparant petit et grand salons. Il flottait une odeur familière de renfermé et de poussière. Laura eut un instant le souvenir de son mari si peu regretté, avec qui elle avait souvent pénétré dans cette pièce déprimante. Mais les pensées dénuées d'affection ou de nostalgie étaient fugaces…

Miss Grey s'approcha de Mrs. Knox et, de cette voix charmante que l'on n'entendait que trop rarement, déclara :

— Je vous ai amené une très vieille amie, madame Knox.

Jugeant ce « très vieille » un peu excessif, Laura s'efforça de serrer la main de son hôtesse le plus aimablement possible, puis elle s'assit à côté d'elle.

— Je suis ravie que ma jeune amie vous ait ramenée, déclara Mrs. Knox. Où l'avez-vous trouvée, ma chère ?

Si Laura se demandait à qui s'adressait ce « ma chère », miss Grey le prit pour elle.

— Au parc, madame Knox. Elle regardait les chevaux.

— Aha…

La vieille dame avait une façon déconcertante d'employer cette interjection, laissant ses interlocuteurs dans le doute absolu quant à ce qu'elle voulait exprimer : approbation ? Intérêt ? Condamnation ?

— Quelle surprise de rencontrer miss Grey ! dit Laura, toujours intriguée. J'ignorais qu'elle se trouvait en ville.

— Elle réside chez moi et me fait rire, répondit Mrs. Knox. Vous, vous ne me faites pas rire, Laura. Pourquoi donc ?

— Parce que je ne suis pas drôle, sans doute, admit-elle franchement.

Mrs. Knox se mit à glousser de bon cœur et, aussitôt, miss Grey foudroya Laura du regard. La vieille dame leva une main fripée couverte de bijoux et actionna le cordon situé à droite de la cheminée pour sonner le personnel. Le tintement résonna dans toute la maison. Pendant qu'elles attendaient le thé, miss

Grey divertit son hôtesse et Laura en leur racontant sa journée de recherches à la bibliothèque. En soulignant cet accent irlandais qui flattait tant les oreilles anglaises quand il n'était pas question de politique, elle parvint à rendre son récit amusant. Si Laura ne l'avait pas soupçonnée de chercher à les séduire, elle serait tombée sous le charme. Hélas, le souvenir du réveillon du nouvel an et des diverses indignités que miss Grey lui avait infligées en dépit de toute raison l'avaient vaccinée contre cette entreprise de séduction. Miss Grey était fort habile pour se faire apprécier de la vieille Mrs. Knox, précieuse alliée potentielle. Mrs. Knox avait souvent déploré ouvertement que George n'exprime aucune volonté de se remarier. Sans doute était-elle trop attachée à Sibyl pour la voir affublée d'une marâtre de son âge, mais, si Sibyl épousait Adrian, George se retrouverait seul et la vieille dame serait encline à le pousser dans les bras de miss Grey. Cela ne ferait peut-être guère de différence pour George, qui n'était pas homme à se soucier d'être marié ou pas. Pour les amis de l'écrivain, en revanche, ce serait une autre histoire.

Un majordome et un valet apportèrent le thé dans une impressionnante théière en argent, avec une saupoudreuse assortie et sur un immense plateau également en argent. Mrs. Knox pria miss Grey de s'occuper du service. Assise à côté de son hôtesse, Laura eut l'impression que le succube, qui lui faisait face, tenait plus de la maîtresse de maison que de la secrétaire avec sa façon de verser le thé dans les tasses et de proposer des parts de gâteau, le tout avec une grâce exaspérante.

— Chère Laura, parlez-moi de vos garçons, s'enquit Mrs. Knox.

Laura relata le plus succinctement possible les nouvelles de chacun de ses fils. En dépit de la réflexion ironique d'Adrian sur les enfants célèbres elle détestait parler des siens, excepté à ses proches, et était capable, par le seul ton de sa voix, de créer une sensation d'ennui chez ses interlocuteurs.

— Vous n'aviez pas autant d'enfants lors de notre première rencontre, répondit Mrs. Knox. Quand vous et votre mari veniez dîner ici, vous n'aviez que deux petits. Laura, vous avez été bien trop bonne envers cet homme. C'était vraiment… un bon à rien. Un rien du tout. Je ne comprends pas comment vous avez pu vivre avec lui. Tout en apparences, et rien à l'intérieur ! Il était presque aussi stupide que la femme de ce pauvre George. Ils auraient dû se marier, ces deux-là ! Cela dit, ils auraient certainement engendré des abrutis, alors que vos enfants sont intelligents. Sibyl, quant à elle, tient plutôt de sa mère sur ce plan-là, hélas. Ce n'est pas une intellectuelle, mais c'est une gentille petite. À ma mort, elle héritera de tous mes bijoux. Pourquoi n'avez-vous pas épousé George, Laura ? Je vous aurais légué une partie de mes bijoux. Les perles vous iraient à merveille. Pas les diamants, non. Ils seront pour Sibyl. Réfléchissez-y ! George et vous vous entendriez bien.

— C'est qu'il ne me l'a jamais demandé, répondit Laura de sa voix grave, un peu distante.

— Allons ! la railla Mrs. Knox avec dédain. Il ne vous l'a jamais demandé ! Et vous, mademoiselle Grey, continua la vieille dame sur un ton où Laura décela une certaine malice. Qu'en pensez-vous ? Ma chère Mrs. Morland ferait-elle une charmante épouse pour mon pauvre George ?

Miss Grey eut visiblement du mal à formuler une réponse, ce qui incita Mrs. Knox à ajouter :

— Ne formeraient-ils pas un ménage charmant ? Ils travailleraient ensemble et doubleraient leur fortune. Vous n'êtes pas d'accord ?

Miss Grey marmonna quelques paroles inintelligibles pour confirmer ses propos. Touchée par l'embarras manifeste de la jeune femme, Laura crut bon d'intervenir :

— Vous ne pouvez caser les gens ainsi, madame Knox, dit-elle. En France, les mariages sont peut-être arrangés, mais pas ici, quoi qu'on en dise dans *The Times*. Ce cher George me rendrait chèvre au bout d'un mois. Nous avons tous deux d'autres préoccupations, je vous assure.

— N'importe quelle imbécile épouserait George ! insista la mère aimante. Et une imbécile le fera d'ici peu.

— Ce ne sera pas moi en tout cas, persista Laura, attachée aux traditions anglaises. J'ai d'autres chats à fouetter.

— Quel chat, ma chère ? Ce petit éditeur, peut-être ?

Laura ne put s'empêcher de s'esclaffer.

— Oh non, pas ce genre de chat ! Mes livres, madame Knox ! Je dois respecter mes contrats pour permettre à Tony de rester dans cette école. Laissons donc George tranquille à présent.

— Franchement, ma chère, vous me décevez. J'espérais vous voir l'épouser. Cela dit, je vous comprends. Mon fils n'est qu'un gros lourdaud sans intelligence.

Miss Grey recouvra soudain l'usage de la parole.

— Oh, madame Knox, comment pouvez-vous dire une chose pareille sur Mr. Knox ? Avec tous les livres qu'il a publiés ! On ne peut écrire des livres sans avoir quelque intelligence, n'est-ce pas, madame Morland ?

— Moi, j'y arrive, répondit Laura. Mais je ne suis qu'un honnête écrivaillon.

— Les livres de Mr. Knox sont formidables. Je suis sûre que vous plaisantiez, madame Knox !

— Si George est capable d'écrire des livres, concéda sa mère, il n'a aucun génie, contrairement à Laura. Aucun de leurs ouvrages ne survivra, mais au moins, ceux de Laura proviennent de ses tripes.

Mrs. Knox observa miss Grey afin de voir si elle l'avait choquée, et eut l'intense satisfaction de constater qu'elle avait fait mouche.

— George a besoin des tripes de quelqu'un d'autre, reprit la vieille dame. Il n'a jamais rédigé le moindre ouvrage sans une secrétaire.

— Vous avez raison, intervint Laura en toute impartialité.

— Oh, madame Knox, une secrétaire n'est rien ! Je me contente de faire des recherches et de prendre des notes, mais c'est lui qui me dicte le texte, et il travaille d'arrache-pied, s'indigna miss Grey.

— Eh bien, ma chère enfant, si vous ne faisiez pas ces recherches, quelqu'un d'autre s'en chargerait, et si personne ne le faisait, George ne prendrait pas la peine d'écrire, voilà tout. Il ferait mieux de se marier avec vous pour économiser cette dépense, ajouta la vieille dame avec l'impertinence de son grand âge.

Laura n'appréciait pas miss Grey, loin de là, mais elle ne supportait pas de la voir ainsi malmenée. Elle se leva et lissa sa robe.

— Au revoir, madame Knox, dit-elle d'une voix forte.

Mrs. Knox, qui détestait qu'on la croie sourde, méritait bien une leçon.

— Il faut que je rentre, poursuivit Laura. J'ai beaucoup de travail.

Contrariée, Mrs. Knox lui tendit la main et la salua. Laura descendit les marches en compagnie de miss Grey.

— Ne faites pas attention à Mrs. Knox, dit-elle gentiment au pied de l'escalier. Elle est toujours ainsi. Elle aime mettre les gens mal à l'aise. Ne vous laissez pas tourmenter.

L'expression de miss Grey se radoucit furtivement, comme si elle envisageait d'être reconnaissante, mais elle se durcit tout aussi vite.

— Merci, madame Morland. Je connais si bien Mrs. Knox que je comprends ses manières. Et je suis parfaitement capable de m'occuper de moi-même… contre n'importe qui, ajouta-t-elle sur un ton plein de fiel.

Laura regretta aussitôt sa compassion.

— Dans ce cas, ce n'est pas grave, conclut-elle en sortant.

En rentrant chez elle, elle réfléchit à la situation, qui ne lui disait rien qui vaille. Miss Grey s'accrochait désespérément, elle s'incrustait à Rutland Gate et se vantait d'être une intime de la vieille Mrs. Knox, intimité que Laura n'était pas parvenue à obtenir après toutes ces années… Si elle se mettait en tête que George devait épouser miss Grey, Mrs. Knox était capable de tout arranger et de les marier contre vents et marées. Si miss Grey avait vraiment des sentiments pour Mr. Knox, la mère de celui-ci serait une alliée de poids en dépit de cette situation inconfortable. Le plus sinistre de l'histoire, c'était que miss Grey ne s'aimait pas elle-même, complexe que les remarques perfides de la vieille dame sur un éventuel mariage de George avec elle ne faisaient que rehausser. La haine non dissimulée que Laura avait lue sur le visage de miss Grey, au moment de prendre congé, était alarmante. Que ressentait vraiment George ? Comme il n'en savait sans doute rien lui-même, Laura ne risquait pas de le découvrir un jour et ne pouvait lui poser la question de but en blanc. Si seulement les gens pensaient à autre chose qu'à être amoureux, tout serait bien plus simple…

À quoi bon se tourmenter ? Elle regagna son appartement, prit un bain et soupa sur le pouce tout en bavardant avec Stoker. Elle consacra ensuite sa soirée à l'écriture, oubliant George et ses ennuis.

10

Les amours modernes

Au terme d'un trimestre qui s'acheva trop vite, Laura gagna High Rising en compagnie de Stoker et Tony. Quelques jours plus tard, le jeune Wesendonck arriva, avec une petite valise de vêtements et une malle pleine de rails et de matériel roulant. Pâques tombait tard, cette année-là et, le temps étant clément, Laura autorisa les garçons à monter leur réseau de chemin de fer dans le jardin, ce qui les occupait du matin au soir. Si seulement Tony avait pu se montrer moins impérieux et Wesendonck plus sûr de lui ! Enfin, tant qu'ils ne se chamailleraient pas, elle n'aurait pas à se plaindre.

Pendant ce temps, à Low Rising, tout n'était qu'effroi et tumulte : George Knox avait la grippe. À l'instar de la plupart des hommes jouissant d'une bonne santé, il considérait le moindre bobo comme incurable. Depuis deux jours, il ne parlait que de ses symptômes. Le thermomètre refusait de descendre, malgré les efforts de Sibyl et miss Grey pour faire baisser le mercure au risque de se déboîter le poignet. En désespoir de cause, Sibyl appela le Dr Ford, qui envoya George se coucher et lui recommanda d'engager une infirmière si son état empirait. Miss Grey et Sibyl ayant protesté, le médecin avait cédé, du moins dans l'immédiat.

— Ce succube est l'un des personnages les plus complexes que j'aie rencontrés, dit-il à Anne Todd lorsqu'il rendit visite à sa mère quelques jours plus tard. Une névropathe d'une jalousie sans pareille... mais aussi une excellente infirmière. En fait, ma conscience professionnelle m'impose d'avouer qu'elle est aussi efficace que vous. Elle est soignée, ponctuelle. Si je dis que le patient doit prendre une cuillerée à soupe rase de médicament toutes les trois heures, ce n'est pas pour que le patient n'en fasse qu'à sa tête. La pauvre Sibyl ne sert pas à grand-chose, si ce n'est à lui faire la lecture. Et je ne vois pas pourquoi cette jeune femme devrait rester enfermée avec un patient contagieux. Ils vont tous tomber malades et, ensuite, ils seront bien obligés d'engager une infirmière. Autant en prendre une dès le départ.

— Le succube renforcera considérablement sa position si elle joue les infirmières auprès de Mr. Knox, déclara Anne Todd.

— Vous avez raison. Knox est tellement cabotin qu'il est capable de nous faire une demande en mariage sur son lit de mort.

Le médecin marqua une pause, puis reprit plus brutalement :

— Je ne suis pas très content de votre mère, mademoiselle Todd. Elle ne réagit pas au beau temps comme je l'aurais souhaité. Je sais que vous préférez que je vous dise la vérité.

— Je peux faire quelque chose ? demanda Anne.

— Je crains que non. Il s'agit d'économiser ses forces, et vous faites largement ce qu'il faut pour cela. Ma pauvre enfant...

Le Dr Ford prit la main d'Anne.

— Merci, répondit-elle sans résister. Sans vous et sans les visites de Mr. Knox, ainsi que l'arrivée de Mrs. Morland, je me sentirais terriblement seule. Mais ça va…

— C'est une bonne chose que Knox soit venu vous voir. Il faut vous changer les idées.

— J'ai beaucoup apprécié ses visites, avoua Anne en ôtant doucement sa main de celle du médecin. Un homme aussi centré sur lui-même est un soutien précieux. Il m'aide à comprendre à quel point mes propres soucis sont futiles. Et j'aime beaucoup Sibyl.

— Je me suis souvent demandé pourquoi Knox ne demandait pas Mrs. Morland en mariage, reprit le médecin, très friand de ragots. Lui arrive-t-il de vous parler de lui ?

— Oh, oui, mais pas en ces termes. Je n'imagine pas couple plus mal assorti. Mrs. Morland est aimable, gentille. Elle mène sa vie comme elle l'entend. Je doute qu'elle veuille en changer ou qu'elle puisse s'accommoder d'un homme aussi exubérant que Mr. Knox. Et je ne crois pas qu'il ait envie de se marier, auquel cas il songerait autant à se marier avec moi qu'avec Mrs. Morland.

— Peut-être songe-t-il vraiment à vous épouser. Ce ne serait pas si étrange.

Anne Todd se mit à rire.

— Vous dites cela parce qu'il est venu plusieurs fois ici ces derniers temps, docteur ? Oh, non ! De plus, je ne suis pas ce genre de femme.

— Quel genre ?

— Le genre de femme que les hommes épousent.

— Ah…

Le silence s'installa. Enfin, le médecin se leva, écartant du pied l'affreux roquet de Mrs. Todd, couché sur le tapis.

— Anne Todd, dit-il en tournant le dos à la cheminée, je ne comptais pas vous le dire maintenant, mais cette conversation m'a inquiété. Si Knox, avec sa personnalité imposante, vous attrapait dans ses filets, toutes mes chances s'envoleraient.

Anne Todd le regarda sans rien dire.

— Je suppose, poursuivit-il, que vous ne voyez en moi qu'un médecin de campagne entre deux âges. Pour ma part, je pense beaucoup à vous. Je vous observe, avec cette vieille dame exaspérante qu'est votre mère. Vous êtes à la fois ferme, douce et compatissante. Vous êtes l'altruisme personnifié. Je connais les implications d'un tel dévouement pour une personne âgée difficile. Je vous admire au-delà des mots. J'ai aussi envisagé votre avenir. Quels seront vos revenus, Anne, quand votre mère mourra ?

Nullement perturbée par cette question directe, elle répondit :

— La pension de Papa disparaîtra à la mort de Maman. J'aurai environ deux livres par semaine.

— Comment vivre dans ces conditions ? s'emporta le médecin.

— Je me débrouillerai. Je suis certaine de travailler pour Mrs. Morland tant qu'elle écrira. Je prendrai du travail supplémentaire. Lord Stoke serait ravi de me confier sa bibliothèque de Castle Rising à temps partiel. Et j'écrirai des articles sur la mode pendant mes loisirs.

— Vous êtes bien fluette pour avoir un tel cran, persista le Dr Ford. Quel genre de vie mènerez-vous à enchaîner les petits boulots pendant dix ans, jusqu'à ce que des femmes plus jeunes ne vous poussent vers la sortie ? Ce n'est pas digne de vous.

— Il faut se débrouiller au mieux. Je suis solide.

— Oui, tant que vous aurez votre mère. Vous tiendrez le coup pour elle. Je connais les femmes telles que vous, Anne. Vous débordez d'énergie tant que vous avez quelqu'un pour qui vous sacrifier, puis c'est la chute, et il faut repartir de zéro, face à des rivales de vingt-cinq ans qui n'ont pas encore subi de telles pressions.

— C'est ainsi et je n'y peux rien, dit posément Anne. Il suffit de faire de son mieux.

— Et le mariage ?

— Je vous le répète, je ne suis pas du genre à me marier. Cela ne m'inquiète pas.

— Vous vous marieriez si vous n'étiez pas aussi sacrément stupide ! lança le médecin avec une telle fougue qu'Anne leva vers lui un regard abasourdi. Vous n'avez donc pas remarqué que je vous admire, que je tiens de plus en plus à vous ? Jamais il ne vous est venu à l'idée qu'un médecin de campagne entre deux âges puisse avoir des sentiments, lui aussi ? Qu'il ne puisse voir une femme admirée renoncer à sa vie et sa jeunesse sans avoir envie de l'aider ? Faut-il vraiment vous dire je vous aime ?

— Oui, il faut me le dire. Tout cela est si soudain…

— Ne vous moquez pas de moi, diablesse ! s'emporta-t-il. Ce n'est pas soudain du tout, ou alors à cause de vous et de votre bêtise. Je sais que je ne suis pas grand-chose, mais je pourrais être pire. Vous continueriez à seconder Mrs. Morland si vous le souhaitiez. Mrs. Mallow serait ravie d'avoir quelqu'un dont s'occuper. Nous serions heureux, Anne. Cela ne vaut-il pas la peine d'y réfléchir ?

Anne avait les yeux embués de larmes.

— Assurément. Pourtant, cette vie n'est pas pour moi.

— À cause de votre mère ? Vous pourriez l'amener chez moi et vous en occuper à votre guise.

— Non, ce n'est pas ma mère, répondit Anne en ravalant ses larmes. D'ailleurs, il serait injuste de l'installer chez vous. Elle est épuisante, la pauvre, et il est préférable que je sois seule avec elle.

— Votre mère ne vivra pas éternellement, Anne. J'attendrai que vous soyez seule, si vous voulez, et je ne dirai plus un mot pour vous troubler jusqu'à ce moment-là. D'accord ?

— Non ! Ne m'attendez pas. Cela ne servirait à rien.

— Écoutez, Anne, reprit le médecin en s'asseyant sur une chaise, délogeant au passage le roquet. Maudit chien !

Il saisit l'animal par l'encolure et le jeta dans son panier avant de se rasseoir.

— Écoutez, Anne. Regardez-moi. Il m'a fallu quatre ans pour vous parler ainsi. Je n'aurai peut-être plus jamais le courage de le faire. Voulez-vous m'épouser ? Si vous acceptez, j'attendrai le temps qu'il faudra.

— Je suis terriblement désolée, mais je ne peux pas.

— C'est un refus définitif ? demanda le Dr Todd en se levant à nouveau.

— Absolument, répondit Anne.

— J'avais donc raison à propos de Knox ? Je sais que c'est une question indiscrète… mais il faudra bien que je le sache un jour.

— Mr. Knox ne me regarde pas. Il ne voit personne.

— Je comprends. Eh bien, Anne, nous en avons terminé. Je ne vous importunerai plus. Je vous aime trop pour cela. La prochaine fois que je viendrai voir votre mère, ce sera en tant que médecin. Si vous avez besoin de moi, il suffit de demander. Il ne sera jamais trop tôt ou trop tard. Dieu vous garde.

Il prit Anne Todd dans ses bras et la serra un peu trop fort contre sa vieille veste en tweed. Après son départ, miss Todd remit de l'ordre dans ses cheveux et monta voir sa mère, à qui elle fit la lecture jusqu'au souper. Ensuite, elle joua aux cartes avec la vieille dame jusqu'à ce qu'elle aille se coucher. Enfin, elle tapa quelques feuillets pour Laura. Vers onze heures et demie, elle monta dans sa chambre et s'attarda face à son miroir, pour voir à quoi ressemblait l'Anne Todd qui avait repoussé un homme amoureux. Elle n'avait pas changé, à part ses yeux embués de larmes et ses traits flous. Des larmes amères se mirent à couler le long de ses joues.

— Ce n'est pas parce que je l'aime, dit-elle pour elle-même. Parce que je ne l'aime pas. Je ne l'aime pas. J'ai simplement de la peine pour lui et de la gratitude pour sa gentillesse. Quant à ses propos sur Mr. Knox, ce sont des bêtises. Mr. Knox ne me remarque même pas.

Miss Todd, qui venait de repousser un amoureux qu'elle n'aimait pas, se glissa sous les couvertures et pleura toutes les larmes de son corps.

Le Dr Ford passa la soirée à jouer au bridge au presbytère. En rentrant chez lui, vers minuit, il trouva des sandwichs et du café chaud dans son cabinet. S'il souffrait parfois de sa solitude, malgré la présence rassurante et enjouée de Mrs. Mallow, il n'osait imaginer le calvaire d'une femme affligée d'une mère vieillissante et infantile, et d'un avenir sans argent. Une femme aussi merveilleuse et courageuse qu'Anne Todd méritait mieux, mais s'il ne pouvait la satisfaire il n'y avait plus rien à espérer. Il ne lui restait qu'à souhaiter bonne chance au type bien qui parviendrait à lui plaire. Le Dr Ford avait le visage fatigué dans la lumière blafarde de son cabinet. Le lendemain, Mrs. Mallow se plaignait à Stoker, rencontrée chez le boucher, que le docteur avait fait les cent pas comme un lion en cage pendant des heures à son retour de chez Mrs. Todd. Stoker supputa une indigestion, ce qui créa un léger malaise. Elle avait ensuite rattrapé sa bourde en affirmant que c'était sans doute la cuisine du presbytère qui l'avait rendu malade, nouvelle pique qui avait réussi à détendre l'atmosphère.

11

Un auteur cloué au lit

Laura ne vit pas les Knox pendant plusieurs jours. Elle ne pouvait prendre le risque d'attraper la grippe avec Tony et le jeune Wesendonck à la maison. Cependant, Anne Todd lui donna de leurs nouvelles, et Sibyl lui laissa un message téléphonique. Anne était passée chez eux et avait vu Sibyl seule. Sa description de Low Rising était alarmante. Miss Grey avait investi la chambre du malade, dont elle interdisait pratiquement l'accès à Sibyl. George écrivait de petits messages pleins d'affection à sa fille, l'invitant à ne pas venir le voir jusqu'à sa guérison. Sibyl le suppliait de la laisser entrer. Malheureusement, miss Grey se montrait si froide et menaçante que la jeune femme n'osait insister. Les domestiques furieux en voulaient à miss Grey, mais par loyauté envers Sibyl, ils refusaient de trahir leurs véritables sentiments.

— J'ai quand même réussi à entrer, dit posément Anne.

— Naturellement ! s'exclama Laura pleine d'admiration. Comment ?

— Il m'a fallu ruser, admit miss Todd. J'ai demandé au Dr Ford de me conduire là-bas et je suis restée dans la voiture. Nous étions convenus que le docteur exige de voir le succube au salon. J'en ai profité pour me faufiler jusqu'à la chambre de Mr. Knox. Il était très content de me voir. Il va beaucoup mieux à présent, même s'il est encore faible. Il a très envie de vous voir, madame Morland, et je crois que cela lui ferait un bien fou.

— Mais c'est impossible. Je serais accueillie par un succube prêt à en découdre.

— Pas du tout. J'ai demandé au Dr Ford de lui faire peur et de lui dire qu'elle devait sortir au grand air afin de ne pas tomber malade, faute de quoi il leur imposerait une infirmière. De retour chez moi, je l'ai appelée pour l'inviter à se promener en ma compagnie demain. Elle a accepté.

— Quelle chance vous avez !

— Eh bien, j'ai aussi précisé que vous seriez absente pour la journée, donc elle considère qu'elle ne risque rien à sortir. D'ailleurs, il est exact que vous allez déjeuner au château. Ce n'est pas une raison pour ne pas aller à Low Rising entre trois et quatre heures ou quatre heures et demie, n'est-ce pas ? Je garderai le succube pour le thé, ce qui offrira à Sibyl une occasion de vous parler également.

— Bravo, Anne ! s'exclama Laura, subjuguée.

— Ne vous ai-je pas toujours dit que j'étais un peu détective ?

Le lendemain, quand elle arriva à Low Rising le cœur battant, Laura fut accueillie par Sibyl, qui se précipita dans ses bras.

— Chère madame Morland ! C'est merveilleux. Je commençais à croire que nous ne vous reverrions jamais ici. Miss Grey est une excellente infirmière pour Papa, mais elle le garde enfermé comme s'il avait la peste et je sais qu'il a envie de vous voir. Montez vite.

Je vous apporterai le thé vers quatre heures et nous passerons un bon moment.

— Miss Todd est-elle venue chercher miss Grey ?

— Oh, oui ! Nous avons frôlé la catastrophe, car miss Grey a soudain refusé de sortir pour rester avec Papa. Elle devait soupçonner quelque chose. Miss Todd s'est montrée très habile. Elle lui a intimé de ne pas faire l'imbécile !

Les yeux de Sibyl pétillaient d'admiration.

— Ensuite, elle a flatté miss Grey sur son efficacité et son utilité. Elle a dit que le Dr Ford voulait qu'elle se ménage. Alors miss Grey l'a suivie docilement. Madame Morland, je sais que miss Todd l'emmène vers Stoke Dry avant de lui offrir le thé chez elle. Elle ne peut être de retour avant cinq heures. N'est-ce pas merveilleux ?

— Très bien, je monte voir George, annonça Laura en ôtant son manteau. Et vous, Sibyl ? Avez-vous envoyé votre manuscrit à Adrian ?

Sibyl s'empourpra.

— Oui. La semaine dernière, répondit-elle. Je crains qu'il ne soit mauvais, mais je n'ose le lui avouer ; il est si gentil.

Laura remarqua l'inflexion de sa voix lorsque la jeune femme évoquait Adrian.

— Avez-vous eu des nouvelles ?

— Non. Il m'a écrit qu'il l'avait bien reçu et qu'il le lirait lui-même. Il m'en parlera quand il viendra chez vous. Quand arrive-t-il ?

— Dans huit jours. Est-ce trop long à attendre ? demanda Laura en riant.

Elle se rendit dans la chambre de George Knox, qui était installé dans un fauteuil près du feu, visiblement affaibli.

— Eh bien, George ! Vous avez mauvaise mine. Ne vous levez pas, dit-elle en s'asseyant à côté de lui. Comment vous sentez-vous ?

— Mieux, puisque vous êtes là, ma chère. Ce fut le purgatoire, non, l'enfer. Mon corps et mon esprit ont déliré pendant des jours et des nuits. Combien de temps ? Je l'ignore. J'en ai perdu toute notion.

— Vous en êtes à huit jours, si cela vous intéresse vraiment.

— Le huitième jour ! Et vous voici, Laura. Je me suis langui de vous, mais j'étais totalement impuissant, tel un enfant emmailloté entre les mains des femmes.

— Il semble que l'on se soit bien occupé de vous.

— J'étais dans les affres de la maladie ! s'exclama George avec emphase. Sachez, ma chère, que tandis que je gisais sur mon lit de souffrance, faible, incapable de lever la main pour me défendre, j'ai supplié qu'on m'envoie une infirmière à domicile, qui ferait son travail avec détachement, comme une machine, sans inquiéter l'homme vieillissant et malade que je suis. On m'a refusé cette requête. Miss Grey, qui est la gentillesse et la compassion incarnées et, je dois l'avouer, d'un ennui mortel, a tenu à me soigner elle-même. C'est déjà assez dégradant. Mais vous n'avez pas entendu le pire : pouvais-je décemment demander à ma secrétaire de me raser ? Non. Eh bien si, je l'ai fait ! Elle n'a pas voulu. Ou n'a pas pu. Vous m'imaginez, Laura, de plus en plus négligé, irritable, répugnant, mortifié d'être vu dans cet état, mais réduit à l'impuissance ?

— Vous auriez dû demander au jardinier. Ou utiliser un rasoir mécanique.

— Ma chère Laura, dit George, visiblement peiné, vous ne vous rendez pas compte de mon état de faiblesse. Pendant deux jours, j'ai eu quarante de fièvre et je suis resté aussi dépendant qu'un nouveau-né de cette femme triomphante qui me surplombait. Elle ne me laissait pas me raser, me nourrissait de bouillies. Elle ne m'a donné un pyjama propre que le troisième jour.

— Ne pleurez pas, George, dit Laura avec entrain. C'était un peu gênant pour miss Grey. Si vous étiez à ce point malade, elle ne pouvait tout de même pas vous changer votre pyjama ! Trois jours, ce n'est pas si grave. Et vous êtes bien rasé aujourd'hui. Il faut voir le bon côté des choses.

— Vous en faites partie, chère Laura. Pour ce qui est de mon rasage, j'ai fini par me rebeller. Hier et aujourd'hui, je me suis traîné dans la salle de bains pour m'en occuper. Demain, je descendrai, histoire de m'affirmer davantage.

— Je plains quiconque vous servira d'infirmière, admit Laura en toute franchise. Moi, je ne m'y risquerais pas. Mais pourquoi vous laissez-vous malmener par miss Grey ? Elle n'est qu'une employée payée au mois, non ?

— Théoriquement, oui. En réalité, la notion de mois est une fiction, une création de l'esprit. Après la mortification que je viens de subir à sa merci, je me séparerais volontiers d'elle. Que faire ? Cette fille n'a pas d'amis. Je lui avais trouvé un excellent poste chez ma chère amie miss Hocking, qui cherche une secrétaire pour l'aider à recevoir des étudiants étrangers. Hélas, je n'ai pas osé lui en parler. La simple perspective de quitter Low Rising bouleverse tellement miss Grey… et elle est très attachée à Sibyl. Que puis-je faire, moi qui ne suis qu'un pion impuissant entre les mains du destin ?

— Un imbécile impuissant, plutôt, rétorqua Laura. La prochaine fois que miss Grey ira en ville pour vous, envoyez-la voir miss Hocking, et, si celle-ci l'apprécie, réglez cette affaire sans tarder. Ce n'est pas un crime de changer de secrétaire. De plus, miss Grey pourra séduire les étudiants étrangers et passer de bons moments.

— Je le ferai, affirma George Knox, aux anges. Laura, vous me sauvez la vie, comme toujours. Vous êtes pour moi un phare dans la brume. Votre courage, votre esprit, vos succès de librairie, votre beauté, j'aime tout en vous, même dans mon état de faiblesse et d'impuissance.

George se leva et se mit à arpenter la pièce d'un pas plutôt vigoureux.

— Il me reste la force de vous vénérer, comme Pétrarque avait Laure, sa muse.

— C'est très aimable, George, mais je suis prête à parier que vous ne refilerez pas miss Grey à miss Hocking de sitôt. Si vous ne faites pas attention, elle vous passera la corde au cou.

Laura était décidée à prendre le taureau par les cornes. George Knox se figea et se tourna vers elle, au bord de la panique.

— Seigneur, vous avez raison ! Comme toujours. Quel imbécile je suis ! Cela ne m'était jamais venu à l'idée. Les écrivains épousent toujours leur secrétaire. Suis-je déjà compromis par les soins qu'elle m'a prodigués durant ma maladie ? Seigneur !

— Asseyez-vous, George. Vous n'êtes en rien compromis. Vous ne comprenez donc pas la plaisanterie ? Aucune femme ne vous épousera si vous ne le lui demandez pas. Une femme ne court pas après un homme pour lui imposer le mariage… sauf dans mes romans. Elle attend qu'on lui demande sa main, même si elle accélère parfois les choses.

George Knox retrouva son fauteuil et s'épongea le front.

— Je suis plus faible que je ne le pensais, admit-il avec lassitude.

— Ne cherchez pas à m'impressionner, George.

— Je ne le pourrais pas. Vous me remettez toujours dans le droit chemin. Vous me soutenez, vous me donnez de la force. Il y a tant de choses à dire, Laura, mais je ne puis prononcer un mot dans ce taudis, cette chambre contaminée par les microbes. Sibyl risque d'apparaître à tout moment avec le thé et miss Grey ne va pas tarder à rentrer. Laura, serez-vous à Londres la semaine prochaine ?

— Probablement, répondit-elle, étonnée. Je m'y rends mardi pour régler une affaire et j'y passerai la nuit.

— Dans ce cas, accepteriez-vous de m'accompagner au théâtre ?

— Avec plaisir ! Logerez-vous à Rutland Gate ?

— Non. J'irai à mon club. Maman sera absente. Je crois savoir que la maison est fermée et les meubles couverts. Seule l'aide-cuisinière sera là, une femme répugnante et incapable de préparer un repas.

— Votre mère semble apprécier miss Grey.

— Nul ne sait ce que Maman apprécie ou non, ma chère. S'il y a une chose qu'elle aime, c'est créer des problèmes et mettre les gens mal à l'aise.

George semblait si agité que Laura se demanda si Mrs. Knox mère ne lui avait pas suggéré d'épouser miss Grey.

— À jeudi soir, donc, Laura. Vous dînerez avec moi, puis nous irons au théâtre. Que souhaitez-vous voir ?

— Nous pourrions assister à la représentation du *Roi Lear*, proposa Laura sans grand enthousiasme.

— À votre guise, ma chère. Va pour *Le Roi Lear*, même si cette pièce est improbable et, par moments, brutale et pénible. Peut-être les acteurs seront-ils revêtus de costumes modernes, ou dans le noir, ou perchés sur des escabeaux, allez savoir. Ma chère Laura, la perspective d'une soirée en votre compagnie produit sur moi l'effet d'un élixir, d'une cure de jouvence, loin de cette maison où l'air est vicié. Mon esprit n'est plus qu'un marécage nauséabond. Même Wordsworth était plus intéressant que je ne le suis à l'heure actuelle. Je devrais être en train de travailler sur mon Élisabeth Ire, mais je suis incapable de réfléchir, de me concentrer. C'est fini. Je suis fichu, fichu.

George prit sa tête entre ses mains et grommela.

— Pas le moins du monde, allons ! Ce n'était qu'une petite déprime conséquente à votre grippe. Vous pourriez donner son congé à miss Grey, avec une prime de licenciement généreuse, et partir où bon vous semblera.

— Je le pourrais, Laura. Je le pourrais… Mais pas avant notre soirée ensemble. Je brûle déjà d'impatience. Cet objectif m'aidera à recouvrer la santé, à faire des progrès chaque jour, à m'installer au soleil, s'il y en a, à travailler dans le jardin, s'il ne pleut pas, histoire d'être prêt pour cet apogée de ma convalescence. Tenez, Sibyl, cette délicieuse enfant, nous apporte le thé. Quel manque de tact ! Moi qui avais tant de choses à vous dire…

Sibyl apparut, suivie d'Annie, portant un plateau. Pour un auteur cloué au lit, George Knox fit preuve d'un bel appétit. Il passa un excellent moment à parler, à se gaver de gâteau et à boire du thé, le tout en même temps.

— Tout va bien chez votre père, Sibyl, assura Laura. Il aime s'apitoyer sur lui-même, voilà tout. Je lui ai dit de caser miss Grey chez miss Hocking, avec le gîte et le couvert, et de vous emmener en voyage.

— Pas avant que je n'aie vu Mr. Coates, répondit la jeune fille soudain anxieuse.

— Pourquoi Coates ? s'enquit George, la bouche pleine.

— Papa ! Vous savez bien qu'il voulait lire mes écrits. Vous qui souhaitez que je tente ma chance… Je dois absolument attendre son verdict !

— Ah, oui, cela me revient. Laura, cette enfant refuse de me laisser lire une ligne, mais je sais qu'elle a la fibre d'un auteur. Les chiens ne font pas des chats.

— George, vous êtes si vaniteux ! s'indigna Laura. Les gens parleront sans doute de vous comme étant le père de Sibyl Knox un de ces jours.

— Vous croyez ? soupira-t-il avec découragement. Devrai-je alors me prosterner aux pieds de ma progéniture ?

— Papa ! protesta Sibyl. Ce n'est pas ce que Mrs. Morland voulait dire. Vous m'êtes mille fois supérieur et je ne vous arriverai jamais à la cheville. N'est-ce pas, madame Morland ?

— Je ne saurais le dire, Sibyl, tant que je n'aurai pas lu votre livre. Je suppose que chacun de vous sera fier de l'autre et je suis aussi impatiente que vous de savoir ce qu'en pense Adrian.

— Après tout, dit George rassuré, c'est l'œuvre de la nature, rien de plus. Chaque année, des fleurs nouvelles surgissent des vestiges décomposés de l'année précédente. Zeus détrône Chronos, qui est à son tour détrôné. Le Ragnarök engloutit les dieux, l'âge d'or revient, sept villes ont été bâties sur le site de Troie.

— Cessez donc de vous exprimer comme une encyclopédie ! l'implora Laura. Dites que la mante religieuse mange le mâle et que la souris dévore ses petits, pendant que vous y êtes ! Il faut que je parte avant que votre Florence Nightingale ne me trouve ici.

— Je ne saisis pas le sens de cette allusion à la Dame à la lampe…

— Pour l'amour du ciel, épargnez-moi vos références pompeuses, George ! Je parlais de votre douce infirmière, votre secrétaire, votre miss Grey.

Laura se leva et observa son reflet dans le miroir au-dessus de la cheminée. Elle glissa quelques mèches rebelles sous son chapeau et se retira.

— Venez donc déjeuner à la maison dans quinze jours, proposa-t-elle à Sibyl. Nous passerons l'après-midi ensemble. Adrian sera là… mais nous nous verrons d'ici là.

Par précaution, Laura avait décidé que les jeunes Morland et Wesendonck prendraient un thé dînatoire à six heures et demie, afin qu'ils puissent discuter en toute liberté de la tâche qui les avait occupés toute la journée. Laura se contentait en général d'un repas léger au salon pendant que les garçons se livraient à leurs ablutions aussi interminables qu'ineffectives. Le lendemain soir, Stoker posa son plateau près d'elle en silence. Les silences de Stoker étaient généralement si assourdissants et lourds de sens que Laura attendit patiemment que l'orage éclate.

— Je vous ai apporté la bouteille de bourgogne, qu'il faut finir, grommela la domestique. Et vous en aurez besoin quand vous aurez entendu.

— Entendu quoi ?

— C'est ce que j'ai dit à Annie.

— Et qu'a répondu Annie ? C'est à propos de Flo ou du Women's Institute, je suppose.

— Je ne devrais pas me soucier de l'Institute puisque je fais partie du comité, répondit Stoker d'un air hautain.

— Je ne vous suis pas, Stoker. Qu'est-ce que vous me racontez ?

La gouvernante s'appuya contre le secrétaire, prête à sévir.

— Annie est venue ici à vélo, raconta-t-elle, et elle a pris le thé avec moi. Vous n'imaginez pas ce qu'elle a entendu ! Vous n'allez pas le croire !

— Tant que vous ne me l'aurez pas révélé, non, Stoker, répliqua Laura, devinant son besoin de se faire prier.

— Eh bien, voilà. Annie était contrariée que Mr. Knox ait attrapé la grippe. La grande dame ne faisait qu'entrer et sortir de sa chambre à longueur de journée. C'était presque inconvenant.

— Ce n'est pas absurde, Stoker. Il fallait bien que quelqu'un le soigne.

— C'est vrai, mais miss Knox n'avait pas le droit d'entrer, elle, alors que la grande dame s'affairait matin, midi et soir, à donner des ordres à la cuisinière, qui sait aussi bien qu'elle ce dont un monsieur a besoin quand il est souffrant. Un soir, la grande dame prenait son bain. En passant devant la porte de Mr. Knox, Annie l'a entendu crier. Elle est allée voir s'il avait besoin de quelque chose et que faisait-il, d'après vous, Madame ?

Stoker devait être perturbée pour l'appeler « Madame ».

— Laura ! Laura ! qu'il disait, si fort qu'Annie en a eu la chair de poule.

— Il était sans doute en plein cauchemar, Stoker, ou en plein délire à cause de sa fièvre.

— Certains rêves sont contradictoires, d'autres non, affirma Stoker la mine sombre. Ma tante parlait dans son sommeil. Une nuit, elle a appelé « Henry, Henry ! » et, le lendemain, son oncle Alf est mort. C'est la preuve, non ?

— Je n'irais pas jusque-là, Stoker. Cependant, je suis désolée que Mr. Knox fasse des cauchemars.

— Ce n'est pas tout ! Quand la grande dame est rentrée, hier après-midi, après son thé avec miss Todd, elle a vu trois tasses sur le plateau.

Stoker marqua une pause pour laisser sa patronne assimiler l'information. Laura attendit la suite avec curiosité.

— Alors elle a demandé à Annie : « Qui est venu prendre le thé ? » et cette imbécile d'Annie le lui a dit ! Il paraît que la grande dame a piqué une de ces crises ! Il fallait entendre ça. Miss Knox est partie se réfugier dans sa chambre, Mr. Knox a passé la tête par-dessus la rambarde pour demander s'il y avait le feu. La grande dame a couru dans sa chambre et claqué la porte.

Laura afficha une expression effarée que Stoker reçut comme une récompense.

— Alors Annie a ramassé les morceaux.

— Quels morceaux ?

— Les débris des tasses ! Quand la grande dame a repoussé le plateau, la vaisselle est tombée. Annie et la cuisinière vont rendre leur tablier. Annie l'a dit à sa mère, ajoutant qu'il était grand temps au vu de tout ce qui se passe dans cette maison.

— Stoker, c'est terrible ! Annie ne doit rien précipiter. Miss Grey va peut-être s'en aller dans peu de temps. Ne répétez à personne que je vous l'ai révélé. La cuisinière et Annie doivent absolument patienter jusqu'à la fin des vacances de Pâques. Et ne soyez pas trop bavarde. Dans la mesure du possible, empêchez aussi Annie de parler ou ce sera affreux pour miss Knox.

— Bouche cousue, promit Stoker à Laura, particulièrement sceptique. Avez-vous autorisé les garçons à se servir dans le vieux chenil pour leur chemin de fer ? J'ai vu Tony s'emparer d'une niche. Il affirme qu'il va en découper le fond pour permettre aux trains de la traverser.

— Pas du tout, Stoker. En tout cas, je ne l'ai pas autorisé à détruire le fond de la niche. Je lui en parlerai demain. Et ne les laissez pas se servir dans la cuisine sans mon aval. Rappelez-vous l'an dernier, quand Tony avait utilisé tout le sel pour mettre de la fausse neige sur son train.

Chantonnant malgré elle, la gouvernante regagna l'office.

Dès lors, Laura et Anne eurent l'impression d'être impliquées dans une affaire cauchemardesque et sans fin, où miss Grey semblait les attendre au tournant avec un air malveillant. Le lundi matin, alors que toutes deux travaillaient, Sibyl se présenta, furieuse et en larmes. Apparemment, Stoker n'avait pas exagéré la description de la crise qui avait éclaté à Low Rising.

— Elle a frappé si fort sur le plateau d'Annie que toute la vaisselle est tombée et s'est brisée, madame Morland. Ensuite, elle s'est enfermée dans sa chambre et a refusé d'en sortir pour le reste de la journée. Face à ce vacarme, Papa s'est mis en colère et lui a ordonné de partir dès le lendemain. Naturellement, le lendemain il a cédé, comme toujours. Miss Grey a beaucoup pleuré, affirmant qu'elle était seule au monde. Papa a déclaré qu'il verrait. C'est alors qu'il s'est passé quelque chose d'horrible, madame Morland.

Sibyl, les yeux embués de larmes, s'interrompit si longtemps que les deux dames s'impatientèrent.

— Quoi ? demandèrent-elles en chœur.

— Il est apparu que vous aviez prévu d'aller au théâtre avec Papa la semaine prochaine. *Elle* a dit qu'elle n'avait pas vu cette pièce et n'avait jamais eu les moyens d'aller au théâtre, et…

— …. votre père l'a invitée à venir aussi, je suppose, compléta Laura.

Désemparée, Sibyl hocha la tête.

— Voilà qui ne m'étonne pas. Chère Sibyl, votre père est sans doute l'homme le plus faible d'esprit au monde. J'ai bien envie de décliner l'invitation.

— Il faut que vous y alliez, madame Morland ! Vous ne pouvez pas la laisser aller au théâtre seule avec lui.

— Ne dites pas de bêtises, Sibyl ! Elle ne va pas l'enlever. De plus, il sera peut-être encore plus dégoûté par elle qu'il ne l'est déjà. Nous sommes lundi. Avec un peu de chance, elle aura la grippe d'ici là.

— Rien n'est moins sûr, répondit la jeune fille. Et elle ne nous quittera jamais. Si seulement elle n'était pas si gentille quand elle n'est pas méchante.

— Je sais, affirma Laura avec compassion. Quand elle est gentille, j'ai du mal à me rappeler à quel point elle est odieuse. Il faut tenir, Sibyl. Au fait, Anne, vous avez dû subir ses foudres, vous aussi.

— Non. J'ai fait en sorte d'y échapper. Je savais que vous déjeuniez à Stoke. Si vous vous êtes éclipsée pour vous ruer chez Mr. Knox en toute discrétion, je n'y suis pour rien. Le succube et moi avons longuement bavardé sur la difficulté d'être seule. Je crains de lui en avoir trop dit sur miss Hocking et sa maison pleine de jeunes gens des colonies. Elle m'a écoutée avec attention. Il suffirait d'un petit coup de pouce pour nous débarrasser d'elle.

— Mais qui lui donnera ce coup de pouce ? demanda Laura.

— Le temps, sans doute. Madame Morland, Mrs. Birkett viendra-t-elle vous voir durant ces vacances ?

— Oui. La dernière semaine, après le départ d'Adrian.

— Eh bien, d'ici là je garde espoir. J'ai dans l'idée qu'elle est peut-être un genre de mascotte.

— Il faut que j'y aille, annonça Sibyl. Depuis ce sinistre samedi, je me sens lasse et frigorifiée.

— N'allez pas attraper la grippe, vous aussi ! répondit Laura, inquiète.

— Ce serait peut-être préférable pour elle, fit remarquer Anne Todd.

Effectivement, Sibyl contracta la grippe. Mardi, le Dr Ford fut appelé à son chevet et déclara que la jeune fille n'était pas gravement touchée, mais qu'elle devrait garder le lit quelques jours. Étant l'un de ces hommes rares et précieux qui acceptent un refus pour ce qu'il est, il n'avait pas interrompu ses visites à Mrs. Todd et sa fille. Dans la soirée, il leur donna des nouvelles de Sibyl :

— Le succube la soigne tel un ange. Elle semble vouloir se rendre en ville pour une nuit, jeudi. Sibyl sera très bien avec Annie. Elle n'est pas très malade. Ce n'est qu'une précaution. Demain, je dirai au succube qu'il peut partir en toute quiétude.

— Elle ferait mieux de rester au chevet de Sibyl, affirma Anne. Ne me demandez pas pourquoi, docteur. Faites-moi confiance. Voulez-vous bien lui dire qu'elle seule est capable d'aider Sibyl à recouvrer la santé ou quelque chose dans ce goût-là ?

— Je lui dirai tout ce que vous voudrez, Anne, mais mes paroles n'auront aucun effet sur elle.

— Peut-être que si. Saluez-la de ma part. Vous pouvez même ajouter que je l'embrasse et que je viendrai la voir demain. Si je n'arrive pas à la convaincre que son héroïsme impressionnera sans doute Mr. Knox, puisqu'elle est prête à renoncer à son propre plaisir pour rester auprès de Sibyl, je ne m'appelle plus Anne.

Le Dr Ford lui en fit donc la promesse. Jeudi matin, Anne put annoncer fièrement à Laura que l'imprévisible succube resterait à la maison pour soigner Sibyl et faire preuve de dévouement. Elle ajouta qu'il était toutefois regrettable que Mr. Knox se montre impressionné par un tel dévouement, ce à quoi on ne pouvait rien.

— Vous êtes formidable, Anne, déclara Laura.

— Je fais de mon mieux. Mais je ne serai pas rassurée avant demain. Je crains qu'elle ne pique une nouvelle crise ou ne s'envole, chevauchant son balai pour vous jeter un sort.

12

La tradition shakespearienne

Laura n'avait guère l'occasion de s'offrir de petits plaisirs. À Londres, elle travaillait beaucoup et était souvent trop fatiguée pour sortir le soir venu. Et, à moins d'avoir une vie sociale intense, on ne se faisait guère de nouveaux amis. De plus, une femme qui n'était pas accompagnée d'un homme n'était pas la bienvenue, du moins ne figurait-elle jamais en tête d'une liste d'invités. Laura l'acceptait avec philosophie. Du vivant de son si peu regretté mari, elle sortait beaucoup, mais elle s'était installée volontiers dans une vie tranquille rythmée par les soirées au coin du feu ou les séances de cinéma. Si elle était encore assez jeune pour plaire aux hommes et pouvait s'en donner la peine, elle n'en avait pas la moindre envie. Un seul mari lui avait posé assez de problèmes pour toute une vie. Son existence paisible était désormais jalonnée de rares festivités, quand l'un de ses fils rentrait à la maison. Elle s'habillait alors avec soin, se faisait onduler les cheveux, évoquait ses vieux amis, choyait les plus récents… Elle allait au théâtre, organisait des dîners et se couchait tard. Quand Gerald, John ou Dick s'en allait, elle essuyait une larme, poussait un soupir de soulagement et se remettait à ses plateaux-repas.

Cette soirée avec George Knox, un dîner suivi d'une pièce de théâtre, même s'il ne s'agissait que de Shakespeare, était un événement rare. Laura se prépara avec fébrilité pendant que Stoker, qu'elle avait amenée avec elle pour la nuit, laissant les garçons sous la responsabilité de la mère d'Annie, s'occupait de la faire belle sans lui épargner ses inestimables critiques. Stoker en voulait à sa patronne de ne pas adopter la permanente pour sa chevelure fournie.

— Vous feriez la moitié de votre âge avec une permanente, affirmait la loyale domestique.

— Désolée, Stoker, mais je sais à quoi je ressemblerais. Vous n'avez qu'à vous en faire faire une, vous !

— J'en ai bien l'intention, un de ces jours, répondit-elle en se regardant dans le miroir par-dessus l'épaule de sa patronne. Cela m'irait peut-être. Vous devriez au moins faire des ondulations, une coiffure crantée pour aller au théâtre ce soir.

— Je n'en ai pas eu le temps, Stoker. C'est ainsi. Et j'ai ma clé, donc si vous voulez aller au cinéma, ne vous pressez pas. Je risque d'inviter Mr. Knox à boire un verre ici.

Laura transféra le contenu de son sac à main dans un autre, puis resserra autour d'elle les pans de son manteau de fourrure avant d'aller rejoindre son ami. Déjà attablé, il avait commandé le repas.

— Je suis contente que vous ayez choisi ce que nous allons manger, dit-elle. La surprise ne fait qu'intensifier le plaisir de cette soirée.

— Je ne suis peut-être pas un auteur à succès, Laura, mais je me targue de certaines connaissances gastronomiques. Ma mère m'a transmis ce goût. Les Français ont cela dans le sang. Sibyl comprend elle aussi les plaisirs de la table. Elle tient une maison comme personne. Que buvons-nous, chère Laura ? Pour arroser ma guérison et cette merveilleuse soirée, le champagne est tout indiqué, je crois.

— Pas pour moi, George. Quand je bois du champagne, au bout d'une gorgée je me sens incomprise et j'ai du mal à tenir sur mes jambes. Je prendrai de l'eau, s'il vous plaît.

— Laura, j'insiste ! Ne puis-je pas vous porter un toast ? Je rêve de vous voir vaciller. Ce doit être captivant. Faites-moi plaisir, pour une fois.

— Vous pouvez me porter autant de toasts qu'il vous plaira, George, mais je n'en ferai pas autant pour vous. En revanche, je ne dirais pas non à un petit digestif très coûteux après le repas, avec le café. Allez-y, buvez ce que vous voulez.

George se tourna vers le sommelier et commanda du champagne. Alors que ce dernier s'éloignait, Laura le retint.

— Écoutez-moi, George, dit-elle d'une voix grave et claire qui résonna dans la salle. Pas de champagne pour vous. Il risque de vous tourner la tête après cette grippe, or je ne veux prendre aucun risque avec vous. Une bouteille de vin rouge, une demie fera l'affaire ou, si vous y tenez, un whisky-soda.

— Allons, Laura, je ne suis pas un ivrogne, un sac à vin, un poivrot ! protesta George d'une voix tonitruante. Croyez-vous que je risque de me vautrer dans la fange comme un porc ? Non. Garçon, apportez du champagne !

— Un instant, dit Laura à l'employé pétrifié par ses airs de Mrs. Crummles, le personnage autoritaire de Dickens. C'est ma soirée, George. Pas la vôtre. Pas de champagne !

L'espace d'un instant, Mr. Knox eut l'air agacé, mais il se ressaisit vite.

— Vous avez raison, Laura, comme d'habitude. Apportez-moi une demi-bouteille de Licor 43. Laura, je vous suis reconnaissant. Je mène une vie solitaire. Je suis de plus en plus rustre, grossier, indigne d'une femme de votre qualité. J'ai besoin de votre bon sens, de votre flegme, de votre admirable franchise. Sans tout cela, je ne suis rien.

— Ne vous inquiétez pas, répondit Laura. J'aime le caviar, non pas parce que c'est bon, mais parce que ce doit être bon. Il y aura du caviar dans mon prochain livre. Croyez-vous que nous allons apprécier *Le Roi Lear* ?

— Franchement, ma chère, si c'est de la franchise que vous voulez : non.

— Oh…

— Vous savez à quoi vous attendre. C'est fou comme les acteurs shakespeariens parlent fort tout en demeurant parfaitement inintelligibles.

— Cela doit faire partie de la tradition shakespearienne.

— La tradition ! Un vacarme qui n'a ni queue ni tête, un concours d'élocution entre butors, oui ! Pourquoi diable ne parlent-ils pas anglais ?

— Croyez-vous, George, que les acteurs de l'époque élisabéthaine articulaient mieux que ceux d'aujourd'hui ?

— Ma chère, cela ne fait aucun doute. Dans le cas contraire, personne n'aurait connu l'existence des pièces de Shakespeare avant l'apparition des éditions en *in-quarto*. Et encore, bien des gens ont dû être découragés par leur lettrage extraordinaire et leur aspect repoussant. Ils n'avaient rien de ces livres que l'on glisse dans sa poche pour les lire en attendant devant le Théâtre du Globe. Non, on peut considérer que sous Élisabeth, ou plus précisément sous Jacques Ier car, comme vous le savez, les pièces de Shakespeare ne furent pas imprimées sous le règne d'Élisabeth, le théâtre se distinguait par la clarté de sa diction. Je compte développer ce sujet dans mon nouvel ouvrage.

— Ne faites pas comme si c'était votre idée, George. C'est moi qui nous l'ai soufflée. Oh, j'adore les cailles ! Vous êtes un hôte merveilleux.

— Jamais hôte n'a eu meilleure invitée, répondit Knox avec emphase. Ma chère Laura, vous éclipsez les beautés qui nous entourent ce soir, les malheureuses. C'est une excellence rare dans cette phase déplorable de notre civilisation, si toutefois on peut encore parler de civilisation. S'il s'agit plutôt d'une dégringolade, d'un retour à l'âge des ténèbres, la beauté mature y est plus développée qu'à toute autre période de l'histoire.

— Vous voulez sans doute dire, précisa Laura qui remportait son combat contre une caille en mangeant avec les doigts, que l'on trouve de nombreuses héroïnes entre deux âges dans les romans. C'est révoltant. Elles se font opérer pour paraître plus jeunes, elles ont des amants et que sais-je encore ! Quelle indécence ! Si vous me trouvez agréable à regarder ce soir, c'est très gentil de votre part et je vous en sais gré, mais n'en faites pas trop. D'après Stoker, j'aurais grand besoin d'une permanente.

— Pas question ! répondit George en frappant du poing sur la table. Je ne saurais vous voir huilée et bouclée comme quelque créature mythologique du British Museum !

— Non. Jamais je n'aurai l'air d'un taureau ailé. Je n'ai aucune intention de suivre les conseils de Stoker, ce qui ne l'empêche pas de m'en donner.

Comme souvent, la conversation bifurqua vers le nouveau livre de George Knox. Laura put savourer son digestif en paix tandis que les tirades tonitruantes de son ami lui passaient au-dessus de la tête. Le fait qu'ils se fassent remarquer de la clientèle du restaurant ne la troublait nullement. Habituée à l'attention que George attirait systématiquement, elle le laissa parler jusqu'au moment de partir au théâtre.

— Il est temps, George, annonça-t-elle en faisant signe au serveur.

L'écrivain s'interrompit brutalement et régla l'addition.

— Ce que j'aime, quand je suis invitée à sortir, dit Laura, c'est que quelqu'un d'autre que moi laisse le pourboire. J'ai toujours peur de me tromper dans ces cas-là. Quand j'aurai fait fortune, je donnerai d'énormes pourboires à tout le monde, histoire de me faire remarquer et de rendre les gens serviles.

— Ce ne sera pas très difficile, répondit George tout en peinant à enfiler son manteau. Avec dix pour cent on se sent généreux. Trouvez-moi un taxi, lança-t-il au groom.

— Oh, je ne sais pas calculer dix pour cent..., fit Laura, contrite. Si j'avais un crayon, peut-être, mais sinon c'est trop difficile. On me verrait remuer les lèvres pour faire le calcul. Je serais ridicule et je déteste qu'on me méprise.

— Comment vous mépriser, Laura ? C'est impossible, s'exclama George en l'invitant à monter dans l'auto.

— Vraiment ? À propos de pourboire, combien avez-vous laissé au groom ?

— Un shilling, bien sûr.

— Ne dites pas « bien sûr » sur ce ton ! Un shilling représente dix pour cent de combien ? Dix shillings. En quoi les services d'un groom valent-ils la somme astronomique de dix shillings ? s'enquit Laura, très terre à terre.

— Ma chère Laura, je suis tenté d'employer à votre égard une expression chère à Coates, mais ce serait inconvenant car vous êtes mon invitée.

— Délicieuse idiote ? hasarda Laura, très intéressée. Ne prenez pas cet air penaud, George. Adrian me l'a avoué et j'aime assez cette expression.

George Knox lui baisa la main avec autant de galanterie que le lui permettaient les secousses du taxi.

— J'exprime ainsi ma dévotion pour cette délicieuse idiote.

— Merci beaucoup, dit Laura tandis que le taxi s'arrêtait devant le théâtre. Combien font dix pour cent d'un shilling et trois pence ?

— Neuf pence quand je suis accompagné d'une dame.

— Oh, flûte ! s'exclama Laura devant les fauteuils d'orchestre. Cela a déjà commencé. Nous allons déranger tout le monde et les gens vont nous détester.

— Pas avec ce que je sais de Shakespeare, répondit George sur un ton sardonique.

Il n'avait pas tort. Même si Laura et lui avaient fait leur entrée au son du clairon, ils seraient passés totalement inaperçus au cœur du vacarme assourdissant provenant de la scène. Pas un mot n'était compréhensible, même si les acteurs ne ménageaient pas leurs efforts pour donner l'impression de dire quelque chose. Dès qu'ils furent installés, Laura se pencha vers George.

— Tradition shakespearienne, murmura-t-elle.

George, qui aimait sentir les cheveux de Laura si proches de son oreille, hocha la tête en signe d'approbation. Au bout de dix minutes, ils commencèrent à s'accoutumer aux spécificités shakespeariennes et apprécièrent la pièce, si tant est que l'on puisse apprécier *Le Roi Lear*. Laura, qui allait rarement au théâtre, fut vite captivée par le spectacle, perchée sur le bord de son fauteuil, les yeux rivés sur la scène, s'identifiant tour à tour à chaque personnage. George, lui, n'avait jamais été très sensible à l'appel des planches. Son attention oscillait entre les acteurs et le profil de Laura, qui semblait si jeune dans la lumière tamisée, si enthousiaste et concentrée à la fois. À la fin du premier acte, Laura se détendit. Elle recula sur son siège et, soudain, remarqua l'absence de son sac et de ses gants.

— Mon Dieu, j'ai tout fait tomber, souffla-t-elle en cherchant par terre.

— Que faites-vous, ma chère ? Attendez, je vais vous aider.

George Knox se pencha, mais Laura avait déjà ramassé ses affaires et se redressait, échevelée.

— Tout va bien, dit-elle. Si vous apercevez des épingles à cheveux, je serai ravie de les récupérer. Elles sont tombées pendant que je rampais sous le siège.

George Knox plongea de nouveau et réapparut avec plusieurs épingles en écaille, que Laura glissa dans ses cheveux, apparemment satisfaite du résultat, sous le regard médusé de son ami.

— Tout va retomber d'ici peu, Laura, la prévint-il. Et vous avez comme un épi derrière la tête. Pouvez-vous y remédier ?

— Vous n'auriez pas une épingle sur vous ?

— Voyons, Laura ! Croyez-vous que je me promène avec ce genre d'article ?

— Oui, parfois, pour curer votre pipe. Je vous en ai déjà acheté des paquets chez Woolworth's. Peu importe, je vais me débrouiller.

Au prix de grands efforts, elle parvint à dompter ses mèches rebelles avant la reprise du spectacle, puis demeura figée comme une statue au fil des scènes de plus en plus sombres, jusqu'au moment où Gloucester perd un œil. Là, elle étonna George et ses voisins en demandant :

— Vous me direz quand ce sera terminé ?

Elle se boucha les oreilles et ferma les yeux, si décidée à ne rien voir ni entendre que George dut lui secouer le bras pour la ramener sur terre. Pendant l'entracte, elle s'excusa.

— J'avais oublié cette histoire d'yeux crevés, avoua-t-elle. Il y en a encore ?

— Vous ne passez donc pas une bonne soirée ?

Laura s'efforça de se montrer polie :

— C'est une pièce formidable, George, mais éprouvante, vous ne trouvez pas ?

— Souhaitez-vous partir ?

— Oh, vous croyez que l'on pourrait ?

Elle s'empressa d'enfiler son manteau et rassembla ses effets sans tarder avant de longer la rangée, suivie de George. Devant le théâtre, ils prirent un taxi.

— J'espère que vous accepterez de venir à la maison boire un verre. Indiquez mon adresse au chauffeur. Je suis vraiment désolée d'être une invitée si pitoyable. Je voulais vraiment apprécier la pièce, mais avec tout ce bruit au départ, puis cette scène répugnante d'yeux crevés, je n'ai pas pu. Vous êtes fâché ?

— Pas du tout, lui assura George Knox d'une voix puissante. S'il y a un plaisir terrestre qui surpasse les autres, c'est bien celui de partir avant la fin d'une pièce de théâtre. Sans oublier la joie d'acheter ses places, de faire un bon dîner, de s'attarder à table et de ne pas aller au théâtre. Là, c'est le paradis !

Le taxi s'arrêta en bas de l'immeuble de Laura. Knox remit au chauffeur un pourboire si généreux que celui-ci le retint, plein de gratitude, et lui donna un tuyau pour la course de deux heures et demie du lendemain. Quand il rejoignit Laura dans le hall, elle était passablement agacée.

— Je suis une veuve sans défense, George, ne l'oubliez pas ! Et vous, vous discutez avec un mécanicien plein de cambouis pendant que je me fais assassiner.

— Vous avez été assassinée ? demanda George, inquiet.

— Non, mais j'aurais pu. J'attendais patiemment pendant que vous vous faisiez mousser auprès du chauffeur. Quelqu'un a descendu les marches en courant et a failli me heurter. J'ai lâché mon sac et mes gants.

— Qui était-ce ?

— Je ne l'ai pas remarqué. Juste une personne qui semblait très pressée dans cette sombre cage d'escalier. Je vais allumer afin que vous retrouviez mon sac et mes affaires. Si vous n'aviez pas préféré la compagnie d'un chauffeur de taxi à celle d'une femme cultivée d'âge indéterminé, cela ne serait pas arrivé.

Contrit, George rassembla les affaires de Laura, puis ils gagnèrent l'appartement, où la fidèle Stoker leur avait laissé les victuailles demandées par sa patronne.

— Allez attiser le feu, George, lui ordonna Laura en jetant son manteau sur le dossier d'une chaise avant de s'asseoir. Vous me connaissez depuis des lustres, donc tout va bien.

— « Pour l'un, ce sont des dizaines d'années[1] », cita-t-il galamment.

Il agita le tisonnier pour briser la masse de charbon, qui s'écroula dans l'âtre où s'élevèrent des flammes.

— Que voulez-vous dire ? s'enquit Laura. Je suppose que c'est un compliment, quoique mal formulé. Donnez-moi du café, George, et vous pourrez déguster un whisky-soda.

Ils burent et mangèrent en silence pendant quelques minutes au coin du feu.

— Seigneur, quelle pièce ! déclara soudain Laura, évoquant le chef-d'œuvre shakespearien qu'ils venaient de fuir. Une œuvre très injuste envers les filles. Bien que je n'aie pas de fille, je suis certaine qu'elles sont très gentilles, en fait. Votre adorable Sibyl est parfois aussi sotte que la Cordélia du *Roi Lear*, mais je ne l'imagine pas agissant comme la perfide Régane, pas même si on la provoquait.

Tout en prononçant ces mots, elle songea que miss Grey, elle, était capable d'un comportement digne de Régane. La même idée vint-elle à George ? Elle n'aurait su le dire. Quoi qu'il en soit, aucun des deux n'osa la formuler.

1. Extrait de *The Blessed Damozel*, poème de Dante Gabriel Rossetti (1850).

— Sibyl est aussi aimante que Cordélia, déclara George avec dignité, mais personne ne saurait être aussi stupide.

— Bien sûr que non. Je voulais simplement dire qu'elle est adorable, vulnérable et écervelée. Les Cordélia ont toujours quelqu'un à qui s'accrocher. Si ce n'est à leur père, c'est à la France. Certes, vous ne mettriez jamais Sibyl à la porte, mais il y aura toujours une France pour elle.

— Comment cela ? demanda George avec distinction. Quelle France ? À qui faites-vous allusion ?

— À personne. Cependant, il y aura toujours quelqu'un pour elle.

— Chère Laura, j'ai encore l'esprit embrumé par cette maladie dont je ne suis pas totalement remis. Qu'est-ce que vous me racontez là ? Par pitié pour un homme vieillissant et affaibli intellectuellement, soyez plus claire !

— Eh bien, Cordélia a épousé la France, non ? Le roi de France, bien sûr. Shakespeare parle de France pour gagner du temps. C'est ainsi qu'il désigne les souverains. Cléopâtre était l'Égypte.

George semblait de plus en plus désorienté, mais Laura ignora son désarroi.

— Donc si Cordélia, qui adorait son père, a épousé un roi parce qu'elle avait été chassée, Sibyl se mariera peut-être, elle aussi. Pas avec un roi, naturellement, car il faut pour cela être jetée dehors. Mais avec un gentil roturier.

— Laura ! Que cherchez-vous à me dire ? insista George avec un air théâtral.

— Vous m'avez très bien entendue. Je viens de dire que Sibyl ne tardera sans doute pas à se marier.

Elle est très séduisante et sa bêtise n'est pas un obstacle au mariage. Ne prenez pas cet air offusqué !

— Mais cette enfant n'a que dix-neuf ans !

— Non ! Elle a vingt ans et vous n'y pouvez rien. Vous arrive-t-il de penser qu'elle est adulte ?

George la dévisagea, puis se servit un autre verre, le regard fixe, avant d'exploser :

— Vous avez raison, Laura ! Je ne l'ai jamais vue comme une femme. C'est mon enfant, mon amie, ma compagne, mais pas une adulte à mes yeux. Et il a fallu qu'une étrangère… non, pardonnez-moi, Laura, pas une étrangère. Nous suivons des chemins parallèles depuis que votre mari si ennuyeux vous a épousée et amenée à Rutland Gate, et que Maman s'est montrée si impolie envers lui. Disons une amie chère, avec qui je n'ai pas de liens du sang, pour me faire comprendre que ma fille a grandi. Pourquoi ne le voyais-je pas ?

— Il suffisait de regarder, George. Vous êtes tellement obtus, parfois !

— Pourquoi, reprit-il, ignorant cette remarque, n'ai-je rien vu ? Quel père suis-je donc ? Je vis de mon côté, égoïstement, indifférent, alors que cette jolie fleur est éclose du jour au lendemain. Cette enfant est bonne à marier, elle est nubile…

— Assez, George ! Vous n'allez pas tarder à devenir shakespearien, voire biblique, ce qui est encore pire. Je voulais simplement vous signaler que Sibyl ne restera pas chez vous toute sa vie, alors autant que vous vous fassiez à cette idée.

George afficha l'air d'un vieillard pathétique et grisonnant, seul au coin d'un feu morne. Déjà, il s'imaginait vivant au gré des rares visites de sa fille mariée et des pas d'enfants. Des voix juvéniles mettaient de la vie dans la demeure et constituaient une cure de jouvence, avant que ne s'évaporent ces enfants rêvés, le laissant aussi seul qu'avant. Mais pas complètement solitaire. Quelle était cette silhouette gracieuse qui s'avançait vers lui, venant de la maison, tandis qu'il suivait des yeux ses proches qui s'éloignaient ? Une silhouette de matrone pleine de noblesse, dont la chevelure encore abondante était striée de gris. « George ! lançait-elle de cette voix grave qu'il aimait tant. Rentre ! Il commence à faire frais et la rosée tombe vite. » Il se retournait et la suivait à l'intérieur.

— Laura ! dit-il dans un sursaut. La rosée tombe-t-elle ? Je croyais qu'elle montait de la terre.

— Comment le saurais-je ? Vous êtes aussi pénible que Tony avec vos questions. Si la rosée tombe pour les poètes, je ne l'ai jamais vue de mes yeux. On doit la confondre avec la pluie. Sans doute a-t-on souvent pris la rosée pour une averse. Pourquoi ?

— Oh, une idée qui m'est venue comme ça, répondit George, distrait. Laura, quand Sibyl sera mariée, je me retrouverai seul.

— Il va falloir vous y habituer. Et lorsque Sibyl se mariera, ce ne sera pas comme si la peste noire envahissait Low Rising. Il y a le révérend, le Dr Ford, Anne Todd et moi. Lord Stoke n'est pas si loin et…

— Oui, Laura, mes amis seront encore là, et vous n'êtes pas la dernière. Vous ne m'abandonnerez pas, n'est-ce pas ?

— J'ai l'impression que *Le Roi Lear* vous est monté à la tête, dit-elle d'un air soupçonneux. Pourquoi voulez-vous qu'on vous abandonne ? Je ne suis pas un perdreau de l'année. Nous sommes amis depuis un quart de siècle, camarade ! Je n'ai aucune intention de vous oublier uniquement parce que Sibyl, qui n'est même pas fiancée, va peut-être se marier. Ne dites pas de bêtises, George !

— Quand je pense à notre amitié et à votre façon d'illuminer les dîners ennuyeux à mourir de Maman, combien vous avez toujours été enjouée et dynamique en dépit de votre lavette de mari, et combien vous avez été bonne pour ma malheureuse épouse si terne, je me dis que votre amitié fidèle est ma seule raison de vivre.

Il vida son verre d'une traite et observa le feu de cheminée.

Laura se leva, furieuse.

— George Knox, votre infortunée Rhoda était terne, en effet, et vous êtes en droit de le dire, mais vous allez trop loin en traitant ce pauvre Henry de lavette. Si je vous pardonne, c'est vraiment parce que je tiens compte du fait que la grippe peut rendre fou. Et voilà ! Mon chignon s'est défait ! Je vais devoir aller me recoiffer. À mon retour, vous vous excuserez et ensuite…

L'expression affligée de George la toucha.

— Ensuite, nous ferons comme s'il ne s'était rien passé, dit-elle.

Laissant George bouder dans la pénombre, Laura quitta la pièce. En traversant le couloir, elle regarda machinalement vers la boîte aux lettres fixée à la porte d'entrée. Il y avait quelque chose dedans. Stoker avait dû sortir avant la dernière distribution du courrier, car elle laissait toujours les lettres sur la tablette de l'entrée. Laura prit l'enveloppe non affranchie, une facture ou un prospectus puisque l'adresse était dactylographiée, et l'emporta dans sa chambre. Devant sa coiffeuse, elle entreprit de remettre en ordre ses cheveux, puis ouvrit enfin l'enveloppe pour découvrir une feuille ordinaire, avec un message dactylographié :

Madame Morland,

L'homme que vous songez à épouser ne vaut rien. Il ferait l'amour à n'importe qui. Pensez à votre famille et restez à distance de lui.

Quelqu'un qui vous veut du bien.

Au bas du courrier était tamponnée la date du jeudi 13 avril.

Abasourdie, Laura en eut des sueurs froides. Dans un premier temps, elle ressentit de la fureur contre ce correspondant anonyme.

— Quel imbécile ! Je ne pense en rien à me marier ! dit-elle à voix haute face à son reflet, totalement perdue.

Une admiratrice d'Adrian aurait-elle été témoin de sa proposition avinée et aurait-elle écrit cette lettre dans un accès de jalousie ? Cela semblait impossible. Elle n'avait confié les faits qu'à Anne Todd, dont la loyauté était indiscutable. Et Adrian n'était pas homme à crier sur les toits qu'il s'était couvert de ridicule. De toute façon, il n'avait désormais d'yeux que pour Sibyl. Un instant, elle pensa au succube, source de tous les problèmes, mais miss Grey n'était pas au courant de l'incident et ne pouvait sillonner les rues de Londres pour glisser des lettres anonymes dans les boîtes aux lettres quand elle se trouvait au chevet de Sibyl, à la campagne. Tout cela était bien perturbant. Si seulement Anne Todd ou Amy Birkett avaient été là pour lui donner leur avis ! George, lui, se contenterait d'une de ses logorrhées verbales, avant d'en parler avec indignation à qui voudrait l'entendre. La malheureuse Laura, ivre de rage et de honte, froissa furieusement la lettre dans son poing et la jeta dans la corbeille à papier. Puis elle se ressaisit et regagna le salon, les joues empourprées et le regard brûlant de colère et de frustration.

— George, je suis navrée, mais je vais vous mettre à la porte. J'ai très mal à la tête et je ne serais pas étonnée de couver une grippe. Je vais vite prendre de l'aspirine et me coucher.

Knox exprima une inquiétude sincère.

— Je détesterais vous laisser seule, Laura, si vous êtes souffrante. Je pourrais m'attarder jusqu'au retour de Stoker. Je ne vous dérangerai pas.

— C'est adorable, mon cher George. Mais sachez que je n'ai besoin de personne. J'ai passé une délicieuse soirée, c'était merveilleux. Un grand merci ! Cela dit, si vous ne partez pas, je vais devenir folle.

Oubliant pour une fois sa petite personne, George fut alarmé par la fébrilité manifeste de son amie.

— Très bien, dit-il en se levant. Je regrette infiniment que cette soirée s'achève sur une note négative. J'avais tant de choses à vous dire, des choses qu'il m'est difficile d'énoncer à moins que nous soyons seuls. Quand vous reverrai-je ?

— Bientôt ! Quand vous voudrez. Je regagne High Rising demain si je me sens bien, et j'y resterai jusqu'à ce que Tony retourne à l'école. Bonne nuit, George.

— Hélas, je dois rester en ville un certain temps. Je vous appellerai.

— Faites donc, n'importe quand, mais je vous en prie, sortez immédiatement !

Sur ces mots, Laura lui tendit son manteau, lui serra la main avec chaleur et le poussa hors de chez elle. En homme d'honneur, George descendit les marches et resta trois quarts d'heure assis dans le hall sur un banc dur et étroit, à attendre le retour de Stoker. Il était tellement accoutumé à compter sur Laura que la voir souffrante l'avait bouleversé. Il avait songé, un peu maladroitement, à lui suggérer que Low Rising serait bien moins dépeuplé après le mariage de Sibyl si Laura acceptait de partager la maison avec lui. C'était encore un projet très nébuleux. Assis sur son banc, dans le froid, il réfléchit et revint sur terre. S'il aimait et admirait Laura, elle lui faisait aussi un peu peur, ce qui n'était pas une bonne base pour une vie de couple. Du moins du point de vue d'un homme. Puis il pensa à son abondante progéniture. Si la noble silhouette qui l'invitait à rentrer pour se protéger de la rosée était attrayante, flanquée de quatre grands beaux-fils, elle perdait de son attrait. Si elle acceptait de l'épouser, il était même possible que Laura veuille qu'il cède Low Rising à Sibyl et son futur mari pour venir s'installer à High Rising, ce qui n'était pas envisageable pour lui, qui avait besoin de calme pour travailler. Les chiens de Sibyl étaient déjà assez pénibles, alors les bavardages de Tony, ses trains, sans parler de Gerald, John et Dick, qui ne cessaient de rentrer lors de leurs congés, rendraient toute conversation impossible. Si Laura, la plus merveilleuse des femmes, n'avait pas eu d'enfants et avait maîtrisé la sténo, elle aurait été l'épouse idéale. Un peu comme miss Todd. Il était d'ailleurs assez injuste que Laura considère cette secrétaire si efficace comme sa propriété exclusive. En épousant Laura, il obtiendrait peut-être miss Todd en prime. Il appréciait la façon dont celle-ci s'occupait de sa mère. Elle serait certainement très utile et charmante à bien des égards... si seulement il pouvait mettre le grappin dessus. Il pourrait lui proposer à nouveau le cottage quand sa mère mourrait. Mais Mr. Knox se rendit soudain compte, pour la première fois, que le Dr Ford se trouvait presque toujours chez les Todd quand lui-même s'y présentait. Le médecin pourrait être un parti intéressant pour miss Todd, au point que l'affaire était peut-être déjà conclue. Et si tous deux n'attendaient plus que la disparition de la vieille dame ? Plongé dans ces pensées et d'autres tout aussi stériles, accompagnées de son inquiétude pour la santé de Laura, il ne vit pas le temps passer. À onze heures et demie, la silhouette corpulente de Stoker gravit les marches.

— N'ayez crainte, Stoker, dit-il en se levant. Mrs. Morland ne se sentait pas bien, alors je me suis installé dans le hall.

— À quoi bon ? rétorqua la domestique sans masquer son dédain. Qu'est-ce qu'elle a ?

— Un mal de tête. Elle pense couver une grippe.

— Vous feriez mieux de rentrer chez vous, suggéra la fidèle servante. Ici, vous ne serez utile à rien. Et elle ira mieux demain matin.

Sur ce vœu pieux, Stoker s'enferma dans l'ascenseur et monta avec majesté vers l'appartement. George, lui, retourna à son club.

Laura était allée se coucher, mais elle savait qu'elle ne trouverait pas le sommeil. Son lit était un refuge contre les soucis. Un excellent ouvrage intitulé *Un Baquet de sang ou la Vengeance du boucher* l'aidait à oublier ses tourments quand Stoker frappa à la porte et entra.

— Mal au crâne ?

— Un peu, répondit Laura. Cela ira mieux demain. Je savais que mon état empirerait si Mr. Knox continuait à parler, alors j'ai préféré me coucher.

Stoker sortit sans un mot, puis revint avec une grande tasse de thé.

— Oh, merci, Stoker. Vous êtes un ange.

— Mr. Knox est resté assis combien de temps dans le hall ? s'enquit la domestique.

— Dans le hall ? Il est parti depuis presque une heure !

— Dans le hall de l'immeuble. Je lui ai dit qu'il n'avait aucune raison de se faire du souci pour vous, alors il s'en est allé.

Laura réfléchit un instant. Il était vraiment gentil de la part de George d'être resté parce qu'elle avait mal à la tête, même si c'était un peu ridicule.

— Tiens, tiens, fit-elle pour tout commentaire. Stoker, avant de partir, voulez-vous me donner une lettre froissée que j'ai jetée dans la corbeille ?

Stoker obéit en déclarant :

— *Marline* était sublime.

Prenant ces propos comme un hommage aux qualités physiques et morales de Marlene Dietrich, Laura exprima sa satisfaction d'apprendre que Stoker avait passé une bonne soirée et lui souhaita une bonne nuit. Avant d'essayer de s'endormir, elle repensa à la lettre anonyme. Ce n'était pas la première qu'elle recevait, du moins par procuration, car il ne s'écoulait pas une semaine sans que Madame Koska ne reçoive au moins une de ces missives. Toutefois, ce n'était jamais arrivé à Laura en personne, et elle n'aimait pas du tout cela. Elle s'efforça de déterminer ce que Madame Koska aurait fait à sa place. Elle aurait déchiré la lettre avec mépris et l'aurait jetée au feu.

Mais elle aurait aussi pu la ranger dans son coffre-fort avec un sourire énigmatique, jusqu'au jour où elle l'en aurait ressortie afin de confondre ses ennemis en affaires. N'ayant pas de cheminée dans sa chambre, Laura opta pour le sourire énigmatique et rangea la lettre dans son enveloppe. Comme elle le redoutait, le sommeil tarda à venir. À deux heures du matin, elle finit par s'assoupir, la lumière allumée, sur le dernier chapitre d'*Un Baquet de sang*. Elle se réveilla épuisée et regagna High Rising avec plaisir, munie de cet immonde document qu'elle remisa dans un tiroir fermé à clé. À la première occasion, elle le montrerait à Anne Todd.

13

Interlude printanier

La semaine suivante, le vendredi matin, Laura reçut un paquet accompagné d'une lettre d'Adrian. Le colis était apparemment un manuscrit, ou plus précisément un tapuscrit. Adrian avait tendance à lui envoyer des romans afin d'obtenir ses commentaires perspicaces à défaut d'être orthodoxes.

Elle ne se trompait pas complètement, même si ce n'était pas ce à quoi elle s'attendait. La lettre d'Adrian disait ceci :

Chère Laura,

Vous m'aviez promis de lire le manuscrit de Sibyl et de me donner votre avis. Le voici et, je l'avoue, je suis désemparé. Quand vous l'aurez parcouru, vous comprendrez pourquoi. Que dire ? Que faire ? Je suis en proie aux pires tourments ! J'aime Sibyl de tout mon cœur et rien n'y changera quoi que ce soit. Je redoute à présent qu'elle ne refuse de m'adresser à nouveau la parole. D'un point de vue professionnel, une publication est inenvisageable, mais que lui dire en tant qu'ami ? Si vous avez des suggestions, je vous en serai reconnaissant. Je n'ai montré ce texte à personne d'autre. C'est tout bonnement impossible.

Inutile de m'écrire car je serai chez vous samedi pour le déjeuner. Je vous en prie, venez à mon secours ! Cette histoire me ronge depuis des jours et je ne parviens pas à écrire à Sibyl.

Bien à vous,

Adrian

Redoutant le pire, Laura observa le paquet. Sibyl avait-elle ce talent particulier qu'ont les jeunes à produire une littérature obscène ? Ou bien avait-elle caricaturé son entourage avec tant de malice que les plaintes pour diffamation risquaient de pleuvoir ? Ou encore ce roman était-il si charmant, si délicat, si précieux qu'il ne trouverait jamais son public ? Le seul moyen de le savoir était de le lire. Laissant Tony et le jeune Wesendonck dresser un talus à l'aide du sable qu'ils avaient emprunté au cousin maçon de Mrs. Mallow, Laura abrégea sa conversation matinale avec Stoker et monta le manuscrit dans sa chambre.

Quiconque connaissait Laura aurait pu deviner son désarroi et sa perplexité à l'état de sa coiffure. À force de se gratter la tête de son crayon, de repousser les mèches de son front et d'enfoncer dans sa chevelure des épingles condamnées à en tomber, au terme de sa lecture elle avait tout d'une méduse échouée sur la plage.

— Bon Dieu, jura-t-elle, ce qui ne lui arrivait pas souvent. Bon Dieu ! Que faire ? Pourquoi faut-il qu'Adrian soit si stupide ? Ne pouvait-il pas laisser cette fille tranquille ? Bon sang de bonsoir ! On ne s'en remettra pas. Et moi qui pensais que tout allait bien…

Tout allait mal, au contraire. Anne Todd n'avait pu venir travailler chez Laura car sa mère était très faible et plus épuisante que jamais. Les pages à dactylographier s'accumulaient. George était toujours en ville et Sibyl se remettait de sa grippe. Laura n'avait pas envie de lui rendre visite de peur de voir le succube jouer les maîtresses de maison. Quant au manuscrit de Sibyl… Et Adrian qui arrivait le lendemain ! Laura en fut réduite à invoquer le Créateur, ce qu'elle fit avec véhémence, sans résultat. Elle se résigna donc à téléphoner à son éditeur.

— Je ne peux vous parler au téléphone, mais écoutez-moi. Cessez votre travail et soyez à High Rising demain pour midi et demi. Sibyl vient déjeuner et je tiens à m'entretenir avec vous au préalable. C'est absolument essentiel.

À l'autre bout du fil, d'une voix blanche et tremblante, Adrian lui promit d'être à l'heure. Laura appela ensuite le Dr Ford, qui par chance se trouvait chez lui.

— Docteur, pouvez-vous me rendre un service ? Vous seriez un ange. Il faudrait que vous m'ameniez Sibyl pour le déjeuner demain. Que vous me l'ameniez en voiture. Naturellement, vous êtes invité aussi. J'ai fait venir Adrian spécialement pour elle et je ne veux pas que le succube s'en mêle.

— Vous n'êtes pas la seule sur le coup, commenta le Dr Ford en riant.

— Que voulez-vous dire ?

— Anne Todd a invité le succube à déjeuner avec elle demain. Je suis chargé d'aller la chercher afin qu'elle ne puisse pas se défiler. J'irai les chercher toutes les deux, puis je vous amènerai Sibyl. Désolé, je ne pourrai pas rester car je dois être à l'autre bout de Stoke Dry pour deux heures. Je déjeunerai donc chez moi.

— Merci infiniment ! Comment va Mrs. Todd ?

— Pas très bien, hélas, répondit simplement le médecin.

Laura tenta en vain de se calmer face à l'épreuve qui l'attendait le lendemain. Les babillages de Tony et du jeune Wesendonck faillirent la rendre chèvre. Elle était incapable de travailler ou d'avaler une bouchée. Un nouveau roman intitulé *Le Suaire de sang* ne parvint pas à la captiver. Peu lui importait que ce soit la dactylographe blonde ou Ti-Lung le singe qui ait découpé le visage de ce gentleman à l'aide d'un rasoir avant de brûler son cadavre dans un four en briques ! Elle finit par emmener les deux garçons au cinéma, à Stoke Dry, ne serait-ce que pour passer le temps. Elle endura deux heures et demie de bouffonnerie et d'horreur dont les enfants se délectèrent.

Le samedi matin, la journée s'annonçait belle et claire. Le soleil brillait, un coucou chantait dans un bosquet, d'autres volatiles plus difficiles à identifier produisaient des sons d'oiseaux très crédibles. Dans les bois, les primevères poussaient avec une profusion presque indécente. Un voile bleuté annonçait les bleuets et les champs regorgeaient toujours d'anémones blanches. Les arbres précoces bien verts contrastaient agréablement avec les tons bruns des essences plus tardives et la rivière bordée de boutons-d'or produisait un doux gargouillis qui n'était pas sans évoquer le crépitement des saucisses dans une poêle. La nature reprenait ses droits et rien n'aurait pu la contrecarrer.

Mais comment profiter de tant de beauté quand on a le cœur tourmenté ? Si le ciel avait été plombé de nuages noirs par grand vent, si un orage avait éclaté, si la grêle avait ravagé les fleurs et déchiqueté les papillons dans les prairies, Laura n'aurait pas été plus déprimée. Tony s'efforçait de lui lire une nouvelle policière d'une page qu'il venait d'écrire ; elle le rabroua sans ménagement, l'accusant de plagiat et de banalité. Elle alla jusqu'à ordonner à Stoker de se taire et de leur servir ce que bon lui semblait pour le déjeuner. Même le jeune Wesendonck, qui avait porté dans la cour un seau de charbon au prix de grands efforts afin de rendre le décor du train plus crédible, fut prié de ramasser le tout et de le remettre à sa place.

Tandis qu'approchait l'heure du déjeuner, Laura marchait de long en large dans le salon, tel un lion en cage. Heureusement, Adrian franchit la grille à l'heure dite et sortit vivement de sa voiture. Claquant la portière, il cria aux deux garçons de ne pas y toucher et entra sans tarder dans la maison. En dépit des efforts manifestes qu'il avait faits pour soigner son apparence, il semblait épuisé, harassé.

— Laura !

— Adrian ! répondit-elle avec la même ferveur. Mon cher, vous avez toute ma gratitude. Je n'ai jamais enduré d'épreuve plus pénible. Mais c'est ainsi, et je ne sais que faire pour y remédier.

Elle désigna le manuscrit de Sibyl posé sur une table. Adrian ne fit rien pour s'en approcher.

— Il est épouvantable, n'est-ce pas ? énonça-t-il à grand-peine.

— Doux euphémisme. Asseyez-vous, Adrian. J'avoue qu'en le lisant je n'en croyais pas mes yeux.

— Moi non plus. Quel enfer ! Que faire ?

— Je ne vois qu'une solution, répondit-elle avec détermination : lui dire la vérité.

— Mais comment ? C'est moi qui lui ai demandé de m'envoyer son texte. Je me sens responsable.

— Ne dites pas de bêtises ! Le temps presse. Écoutez, dès que nous aurons terminé le repas, emmenez-la dans les bois et faites-lui connaître la vérité. Vous serez tranquille.

— Ce serait criminel ! Comment dire à cette adorable créature qu'elle n'a pas l'ombre d'une intrigue, d'un style, sans parler de sa syntaxe et de son orthographe… ?

— Il le faut pourtant, insista Laura. Venant de vous, elle est capable de tout encaisser, Adrian. J'ai bien cru que j'avais perdu la raison. Notre Sibyl n'est qu'une midinette écervelée et sentimentale ! Je ne m'en remets pas. J'ai relu trois fois le manuscrit dans l'espoir d'y trouver quelque chose de positif, mais il n'y a rien ! Son texte est à peine digne d'une revue pour jeunes filles en fleur, et encore ! Le meilleur service que vous pourriez lui rendre serait de briser ses illusions immédiatement. Sinon, voilà ce qui va se produire : Johns et Fairfield lui mettront le grappin dessus et la couvriront de ridicule. Son roman se diffusera partout, les gens trouveront Sibyl hilarante et croiront à une parodie, alors que la pauvre enfant est très sérieuse. Son père ne sera pas dupe et se mettra dans une colère noire. Si elle lui avait montré son manuscrit, il aurait empêché ce massacre. Mais comme c'est un pauvre imbécile, il affirme qu'elle est brillante. Ce qui me console un peu, c'est qu'elle a cru bon d'imiter certains de mes pires travers. Adrian, j'adore cette chère petite, et vous aussi, en tout bien tout honneur… Il faut absolument étouffer cette affaire dans l'œuf et une fois pour toutes. Elle ne voulait pas vous montrer ses écrits et vous avez insisté. Prenez vos responsabilités, que diable ! Sinon, je lui dirai que vous m'avez demandée en mariage.

Face à l'effroi du jeune homme, Laura s'empressa d'ajouter :

— Mais cela ne changera rien. Elle ne vous a jamais vu rogner sur les droits d'auteurs affamés et elle croit en vous.

— Non, cela ne changera rien, confirma Adrian.

— Ce n'est pas à vous de le dire ! rétorqua Laura à bout de patience.

— Désolé, je ne voulais pas me montrer arrogant. Je ne songeais qu'à mes propres sentiments. Cette histoire me ronge ! En revanche, je me moque que Sibyl soit une empotée littéraire. En fait, je l'en aime encore davantage. Ce côté nunuche est vraiment adorable ! En revanche, je ne supporte pas l'idée de lui faire de la peine.

Laura considéra Adrian avec un mélange de dédain, d'affection et d'envie. Elle faillit parler, mais se ravisa et quitta la pièce pour réapparaître presque aussitôt avec un verre.

— Tenez, c'est du cognac. Buvez ! J'entends la voiture du docteur. Sibyl arrive.

Adrian leva son verre.

— À Laura ! dit-il avant d'avaler une gorgée d'alcool.

Aussitôt, il se mit à toussoter.

— Arrêtez ! gronda Laura, exaspérée, tout en lui tapotant le dos. Une femme ne peut être amoureuse d'un crétin toussotant.

Quand Sibyl fit son entrée, les deux garçons sur les talons, Adrian, revigoré par le cognac, avait recouvré sa dignité. Ce déjeuner promettant d'être délicat, Laura permit à Tony de prendre part à la conversation, autant dire de monopoliser la parole. Son obsession du moment était une exposition de trains miniatures malheureusement organisée à Londres. Tony et le jeune Wesendonck ne parlaient que de cela. Leur ambition, que Laura n'encourageait en rien, était de passer une journée en ville pour la visiter. En d'autres circonstances, la description détaillée d'un système de signalisation miniature aurait rendu les adultes frénétiques et déclenché une neutralisation rapide de l'enfant. Les réflexions du jeune Wesendonck, expert en électricité, ne présentaient guère plus d'intérêt. Et, pourtant, les trois adultes, extrêmement tendus et mal à l'aise, se réjouirent de ce flot de paroles. Ils remercièrent Tony et son ami en leur accordant une attention à laquelle ils n'étaient pas habitués.

Après le café, Laura s'agita.

— J'ai un terrible mal de tête et je n'ai pas fermé l'œil de la nuit, dit-elle d'un ton lugubre. Sibyl, chérie, il faut que j'aille m'allonger. Auriez-vous la gentillesse d'accompagner Adrian dans le petit bois ? Les garçons passent l'après-midi à la gare de Stoke Dry. Je pourrais ainsi me reposer. J'ai la sensation que ma tête va exploser.

Troublée, Sibyl se leva d'un bond. Refusant toute assistance, Laura monta dans sa chambre et, dissimulée par les rideaux, eut la satisfaction de voir le jeune couple traverser le jardin et franchir la barrière donnant dans les bois. Soulagée, elle ôta ses chaussures et s'allongea sur son lit. Au bout de quelques instants, *Le Suaire de sang* lui tomba des mains et elle sombra dans un sommeil réparateur.

En ce bel après-midi d'avril, le bosquet constituait un cadre idéal pour offrir son cœur à un être cher. Cependant, alors qu'il longeait derrière Sibyl l'étroit sentier, Adrian avait l'impression que les oiseaux se moquaient de lui. « Abruti ! Tout est ta faute », semblaient-ils lui dire. « Tu aurais dû voir qu'elle n'était que tendresse, et rien de plus. Ce qu'elle veut, c'est de l'amour. Pour l'heure, elle a son père et ses chiens. Si tu n'avais pas été aussi stupide, elle te prendrait toi aussi. Tu l'as obligée à te montrer son récit. Elle a été plus futée que toi. Elle savait que le texte ne valait rien et elle avait raison. À présent, que vas-tu faire ? Tu n'es vraiment qu'un pauvre imbécile ! »

— Le chant des oiseaux est divin, vous ne trouvez pas ? demanda la jeune fille en s'arrêtant.

Adrian eut soudain de la sympathie pour les braconniers, les chasseurs et les Italiens, bref tous ceux qui chassent ou capturent les volatiles.

— Asseyons-nous, proposa-t-elle. Ici, nous sommes obligés de marcher l'un derrière l'autre. C'est bête…

Ils prirent place sur les racines d'un arbre, dans ce site enchanteur, parmi les euphorbes chères à Dante Gabriel Rossetti, dans la meilleure tradition poétique anglaise, mais aucun des deux ne s'en rendit compte. Les entrailles nouées par l'angoisse, Adrian se jeta à l'eau.

— Sibyl…

— Vous m'avez appelée Sibyl, murmura-t-elle.

— Cela ne vous ennuie pas ?

— Au contraire. Tout le monde m'appelle Sibyl.

Un silence gêné s'installa.

— Sibyl, reprit-il, j'ai prié Laura de lire votre roman. Cela ne vous ennuie pas ?

La jeune fille eut un sursaut, puis elle écarquilla les yeux, l'air terrifié.

— Personne d'autre ne le lira, promit-il. J'avais envie d'avoir son opinion. Elle est très bon juge et lit souvent des manuscrits pour moi. Et elle vous apprécie tellement que je me suis dit qu'il lui plairait parce qu'il était de vous.

— Que vaut-il ? chuchota-t-elle, effrayée.

— Eh bien, c'est difficile à expliquer. On ne peut pas toujours juger le travail d'un débutant et je ne prétends en rien être critique littéraire, déclara Adrian sur un ton qui se voulait désinvolte. Je ne suis qu'éditeur, une machine à gagner de l'argent. Laura vous en parlerait sans doute mieux que moi, conclut-il lâchement.

Sa voix s'éteignit, comme s'il avait honte d'utiliser de tels subterfuges. Il fixa le sol et saisit une brindille pour creuser la mousse.

— Monsieur Coates, reprit-elle d'une petite voix, dites-moi une chose, je vous prie. Mon roman est-il bon ou mauvais ?

Adrian avait les yeux rivés sur ses chaussures.

— Je vous en prie !

Adrian avait la gorge nouée, la mâchoire crispée. Il eut toutes les peines du monde à s'exprimer :

— Mauvais. Je donnerais tout pour vous dire que je plaisante, mais ce n'est pas le cas, hélas.

— Vraiment mauvais ? insista la petite voix, au bord des larmes. Sans espoir ?

Adrian hocha la tête, affligé.

— Vous pensez donc que je devrais renoncer à une carrière d'écrivain ?

Persuadé d'anéantir ses propres chances de bonheur, Adrian releva enfin la tête et déclara :

— Vous êtes ce qu'il y a de plus adorable et de plus précieux au monde, Sibyl, mais il ne faut plus jamais écrire une seule ligne. Contentez-vous de vivre…

— Oh, Dieu soit loué ! s'exclama-t-elle avant d'éclater en sanglots.

Naturellement, Adrian la prit dans ses bras, et elle laissa libre cours à ses larmes sur son élégant costume et sa cravate de qualité, tandis qu'il posait la joue contre le sommet de la tête de Sibyl. Il prononça toutes les tendres niaiseries qui lui vinrent à l'esprit, et de façon assez incohérente.

— Nous voilà donc fiancés, dit-il enfin en recouvrant un peu ses esprits.

— Adrian ! C'est merveilleux, souffla Sibyl sans chercher à se libérer de son étreinte.

— Ma chérie, vous êtes sûre de ne pas m'en vouloir pour votre livre ?

— Oh, lança-t-elle au deuxième bouton du gilet de l'éditeur, je n'ai jamais été aussi heureuse. Tout est la faute de Papa. Il voulait que j'écrive alors que j'en étais incapable. Je savais que mon texte était mauvais, et vous vouliez absolument le lire. Moi, je voulais vous faire plaisir. Puis j'ai cru que vous alliez me mépriser. C'était horrible.

— Mon pauvre ange, si précieux et persécuté…, souffla son admirateur épris. Vous n'écrirez plus une seule ligne. En fait, je vous l'interdis.

Sibyl rit de si bon cœur qu'elle dut se redresser.

— Vous n'attendrez pas de moi un esprit littéraire ? demanda-t-elle, incrédule.

— Si c'était le cas, je ne vous épouserais pas. Vous ne ferez jamais rien contre votre gré. Nous vivrons à la campagne, nous élèverons des chiens et je me rendrai en ville chaque jour, promit-il, se souvenant des paroles de Laura.

— Nous ne vivrons pas du tout à Londres ? demanda-t-elle avec un brin de nostalgie.

— Cela vous plairait-il ?

— Oh oui, Adrian ! J'adorerais cela. Pour aller au théâtre. Et nous aurons seulement deux chiens. Je pourrai vendre les chiots.

Il ne put réagir qu'en l'étreignant de plus belle. Ce fut alors exactement comme Laura l'avait prédit : le printemps, les petits oiseaux, les fleurs, un amour naissant… Les volatiles adressaient désormais de bien beaux compliments à Adrian, flattant son intelligence et son succès, le charme de Sibyl. Ils auraient pu rester ainsi éternellement, mais l'heure du thé sonna.

— Seigneur, il est quatre heures et demie. Je meurs de faim, déclara la jeune fille.

— Moi aussi, mon ange, même si je ne pourrai pas avaler grand-chose.

— Moi non plus…

Face à cette coïncidence exquise, ils plongèrent dans les yeux l'un de l'autre.

Ils eurent du mal à longer l'étroit sentier bras dessus, bras dessous, mais y arrivèrent et atteignirent rapidement la porte de la maison de Laura, qu'ils trouvèrent au salon, devant un plateau de thé. D'un regard, elle comprit ce qui venait de se passer.

— Comme je suis contente ! s'exclama-t-elle en les prenant dans ses bras avec une telle fougue que leurs têtes faillirent se heurter. Si vous saviez comme cela me fait plaisir ! Je vous souhaite le meilleur. Il faut arroser cela. Qu'en est-il du livre ?

— Madame Morland, Adrian considère qu'il est très mauvais et que je ne dois plus écrire une seule ligne. N'est-ce pas merveilleux ? Adrian, vous êtes formidable...

Après ces heures d'angoisse, Laura ne s'attendait pas à une telle réaction de la part de la jeune femme. Elle ne put réprimer un éclat de rire. Adrian lui expliqua que s'il y avait plus de femmes telles que Sibyl, conscientes de leur inaptitude littéraire, le monde serait meilleur.

Dès lors, Adrian et Sibyl semblèrent évoluer sur un petit nuage. En venant chercher le plateau, Stoker fut informée de la bonne nouvelle par sa patronne.

— Ah, la jeunesse ! s'exclama Stoker. J'espère que tout ira bien pour eux. Je viendrai au mariage, mademoiselle. Il est prévu pour quand ?

— Quand, Adrian ? demanda Sibyl.

— Dès que vous le voudrez, chérie. Il faudra simplement en informer votre père.

Attendrie, Stoker sourit aux amoureux. Elle prit le plateau et sortit en chantonnant une vieille chanson populaire sur une fiancée abandonnée par son promis le jour de son mariage.

Le Dr Ford et Anne Todd arrivèrent à leur tour et furent enchantés d'apprendre la nouvelle des fiançailles. Le médecin étonna l'assemblée en exigeant d'embrasser la mariée, en vertu de son statut de vieux garçon.

— Vous m'embrassez depuis que je suis bébé, docteur, répondit Sibyl.

— Peu importe. Un baiser est de circonstance, n'est-ce pas, madame Morland ?

Laura confirma ses propos.

Tony revint de Stoke Dry avec le jeune Wesendonck.

— Mr. Coates va épouser Sibyl, lui dit sa mère. N'est-ce pas merveilleux ?

— Oui, répondit l'enfant. Maman ! Donkey et moi pourrions-nous aller à Londres voir l'exposition de trains miniatures ? Il vient de recevoir un mandat de son oncle, alors nous avons de quoi payer. Maman, vous voulez bien ?

— Écoute, Tony, intervint Adrian, je veux bien vous emmener, toi et ton ami, dans ma voiture lundi matin. Vous passerez la journée à l'exposition. Je les mettrai dans le train de seize heures cinquante, Laura. Qu'en pensez-vous ?

— Merci, m'sieu ! s'exclamèrent en chœur les deux garçons, rouges de plaisir.

Ils s'étreignirent de joie et se retirèrent dans le jardin pour se féliciter de la générosité et de la grandeur d'esprit d'Adrian.

— Eh bien, puisque tout le monde semble avoir perdu la tête, dit Laura, je suppose qu'ils peuvent y aller. Je passerai la journée au lit. J'en ai grand besoin. Adrian, et si vous reconduisiez Sibyl chez elle ? Avec sa grippe, elle ne doit pas se fatiguer. Si elle vous invite à dîner, pas de problème. Et si elle vous convie à venir prendre le petit déjeuner demain, avant de passer la journée avec elle, je n'y vois aucun inconvénient. Cependant, vous devrez tous deux écrire au père de Sibyl par le courrier de dimanche.

— Bien sûr, répondit la jeune fille. Dois-je révéler à miss Grey que nous sommes fiancés ?

Nul ne dit mot.

— Elle a été très gentille quand j'étais malade, insista la douce Sibyl. Elle s'est bien occupée de moi alors qu'elle-même ne se sentait pas bien. Le jour où vous êtes allée au théâtre avec Papa, elle a dû passer l'après-midi et la soirée au lit. Dès le lendemain, elle était de retour à mon chevet.

— Comment m'avez-vous surnommée en présence de George, déjà, cher Adrian ? demanda Laura. Je crois que vous pouvez en dire autant de Sibyl. Jamais elle ne sera plus stupide que maintenant.

L'éditeur prit un air contrit, quoique ravi de l'innocence de sa future épouse.

— Allez, dites-le-lui, insista Laura. Sinon, elle l'apprendra par des moyens détournés. Ce sera pire.

— Elle sera très contente, intervint Anne Todd. Vous pouvez me faire confiance.

— Dans ce cas, tout va bien, dit Laura. Adrian, vous pouvez venir ici en fin de semaine prochaine, si vous voulez. Mais vous occuperez la chambre de Tony, car Amy Birkett sera là. Si George Knox vous invite à Low Rising en tant que fiancé validé par ses soins, ce n'est pas un problème. Allez, filez tous, maintenant ! Il faut que je parle à Anne.

Quand le Dr Ford et les amoureux eurent disparu, Laura demanda à sa secrétaire de monter à l'étage. Elle lui montra la lettre anonyme et lui raconta les circonstances de la soirée. Anne se révéla aussi interloquée que Laura le souhaitait. Elle pensait également au succube. Or, d'après le témoignage de Sibyl, le succube avait un alibi solide. Et elle ne pouvait être au courant pour Adrian.

— Confiez-moi cette lettre, si vous le voulez bien, proposa Anne Todd. J'aimerais mener ma petite enquête. J'ai l'impression que nous faisons fausse route à propos de Mr. Coates. Je dois retourner auprès de Maman à présent.

— Je vous raccompagne. Vous avez une petite mine. Dites-moi, Anne, l'état de votre mère a-t-il empiré ?

Anne hocha la tête, les lèvres pincées.

— Je suis désolée, car je prends du retard dans mon travail, mais vous aurez le prochain chapitre d'ici lundi.

De retour chez elle, Laura vit le manuscrit de Sibyl posé sur la table. Elle appela donc Low Rising et pria miss Grey de dire à Sibyl qu'elle avait oublié quelque chose chez elle. Le succube mit un certain temps à revenir vers l'appareil, affirmant qu'elle avait dû sortir dans le jardin pour parler à Sibyl et que celle-ci lui demandait de détruire le paquet.

— Quelle bonne nouvelle que les fiançailles de Sibyl, ajouta miss Grey avec un plaisir qui semblait sincère. Ils forment un beau couple.

— C'est vrai. Je suis ravie. Merci beaucoup et au revoir, conclut Laura, qui n'appréciait guère les enthousiasmes de la secrétaire.

Laura dut s'atteler au problème des vêtements que porteraient les garçons pour leur expédition du lundi. Quand elle eut sélectionné deux tenues acceptables, elle réfléchit aux achats à faire pour Tony avant le trimestre suivant. L'heure du souper arriva bien vite. Ensuite, elle lut le roman de Sibyl une ultime fois avant de le jeter au feu. Face aux cendres, elle put méditer à loisir sur un ouvrage de Max Beerbohm dans lequel un bourreau brûlait des livres en place publique.

Vers minuit, elle fut réveillée par un coup frappé à la porte de sa chambre. Le visage d'Adrian apparut.

— J'espère que je ne vous dérange pas… Comme je suis pratiquement un homme marié, je me suis dit qu'il serait convenable de vous informer de mon retour. Sibyl est divine et vous êtes un ange !

— Pas de problème ! À présent, fermez cette porte doucement et allez vous coucher tout de suite.

Sur ce, Laura reprit avec délectation sa lecture d'un recueil intitulé *Sang, torture et maladie*.

14

George Knox trouve son alter ego

Le lundi matin, Anne Todd se rendit à pied à Low Rising et trouva Sibyl et miss Grey aux écuries, en train de toiletter les chiens. Elle s'assit sur une brouette pour les observer. Toujours aimable avec les chiens, miss Grey semblait heureuse, charmante, enthousiaste à la perspective du mariage de Sibyl.

— Avez-vous le télégramme de Mr. Knox, Sibyl ? demanda-t-elle.

La jeune femme le sortit de la poche de son tablier.

— Papa m'a adressé un très gentil message, expliqua-t-elle. Lisez-le donc, mademoiselle Todd.

Anne ne se fit pas prier :

DIEU TE BÉNISSE, MA CHÈRE SIBYL, AINSI QUE L'HEUREUX ÉLU. JE N'AI PAS À JUGER, MAIS SI TU SOUHAITES MON CONSENTEMENT, JE TE LE DONNE DE TOUT MON CŒUR, MON ENFANT. JE RENTRE CET APRÈS-MIDI APRÈS UN DÉJEUNER AVEC COATES. JE L'INVITERAI POUR LE WEEK-END. JE T'EMBRASSE, MA DOUCE ENFANT. TON PÈRE AIMANT, GEORGE KNOX.

— J'en conclus que votre père bénit votre union, commenta Anne en rendant le télégramme à Sibyl.

— Voyez-vous, Papa ne se soucie pas de ce qu'il dépense sur un télégramme, du moment que la somme est en shillings, sans un penny de trop. C'est pourquoi il a signé « Ton père aimant, George Knox ». Pour obtenir un compte rond. Sinon, il se serait contenté d'un « Bisous, Papa ». N'est-ce pas merveilleux qu'il invite Adrian pour le week-end ?

— Quand comptez-vous vous marier ? s'enquit miss Todd.

— Oh, quand Adrian le voudra. J'imagine que grand-mère souhaitera intervenir dans le choix de ma robe.

— Elle sera de très bon conseil, assura miss Grey. Mrs. Knox est la personne qu'il vous faut. Anne, ne croyez-vous pas que Sibyl devrait s'installer en ville chez sa grand-mère, le temps d'acheter son trousseau ?

— C'est une bonne idée, admit Anne, se demandant ce que miss Grey avait derrière la tête. Elle pourrait voir Mr. Coates. Ainsi, vous et Mr. Knox avanceriez sur le nouveau livre.

Cette réponse parut satisfaire la secrétaire.

La conversation bifurqua sur la mode, pour le plaisir des chiens, dont le brossage fut moins poussé. Pleine de fougue, miss Grey faillit toutefois noyer un chiot à la suite d'une suggestion osée de la part d'Anne Todd au sujet de la lingerie. Toutes trois prirent le thé dans une atmosphère conviviale. Miss Grey semblait aux anges.

— Votre père devrait être arrivé s'il a pris le train de quinze heures dix, dit-elle à Sibyl.

— J'imagine qu'il prendra celui de seize heures cinquante, répondit la jeune femme. C'est par ce train qu'Adrian devait renvoyer Tony et son ami. Il a dû en parler à Papa et lui suggérer de voyager avec eux. Il est tellement gentil ! Oh, mademoiselle Todd, savez-vous ce que Mrs. Morland a fait ? Elle m'a déjà envoyé un cadeau de mariage ! Enfin, un cadeau de fiançailles, selon elle, mais je le considère comme mon premier cadeau de mariage. Montez vite le voir !

Anne suivit Sibyl dans sa chambre. Le cadeau de Laura était manifestement un clin d'œil à sa conversation avec Mrs. Knox mère : une paire de boucles d'oreilles anciennes en strass figurant des feuilles et des fleurs étincelantes.

— Elles sont jolies, n'est-ce pas ? commenta Sibyl. Elles appartenaient à sa grand-mère. Elle a souhaité me les offrir car elle me considère un peu comme sa fille de cœur. Croyez-vous que je puisse d'ores et déjà les porter ou bien dois-je attendre d'être mariée ?

— S'il s'agit d'un cadeau de fiançailles, je pense que vous pouvez les porter, répondit miss Todd sur un ton grave. Je dois retourner au chevet de ma mère, à présent. Je suis ravie pour vous, chère Sibyl.

— Je vis un rêve éveillé ! Je suis sûre que les chiens remporteront des prix lors du concours de demain. Et il y a un nouveau nid devant la fenêtre de Papa cette année. Venez voir !

Elles entrèrent dans le bureau de George Knox. Un nid se trouvait effectivement dans la glycine en boutons. Un oiseau aux petits yeux ronds y couvait même ses œufs. Tandis que Sibyl s'émerveillait des beautés de la nature et de la vie en général avec un vocabulaire limité, Anne Todd demeura près du bureau, à ranger machinalement quelques objets. Elle prit un tampon en caoutchouc et l'appuya sur le buvard. Intriguée, elle recommença sur un morceau de papier.

— J'ignorais que votre père utilisait un tampon dateur.

— C'est celui de miss Grey, mais elle ne s'en sert guère. Il est abîmé. Elle avait d'ailleurs l'intention de le jeter. Je lui en achèterai peut-être un neuf à Londres. Adrian et moi ferons sans doute quelques emplettes.

Pendant que Sibyl fermait la fenêtre, Anne ramassa le tampon et le morceau de papier et les glissa discrètement dans son sac, puis elle salua son hôtesse et rentra chez elle. Sa mère l'attendait, assise dans son lit, en quête d'une distraction. Anne l'aida à remplir une grille de mots croisés. La vieille dame fit preuve d'une vivacité d'esprit exemplaire. Alors qu'elles butaient sur une définition cryptique, quelqu'un sonna à la porte. Louisa vint annoncer la visite de Mr. Knox. Anne confia sa mère à sa domestique pendant qu'elle recevait Mr. Knox au salon.

— Comme c'est gentil de venir nous voir, dit-elle en lui serrant la main. Avez-vous pris le thé ?

— Oui, dans le train. Coates… j'ai du mal à le voir comme un gendre… imaginez-moi un peu en beau-père, mademoiselle Todd ! Heureusement, c'est un statut moins grotesque que celui de belle-mère. Tout de même, c'est risible ! Bref, ce brave Coates m'a demandé de garder un œil sur le fils de Laura et son camarade. Jamais je n'avais entendu deux enfants aussi bavards. J'ai fini par les emmener au wagon-restaurant pour le thé dans l'espoir de les faire taire. En descendant du train, ils étaient pleins de confiture et de poussière. Revoir ma fille en tant que future mariée m'impressionne un peu. C'est ridicule, j'en conviens. Mais quelques minutes avec vous, une femme si posée, m'aideront certainement à affronter le tourment qui me saisit.

— Je comprends que vous soyez épuisé par Tony et son ami, déclara Anne avec compassion. Et ne vous inquiétez pas pour Sibyl. Son statut de future mariée n'a rien changé en elle. Elle est toujours aussi affectueuse et naïve.

Visiblement nerveux, George Knox regarda autour de lui.

— Comment se porte miss Grey ? demanda-t-il.

— Très bien. Elle est de fort belle humeur et ravie de ces fiançailles.

— Je ne sais que faire d'elle. Je demanderais bien conseil à Laura, mais il me faudrait affronter Tony et c'est au-dessus de mes forces. Ce garçon est un véritable moulin à paroles.

— Peut-être êtes-vous seulement mortifié d'avoir rencontré votre alter ego, le railla Anne.

George la dévisagea, puis la lumière se fit dans son esprit.

— Vous avez raison, mademoiselle Todd. Parfaitement raison. Je parle trop. Vous et Laura êtes les seules à avoir le courage et la gentillesse de me le faire remarquer. Je suis un raseur, un casse-pieds, une malédiction ambulante avec mes logorrhées verbales. J'ai ça dans le sang, voyez-vous. Nous autres Latins, nous nous exprimons en parlant. En Tony, je l'avoue, j'ai trouvé mon maître. Ce fut le trajet le plus assommant de mon existence. S'il s'était agi uniquement d'une conversation, d'un échange d'idées, j'aurais pu me défendre. Contre toute attente, je me suis retrouvé aussi désemparé qu'un sourd-muet. Enfin, pas un sourd, hélas. Les réseaux ferroviaires anglais n'ont plus de secrets pour moi. Et le plus agaçant, ma chère mademoiselle Todd, c'est qu'une grande partie des informations que l'on m'a imposées sont à coup sûr erronées. Je n'étais pas en position de démentir. Sans parler de l'effort d'écouter ces discours dans un train en mouvement. Quand Tony s'interrompait pour reprendre son souffle, même s'il semble capable de parler sans respirer, son infernal camarade prenait le relais sur le thème de l'électricité. Que représente l'électricité pour moi, mademoiselle Todd ? Et que représente ma modeste personne pour l'électricité ? J'accepte volontiers ses avantages, même si je ne l'ai pas fait installer à Low Rising. Je m'y résoudrai quand nous serons assez nombreux pour que l'opération soit rentable. Je ne veux pas devoir la produire moi-même à l'aide d'une machine que je ne saurais pas faire fonctionner et que le jardinier négligerait ou détraquerait par son incompétence. Nous serions encore moins bien lotis. Toutefois, chez les autres, dans les chemins de fer souterrains, expression que je n'ai que trop entendue cet après-midi, mais que je me dois désormais d'employer dans mon propre discours, pour tous les usages de la vie quotidienne, les aspirateurs et autres appareils trop nombreux pour les citer, je reconnais volontiers les vertus de l'électricité. Pour moi, tout cela relève du miracle. Pour les autres, ces messieurs Ohm, Volta et Ampère, car ces personnes ont vraiment existé… il serait d'ailleurs plus correct de dire *Herr* Ohm, *signor* Volta et *monsieur* Ampère. Bref, je leur laisse la tâche de comprendre ces mystères. D'après ce que je lis dans les colonnes très fiables de la presse quotidienne, personne ne sait comment elle fonctionne vraiment. Vous m'entendez, mademoiselle Todd, personne ! Et, pourtant, ils savent quoi en faire. On n'en est qu'au stade empirique. Et moi, pauvre homme de lettres que je suis, je préfère rester admiratif et ignorant. Et voilà que cet enfant terrible éprouve le besoin de tout m'expliquer de sa voix stridente et épuisante, dans un train en marche ! Là, j'ai cédé. C'est la fin d'un monde et le début d'une nouvelle ère. Face à Tony et son ami, je me suis tu. J'ai gardé le silence.

Sur ces mots, Knox sombra dans une apathie très travaillée.

— Vous m'en direz tant ! le railla miss Todd sur le ton d'une actrice de cinéma.

— Je vois, grommela Knox. Une fois encore, vous me remettez à ma place, mais avec tact et à juste titre. Ma faconde est à l'origine de tous mes malheurs. Je viens chez vous dans un état d'épuisement pour chercher un repos précieux en votre sereine compagnie, et qu'est-ce que je fais ? J'abuse de votre patience d'ange. Je vous fatigue. Je vous impose mon fardeau. Je vais donc me réfugier dans le silence. Quand je reviendrai vous voir, mademoiselle Todd, du moins si vous me permettez, après mon attitude inqualifiable, de frapper à nouveau à votre porte, je m'adapterai à l'atmosphère paisible de votre foyer. Apprenez-moi à écouter. Forcez-moi à écouter ! Il serait bon que je m'oublie un peu.

— Pas du tout, répondit Anne.

Encouragé par cette remarque neutre, George Knox entreprit un long développement sur la qualité du silence. Afin de ne pas atténuer ce regain d'énergie, miss Todd tricota tranquillement. Elle appréciait tant la présence de George qu'elle n'avait pas besoin de l'écouter vraiment. Durant ses monologues, elle pensait à sa gentillesse, à son grand cœur. Mr. Knox n'était en rien obligé d'escorter ces deux petits garçons dans le train et au wagon-restaurant. S'il parlait beaucoup, il n'attendait jamais de réponse et ne sollicitait pas l'opinion de son interlocuteur sur ce qu'il venait de dire. Elle percevait en lui une bonté sincère. À part Laura et le Dr Ford, bien sûr, qui prendrait la peine de rendre visite à une vieille fille sans attrait après un trajet en train des plus épuisants, uniquement pour lui remonter le moral ? Elle ne croyait pas une seconde à sa prétendue quête de sérénité. Pourtant, pour une fois, Anne se trompait. Et tandis qu'il parlait et qu'elle pensait à lui, le Dr Ford se présenta. Faute de réponse au téléphone, il avait pris la liberté de venir.

— Cher Knox, les fiançailles de Sibyl sont une excellente nouvelle, dit-il.

— En effet ! Coates est un type formidable. Et si je dois me retrouver seul, c'est dans la logique des choses.

Le Dr Ford, qui semblait étranger aux subtilités de certaines émotions, ignora cette quête de compassion et demanda avec entrain des nouvelles de miss Grey.

George prit un air coupable.

— Eh bien, Ford, miss Todd et vous devez savoir dans quelle position inconfortable je me trouve. Miss Grey est zélée, dévouée, mais elle ne saisit pas mes allusions sur le fait que je me dispenserais volontiers de ses services. J'en suis réduit à effectuer certaines démarches dans son dos. J'ai vu ma vieille amie miss Hocking à Londres. Ce que je lui ai décrit de miss Grey l'a enchantée et elle souhaite l'engager. En fait, elle souhaite même qu'elle commence dans une semaine.

— C'est formidable, commenta le médecin.

— Et je suppose que vous n'osez pas le lui dire, hasarda Anne Todd, un peu anxieuse.

— Je l'avoue, admit George. Il suffit que j'évoque le sujet de son départ pour qu'elle fonde en larmes. Cette arme dont abuse le sexe faible me désarme totalement, mademoiselle Todd. Je vais devoir prendre mon courage à deux mains, mais je redoute une crise d'hystérie. J'espérais qu'elle aille voir miss Hocking la semaine dernière, quand elle est allée en ville. Elle n'en a rien fait.

— Elle n'est pas allée en ville la semaine dernière, intervint le Dr Ford. Elle voulait s'y rendre, mais je lui ai dit que Sibyl avait besoin d'elle.

Il observa Anne du coin de l'œil. Celle-ci rougit sans prononcer un mot.

— Je vous assure qu'elle est allée en ville, insista Knox. Je suis passé hier à Rutland Gate chercher du courrier, et la bonne, maudite soit cette créature répugnante, m'a remis la clé que miss Grey avait laissée là-bas jeudi dernier.

— Mais..., firent Anne et le médecin en chœur, avant de s'interrompre.

Par chance, George était trop absorbé par ses problèmes pour s'en rendre compte.

— C'était gentil de sa part, reprit-il. J'avais besoin de renseignements de la bibliothèque. En revanche, elle n'aurait pas dû laisser Sibyl contre vos recommandations, Ford. Elle a dû considérer que son devoir de secrétaire était prioritaire.

— Qu'est devenue cette clé ? s'enquit Anne sur un ton détaché.

— Oh, je l'ai. Maman ne rentre qu'à l'automne, donc la maison est désertée. La bonne s'en va pour s'« améliorer », m'a-t-elle dit, objectif qu'elle n'aura aucun mal à atteindre, si vous voulez mon avis.

— Dans ce cas, Sibyl ne résidera pas chez sa grand-mère le temps d'acheter son trousseau ?

— Sauf si elle la rejoint sur la côte, chère mademoiselle Todd, ce dont je doute, car Torquay n'est pas un haut lieu de la mode. Maman préfère, à tort, y passer l'été. Ce mariage va bouleverser bien des choses… Pour un vieux *célibataire*, enfin un vieux veuf comme moi, les préparatifs d'un mariage sont terrifiants. Les froufrous, les jupons, les dentelles, qu'est-ce que j'en sais, moi ? S'il s'agissait du trousseau d'Élisabeth Ire, que j'étudierai de près dès que ce mariage sera passé, ce serait une autre histoire. Dans le monde moderne, je suis désespérément incapable.

George Knox afficha un air impuissant assez convaincant, ce qui était un peu inquiétant.

— Vous verrez, Mrs. Knox reviendra à Londres, quitte à prendre une chambre d'hôtel, déclara Anne Todd avec gentillesse. Elle voudra aider Sibyl dans ses préparatifs. À présent, monsieur Knox, je regrette de vous mettre à la porte, mais le Dr Ford doit ausculter Maman.

— Mon Dieu, je suis impardonnable ! s'exclama George, sincèrement désolé. Je ne vous ai pas demandé de ses nouvelles, chère mademoiselle Todd. Attribuez ma négligence aux effets dévastateurs de la conversation de Tony et non à une absence de compassion. Me pardonnerez-vous ?

Pendant que le médecin montait à l'étage voir la vieille dame, Anne raccompagna son visiteur à la porte. Affligé par son manquement à la courtoisie, Knox n'alla pas jusqu'à demander quel âge avait vraiment Mrs. Todd. Anne l'écouta patiemment, étonnée par sa nervosité manifeste. Il semblait chercher à gagner du temps. Quand elle put enfin placer un mot, elle déclara que le médecin n'était pas satisfait de l'état de santé de sa patiente.

— Il ne peut se prononcer, conclut-elle.

La proximité de cette carrure imposante était rassurante, de même que la sollicitude qu'elle lisait sur son visage.

— Chère mademoiselle Todd, dit-il en baissant les yeux vers elle. Je suis vraiment désolé de l'entendre. Puis-je faire quelque chose ? Si vous avez besoin d'une infirmière, je me ferai un honneur de vous la procurer. Si je peux faire quoi que ce soit pour alléger votre fardeau… Peut-être votre maman a-t-elle envie d'un fruit, d'une fleur spécifique ? De la gelée, peut-être ? Étant de santé robuste, je ne connais guère les besoins des invalides, mais ma pauvre femme exprimait parfois l'envie d'une fleur. Me ferez-vous l'honneur de m'en informer ?

Éprouvée par les soucis, les nuits sans sommeil et l'ombre de la pauvreté qui planait sur elle, Anne posa les mains sur la manche de Mr. Knox et leva les yeux vers lui.

— Je vous remercie beaucoup. Je vous dirai volontiers s'il y a quelque chose. Elle ne souffre pas trop, et le Dr Ford est la gentillesse personnifiée. Tout le monde est très bienveillant.

— Ford est un type bien, acquiesça George. Mais je déplore qu'il soit le seul à veiller sur vous. Par égoïsme, sans doute. Y a-t-il quelque chose que je puisse faire ?

Anne secoua la tête. George sentit le poids de sa main sur son bras, comme si elle cherchait tacitement son soutien.

— Si mon cottage peut vous être utile pour trouver le calme, le grand air… Et je vais avoir besoin d'aide pour la garde-robe d'Élisabeth Ire, Anne.

Miss Todd avait-elle remarqué l'emploi de son prénom ? Ses lèvres se mirent à trembler légèrement, puis elle esquissa un sourire forcé.

— Débarrassez-vous d'abord de votre boulet, monsieur Knox.

Dès que George eut pris congé, Anne regagna le salon, où le Dr Ford la rejoignit. Les nouvelles étaient plus rassurantes. Au moment de rédiger son ordonnance, il demanda la date.

— Au fait ! s'exclama Anne en ouvrant un tiroir pour en sortir la lettre anonyme et le tampon dateur. Docteur, ce que je fais n'est pas très honorable, mais je m'en moque. Je vais même vous impliquer.

— Je vous écoute.

— La semaine dernière, le soir où Mr. Knox l'a emmenée au théâtre, à Londres, Mrs. Morland a trouvé une lettre anonyme dans la boîte aux lettres de son appartement. Elle est dans tous ses états ! Elle a d'abord cru à une mise en garde contre Mr. Coates, mais je crois que l'on veut en réalité l'éloigner de Mr. Knox. Voyez vous-même.

Jetant son honneur aux orties, le Dr Ford parcourut le document.

— C'est abject ! s'indigna-t-il. Pourquoi diable a-t-elle pensé à Coates ?

— Eh bien, elle le voit beaucoup pour son travail et quelque imbécile y a peut-être décelé de l'affection. Il est tellement plus jeune qu'elle !

— Et pourquoi pensez-vous à Mr. Knox ? s'enquit Ford, oubliant Adrian.

Pour toute réponse, miss Todd prit un encreur et imbiba le tampon avant de l'appliquer sur un morceau de papier. Le Dr Ford observa le résultat.

— Il est clair, madame Poirot, que ces deux dates proviennent du même tampon. Elles présentent le même défaut. Mais où cela nous mène-t-il ?

— Ici, docteur Watson, répondit la détective. Figurez-vous que ce tampon appartient au succube. Je l'ai trouvé à Low Rising. Sibyl m'a confié que le succube allait le jeter car il est abîmé. La date est la même que celle qui figure dans la lettre. On ne s'en est donc pas servi depuis. Le succube court après Mr. Knox depuis son arrivée, non ? Et Mr. Knox est un vieil ami de Mrs. Morland. Le succube cherche à semer la zizanie entre eux…

— Bon sang, Anne, vous avez peut-être raison, concéda le médecin, admiratif. Mais vous êtes totalement dénuée de scrupules. Pas du tout le genre de femme que je demanderais en mariage.

Ignorant cette remarque, Anne Todd poursuivit sur un ton de conspiratrice :

— Vous avez entendu ce que Mr. Knox a dit sur la clé de Rutland Gate ? Docteur, je crois que nous avons dévoilé le secret ! D'après Sibyl, le succube est resté couché l'après-midi et la soirée de jeudi, pendant que Mrs. Morland et Mr. Knox étaient en ville. À mon avis, elle a fermé sa porte à clé et a pris le train de dix-sept heures trente en emportant cette lettre avec elle. Elle est entrée à Rutland Gate, où elle est connue, et y est restée jusqu'à la nuit. Puis elle a déposé la lettre dans la boîte de Mrs. Morland et est rentrée par le dernier train. Les chiens la connaissent et n'ont donc pas aboyé. Les domestiques n'auraient rien entendu, de toute façon. Le lendemain matin, miss Grey était de nouveau sur le pont. Qu'en pensez-vous ?

— Anne, vous me surprenez.

— Qu'en pensez-vous, docteur ?

— C'est fort plausible, mais insuffisant pour la condamner.

— Personne ne veut la pendre, James ! Il s'agit plutôt de lui faire peur.

— C'est la première fois que vous m'appelez James, répondit le Dr Ford, oubliant l'infâme miss Grey. Auriez-vous changé d'avis ?

— Pas le moins du monde. Je me suis laissé emporter par l'enthousiasme. Et puis vous venez de déclarer que vous ne demanderiez pas en mariage une femme comme moi…

— Je n'avais guère d'espoir, admit-il en se levant. Eh bien, que suggérez-vous ?

— Je garde cette lettre sous le coude, répondit Anne.

Ils furent interrompus par Laura, accompagnée de Tony et du jeune Wesendonck. L'écrivain s'excusa de cette intrusion cavalière.

— Miss Todd, docteur ! Devinez quoi ! Mr. Knox nous a emmenés en première classe ! lança l'enfant.

Il s'interrompit pour permettre à son auditoire d'exprimer son émerveillement.

— Donck et moi, on avait chacun notre siège ! J'ai expliqué un tas de choses très utiles à Mr. Knox sur les chemins de fer et nous avons pris le thé au wagon-restaurant. Donck a mangé six gâteaux et moi cinq, et un pot entier de confiture, vous savez, les tout petits. Donck a mis six morceaux de sucre dans son thé et moi sept, et le serveur a renversé du thé sur la nappe à cause des secousses du train. Il y en avait même dans le sucrier ! Alors Donck et moi on a mangé les morceaux qui étaient mouillés. Docteur, Mr. Knox ne sait même pas comment fonctionne une locomotive à vapeur !

— Moi non plus, avoua le médecin.

— Oh, non, docteur ! gémirent les deux enfants sur le ton du reproche.

— Tony, intervint Anne, Mrs. Todd ne se sent pas très bien. Ne faites pas trop de bruit. Prenez donc une pomme dans la corbeille de fruits de la salle à manger et allez la croquer dehors.

— Filez à la maison vous préparer pour le souper ! ajouta Laura. Je n'en ai pas pour très longtemps.

Tony et le jeune Wesendonck se retirèrent avec une image considérablement ternie du Dr Ford.

— Auriez-vous quelque chose à me dire ? demanda Laura en observant tour à tour Anne Todd et le Dr Ford. C'est la raison pour laquelle j'ai renvoyé les garçons. Quelque chose d'intéressant ?

Anne savait pertinemment à quoi Laura faisait allusion, mais elle joua les ingénues.

— Très ! répondit-elle. Regardez, madame Morland. J'ai dû mettre le docteur dans la confidence. J'espère que vous n'y voyez pas d'inconvénient.

Le Dr Ford et Anne Todd lui relatèrent par le menu les résultats de l'enquête d'Anne et lui présentèrent les pièces à conviction. Laura en fut tellement bouleversée qu'Anne regretta presque de ne pas avoir gardé le silence.

— Comment peut-on être aussi malveillant ? commenta Laura en repoussant fébrilement ses cheveux de son front. Comment a-t-elle pu croire que George Knox voulait m'épouser ? Surtout moi ! Cette fille a perdu la raison. Il ne faut pas que George l'apprenne. Il ne s'en remettrait pas. Pour un homme de sa stature, il est sensible. Chers amis, promettez-moi de ne rien lui dire. Je sais que je peux vous faire confiance, Anne. Et vous, docteur ? Au nom de votre serment d'Hypocrite !

— Et de tout le corps médical, plaisanta le médecin. Sérieusement, madame Morland, je pense qu'Anne n'aurait pas dû m'en parler, et qu'elle n'aurait pas dû agir de la sorte, d'ailleurs, mais ce qui est fait est fait. Je garderai le secret professionnel si vous le souhaitez.

— Et veuillez détruire cette lettre abjecte ainsi que le tampon, ajouta Laura. Je regrette de vous avoir confié ce document, Anne. Ne brûlez pas le caoutchouc, à cause de l'odeur. Mettez-le dans la poubelle et oublions cela.

— Si cela ne vous ennuie pas, je préfère les conserver jusqu'au départ définitif du succube, répliqua Anne Todd avec fermeté.

— Très bien. Vous savez sans doute mieux que moi et vous avez fait preuve d'intelligence. Quelle affaire mortifiante ! Venez donc prendre le thé samedi, tous les deux ! Les Knox seront là, avec Adrian, qui séjournera chez eux.

— Et le succube ? s'enquit Anne.

— Elle aussi, je suppose. À quoi bon éviter de l'inviter ? Elle viendrait quand même. Amy Birkett sera des nôtres. Elle arrive vendredi. Vous voyez, nous serons nombreux ! Au revoir ! Dieu que cette situation est contrariante…

— Ai-je bien fait de lui dire ? demanda Anne quand Laura fut partie.

— Je ne sais pas. Cela n'a pas d'importance, mais je vous préviens, Anne, vous allez vous attirer de gros ennuis si vous poursuivez cette enquête amateur. Si vous continuez, vous relèverez bientôt les empreintes digitales lors du thé. Je refuse de payer votre caution quand le succube vous poursuivra en justice pour le vol de son tampon dateur !

— Je suis la reine des détectives, affirma Anne. Je monte voir Maman, sinon Louisa risque de rendre son tablier. Au revoir, docteur Ford.

— Pas James ?

— Non, pas James.

— Très bien. Je vous ferai parvenir mon ordonnance au plus vite. Bonne nuit.

15

La chute d'un succube

Pendant plusieurs jours, les fiançailles de Sibyl alimentèrent toutes les conversations. Sur les conseils de Laura, George Knox publia un faire-part dans *The Times*. Mrs. Knox mère écrivit de Torquay pour déclarer que pour rien au monde elle n'assisterait à un mariage à Low Rising, où les canalisations étaient défectueuses et où il n'y avait pas l'électricité. Elle adressait néanmoins ses vœux de bonheur à Sibyl, accompagnés d'un chèque de cinq cents livres, puis elle ordonna à son banquier de mettre ses diamants à la disposition de sa petite-fille. Laura promit d'accompagner la jeune femme en ville dès que Tony serait retourné en pension et de l'aider à acheter des vêtements. George Knox prenait grand plaisir à assister Sibyl dans le déballage des cadeaux qui commençaient à arriver, mais il perdait les cartes qu'ils recelaient. D'excellente humeur, miss Grey les récupérait et dressait des listes de personnes à remercier. George envisageait déjà des travaux de rénovation à Low Rising, dans l'intérêt de ses futurs petits-enfants. Plus proche des chiens, Sibyl l'écoutait avec flegme. Les amoureux s'écrivaient chaque jour et monopolisaient la ligne téléphonique. Johns et Fairfield envoyèrent à la jeune fille une édition des œuvres de son père si merveilleusement reliée qu'elle se refermait toute seule quand on l'ouvrait. Pour consulter l'ouvrage, il était nécessaire de casser l'épine. Cela n'avait pas d'importance pour Sibyl, car elle ne lisait pas les livres de son papa chéri. George, lui, s'emporta. Avaient-ils rogné sur ses droits d'auteur pour financer ce présent ? Il ne le saurait sans doute jamais.

Après le départ du jeune Wesendonck, Tony s'enferma deux jours durant dans sa chambre et composa un discours de mariage dans un latin approximatif, en utilisant l'alphabet grec. Il le lut à Stoker, à Mrs. Mallow, à Mr. Brown, le garagiste, à Sid Brown, le chef de gare, à la cuisinière de Mr. Knox, ainsi qu'à Annie et à sa mère. Tous ces critiques s'accordèrent sur le fait qu'il était un véritable petit gentleman. La jeune Flo, qui assistait par mégarde à une lecture comptant également Stoker et Mrs. Mallow, alla jusqu'à affirmer que c'était un garçon intelligent. Elle fut aussitôt rabrouée par ses aînées.

Le mariage était prévu pour le début du mois de juin. Pour l'occasion, Stoker gratifia son entourage, dont le Dr Ford, d'un dicton inédit qu'il s'empressa de diffuser :

Mariage en juin
Et moult bambins
Tu auras vite.

Passionné d'histoire et de poésie, lord Stoke vint prendre le thé à l'office à High Rising, dans l'espoir de découvrir les vers suivants. Si Stoker était parfaitement à l'aise avec ce monsieur, elle parut rechigner à lui livrer de nouvelles contributions. Sans doute à cause de la nature clairement primitive des quelques vers dont lord Stoke dut se contenter :

Mariage en août,
L'enfant du doute
N'est pas de toi.

Lord Stoke changea de sujet et s'efforça de se trouver une origine commune avec Stoker, qui le captivait. Sa famille portait le nom de Stoke et vivait à Castle Rising depuis cinq siècles, et le père de Stoker, originaire de Plaistow, se nommait en réalité MacHenry. Stoker n'étant qu'un surnom lié à son métier, qui consistait à alimenter en charbon la chaudière de l'usine à gaz, les recherches n'allèrent pas plus loin.

Mais nous nous égarons.

Le vendredi, Amy Birkett arriva à High Rising accompagnée de son épagneule Sylvia, pour le plus grand bonheur de Tony qui, depuis le départ de Wesendonck, n'avait plus d'auditoire. Après le repas, Laura entreprit de raconter à son amie l'histoire de la lettre anonyme, mais Anne Todd l'interrompit aussitôt. Une page du manuscrit du roman de Laura avait disparu. Celle-ci savait-elle où elle pouvait être ? Laura mit un moment à la retrouver. Regagnant le salon, elle trouva Anne et Amy assises côte à côte, telles deux conspiratrices.

— Je parlais du succube, déclara Anne d'un air étrange.

— Qu'en pensez-vous, Amy ? demanda Laura. Tenez, Anne. Le feuillet était glissé dans *L'Horreur sans nez*. J'ai dû m'en servir de marque-page.

— Je trouve cette histoire remarquable, répondit Amy, dont l'expression était tout aussi étrange.

— Anne, vous laisserez un espace après la page deux cent trois, car je veux ajouter une touche de trafic de cocaïne et je dois encore déterminer où sera cachée la drogue.

— Pourquoi pas parmi les rouleaux de soie ? suggéra Amy. Madame Koska, car je suppose que c'est d'elle qu'il s'agit, doit acheter sa soie à l'étranger. Ses ennemis pourraient se procurer de ces rouleaux creux, vous savez, ces pièces autour desquelles sont enroulés les tissus, pour créer de gros ennuis à Madame Koska.

— C'est une idée, admit Laura. Mais comment ses ennemis en Angleterre auraient-ils accès à ces rouleaux ? Il leur faudrait un espion chez le grossiste. Vous n'imaginez pas combien c'est pénible…

Le débat sur la cocaïne se prolongea un certain temps, sans résultat concret, puis Anne Todd annonça qu'elle devait partir. Ensuite, Laura et Amy discutèrent du pensionnat, oubliant le succube. Ce n'est qu'une fois couchée, lorsqu'elle vit une page cornée de *L'Horreur sans nez*, que Laura se rappela la conversation de la soirée et l'attitude étrange d'Anne Todd et Amy Birkett. Elles semblaient partager quelque secret, hypothèse si incongrue que Laura la chassa de son esprit pour poursuivre sa lecture : l'Horreur surgit dans le garage du héros, affublé d'un faux nez.

Le lendemain, ses invités furent ponctuels. Amy était encore dans sa chambre, occupée à écrire son courrier, quand le groupe de Low Rising se présenta. Adrian avait amené Sibyl en voiture et était passé prendre Anne Todd en route. Il ne l'aurait pas fait de lui-même, mais Sibyl l'avait souhaité et il ne pouvait résister à sa beauté intérieure. Vint ensuite le Dr Ford, puis George Knox et miss Grey, venus ensemble à pied. Ce ne fut que joie et bonheur. Était-ce par distraction ou pour marquer l'événement ? Laura embrassa chaleureusement la plupart de ses invités qui, la connaissant bien, ne s'en étonnèrent pas.

— Et pourquoi ne devrions-nous pas nous embrasser ? demanda George Knox sans attendre de réponse. Le baiser est une forme de salut depuis la nuit des temps. Certains indigènes se frottent le nez, ce qui est un poil repoussant, mais ces gens le sont aussi, et il vaut mieux ne pas trop en savoir sur leurs coutumes. Si ces peuplades, qui se trouvent sur Terre depuis aussi longtemps que nous après tout, en sont encore à se battre comme des chiffonniers et à mener une vie de saleté et d'ignorance avec une peur viscérale des phénomènes naturels, c'est qu'ils auraient dû faire un meilleur usage de leur temps. Les traditions liées au mariage du peuple arrernte, ma chère Laura, Aborigènes d'Australie des plus primitifs, suffisent à justifier son anéantissement par le rhum, les missionnaires et autres éléments destructeurs. Je vais vous dire...

L'assemblée décida unanimement que George Knox ne le dirait pas, et à juste titre. Le Dr Ford et miss Grey se mirent à discuter du concours canin, Adrian examina son propre nom sur la quatrième de couverture des romans de Laura, puis Laura et miss Grey évoquèrent les cadeaux de mariage de Sibyl.

— Lord Stoke a envoyé un cadeau ravissant ce matin, dit miss Grey lorsque la conversation s'étiola.

Tous les regards se tournèrent vers elle.

— De quoi s'agit-il ? demanda Laura.

— Un genre de plat en argent très ouvragé, enveloppé dans une dentelle ancienne au point de Malines aussi fine que du papier.

— Je porterai cette dentelle avec ma robe de mariée, annonça Sibyl. Adrian et moi utiliserons ce plat comme corbeille de fruits, n'est-ce pas, chéri ?

— Bien sûr, chérie. Ce sera merveilleux de te voir saisir une pêche…

— Mais, chéri, je n'aime guère les pêches.

— Dans ce cas, tout autre fruit de ton choix, chérie.

— Rien, chérie. Seulement « chérie », chérie, se moqua Laura, citant une caricature victorienne parue dans *Punch*.

George Knox estima qu'il était resté trop longtemps en coulisse.

— Le vin de l'or et le fruit de l'argent, énonça-t-il avec emphase. Ah, la jeunesse et l'amour ! Quand je pense que, dans six semaines, je me retrouverai seul au monde. J'ai l'intention de m'occuper. Les livres, le travail, la routine quotidienne, quelques visites rempliront mes journées bien vides.

— Je suppose que je ne resterai plus très longtemps avec Mr. Knox, maintenant, dit miss Grey.

Chacun dressa l'oreille.

— Ainsi, vous nous quittez ? demanda le Dr Ford avec intérêt.

— Eh bien…, minauda miss Grey à l'adresse du médecin, quand Sibyl sera mariée, je serai dans une position un peu délicate, n'est-ce pas ?

— Pourquoi ? demanda le médecin un peu bêtement.

Ce fut l'occasion que miss Grey attendait.

— Eh bien, dit-elle en baissant d'un ton, tout en tenant son auditoire en haleine. Il sera un peu délicat de me retrouver seule avec Mr. Knox. Cela ne me dérangerait en rien, mais vous savez à quel point les mauvaises langues sont cruelles, et je n'ai pas d'amis.

Un silence pesant s'installa dans la pièce. Mortifié, le pauvre George s'empourpra. Adrian et Sibyl s'étaient lâchement éclipsés par la porte-fenêtre donnant sur le jardin ensoleillé. Avant que quiconque retrouve l'usage de la parole, la porte s'ouvrit. Amy Birkett apparut, suivie de Tony. Elle balaya du regard le salon et s'arrêta sur miss Grey.

— Una ! s'exclama-t-elle en lui tendant la main. Quelle surprise de vous trouver ici !

— J'ignorais que vous connaissiez miss Grey, déclara Laura.

— Bien sûr que je la connais, et Tony également.

— Certes, consentit Laura, perplexe. Tony la connaît depuis Noël. Vous connaissez les autres invités, n'est-ce pas ?

Le Dr Ford et George Knox s'étaient repliés vers la fenêtre.

Pâle comme un linge, miss Grey fixait Amy Birkett.

— Que diable se passe-t-il ? demanda Laura. Miss Grey, vous sentez-vous mal ?

Celle-ci émit un râle bestial, puis se leva et sortit précipitamment avant de disparaître dans l'allée.

— On disait toujours qu'elle avait le cerveau dérangé, déclara Tony d'un air sentencieux, comme s'il observait les adultes de très loin.

— Qu'est-ce que tu racontes ? lui demanda sa mère.

— Il parle d'Una Grey, expliqua Amy. L'ancienne secrétaire de Bill.

— C'est elle que vous évoquiez avant Noël ? La secrétaire devenue folle que vous avez dû renvoyer ?

— C'est bien elle, confirma Amy avec entrain. Elle n'est pas vraiment folle. C'est une névropathe.

— Pourquoi ne me l'avez-vous pas dit, Amy ? Et toi, Tony, tu aurais dû me dire que tu connaissais miss Grey !

— Je l'ai fait, Maman. J'ai même précisé : « On disait toujours qu'elle avait le cerveau dérangé. »

— Je croyais que tu faisais allusion à toi et Stoker.

— Stoker la croit folle, elle aussi. Et tous les garçons du pensionnat. Si vous l'aviez vue quand elle piquait ses crises !

— Eh bien, je dois être folle, moi aussi, concéda Laura. Va voir Stoker. Qu'elle serve le thé dès que possible. Nous allons en avoir besoin. De toute façon, il est quatre heures.

Tony se dirigea vers l'office pour transmettre le message à Stoker et l'aider à couper le gâteau, non sans le goûter au passage. Les adultes étaient vraiment compliqués, parfois ! Bien sûr qu'il connaissait miss Grey ! Elle, elle ne l'avait pas reconnu, car il n'avait été pour elle qu'un élève parmi d'autres. Que miss Grey soit la secrétaire de Mr. Birkett, le directeur du pensionnat, ou celle de Mr. Knox, à Low Rising, c'était pareil, non ? Peu importait le lieu où elle vivait ! N'empêche qu'elle avait le cerveau dérangé. Mais elle aimait les chiens, c'était déjà ça. Il la chassa vite de son esprit, où la malheureuse n'avait jamais occupé une grande place, et gratifia Stoker d'une énième répétition de son poème en latin pour Sibyl.

Pendant ce temps, Laura était tiraillée entre son inquiétude pour miss Grey et son envie de soutirer des explications à Amy.

— Où est-elle partie, d'après vous ? demanda-t-elle. Ne devrions-nous pas aller la chercher ? Elle risque de se noyer ou de se jeter sous le train.

— Pas elle, affirma Amy. Vous êtes trop sensible, Laura.

— Pourquoi ne m'avez-vous pas révélé que vous la connaissiez, Amy ?

— Je ne m'en suis rendu compte qu'hier. Vous m'avez raconté que votre ami Mr. Knox avait une secrétaire difficile, ce qui n'est pas rare. Souvenez-vous, elle était à Londres lors de ma dernière visite ici, de sorte que je ne l'avais pas croisée.

Laura posa sur son amie un regard chargé de reproche.

— Je vous ai pourtant dit qu'elle se nommait Grey ! Vous m'avez posé la question après la finale de boxe.

— Grey est un nom courant et je ne voulais pas vous inquiéter pour rien. C'est seulement hier, quand miss Todd m'a parlé de la lettre, que j'ai compris. Elle nous a posé bien des problèmes à l'école. Elle était persuadée d'être amoureuse de Bill. Elle disait le vénérer ! Quelle engeance ! Puis elle s'est mise à m'envoyer des lettres anonymes pour me dire que je négligeais et maltraitais mon pauvre mari. Elle n'était pas très habile et j'ai vite compris qui me les adressait. Alors je l'ai renvoyée chez sa mère. Elle était arrivée chez nous avec de bonnes références, dont elle s'est sans doute servie pour être engagée par Mr. Knox.

— Amy, elle n'a plus de mère. C'est l'un des problèmes que rencontre George. S'il la chasse, elle n'aura nulle part où aller.

— Balivernes ! Sa mère est bien vivante et habite en Irlande, dans le comté de Cork. Elle serait ravie de l'héberger, mais la pauvre fille préfère tomber amoureuse de ses patrons.

Ces révélations troublantes furent interrompues par Stoker, qui apportait le thé. Adrian et Sibyl les rejoignirent, rougissants et heureux, ainsi que George Knox et le Dr Ford, qui emmena Anne à l'écart pour lui dire quelques mots.

— Êtes-vous allés dans les bois, Adrian ? s'enquit Laura, désireuse de relancer la conversation.

Adrian la regarda d'un air vague, puis il esquissa un sourire charmant et répondit par l'affirmative.

— Mais non, chéri, nous étions sur le chemin ! protesta Sibyl.

— Si tu le dis, chérie.

— Adrian ! s'écria Laura si vivement qu'il sursauta, arrêtez de bayer aux corneilles et prêtez un peu d'attention à votre auteur préféré, je vous prie ! Sinon, je dénonce mon contrat au profit de Johns et Fairfield !

— Il n'y peut rien, madame Morland, plaida Sibyl. Il est tellement amoureux ! N'est-ce pas, Adrian ? L'amour le rend idiot.

— Je ne vous le fais pas dire, rétorqua Laura, faisant allusion à la nuit du nouvel an.

Adrian faillit avaler son thé de travers. Profitant de cette diversion, Anne Todd tendit sa tasse à Laura et lui murmura que le Dr Ford avait reconduit miss Grey à Low Rising, à sa propre demande. Laura lui répondit qu'elles devraient s'y rendre après le thé pour voir si elle allait bien. Elles établirent un plan. Adrian et Sibyl furent renvoyés faire un tour dans les bois et le Dr Ford se proposa de distraire George Knox jusqu'au retour de ces dames.

Laura, Amy et Anne se précipitèrent à Low Rising. Laura chargea Amy de la conduite, car elle avait du mal à se concentrer.

Durant le court trajet, elle infligea ses états d'âme à ses compagnes. Son imagination fertile envisagea le sort de miss Grey, ce qui ne l'empêcha pas de prier Amy de faire demi-tour, de peur d'envenimer la situation. Amy et Anne, qui semblaient en phase, n'accordèrent aucune attention à ses suppliques. Au bout de quelques minutes, elles atteignirent Low Rising. Annie leur ouvrit la porte, effrayée, et répondit aux questions de miss Todd en affirmant que miss Grey se trouvait dans sa chambre et que, selon elle, elle faisait ses bagages puisqu'elle avait demandé sa grande valise.

— Et si elle s'était tranché la gorge ? suggéra Laura sur un coup de tête.

— Ne dites pas de bêtises, Laura, répondit Amy. On ne demande pas une valise pour se trancher la gorge. Mais nous ferions mieux d'aller voir, tout de même.

Elles entendirent une porte s'ouvrir à l'étage. Miss Grey apparut sur le palier, le visage inondé de larmes.

— Je suppose que vous êtes venues vous moquer de moi, lança-t-elle avec véhémence. Riez autant que vous le voudrez. Je pars. Vous m'avez toujours haïe, madame Morland, et Mrs. Birkett aussi. Après cet affront, je ne resterai pas une minute de plus. Inutile de venir à trois pour me chasser. Même si vous m'imploriez à genoux je ne resterais pas !

— Ne parlez pas de haine, répondit Laura. Je vous en prie, descendez et laissez-nous vous expliquer. Mrs. Birkett ignorait votre présence. Elle a simplement dit qu'elle était étonnée de vous voir chez moi, rien de plus. Cela n'a rien d'insultant. Elle ne vous voulait aucun mal, n'est-ce pas, Amy ?

Celle-ci la dévisagea, au désespoir. Méfiante, miss Grey descendit les marches et entra au salon, suivie des trois amies. Anne Todd referma la porte, car elle soupçonnait Annie de les espionner depuis le couloir de l'office.

— Eh bien, lâcha miss Grey sur un ton morne, qu'avez-vous à me dire ? Vous n'avez rien contre moi.

— À part votre lettre à Mrs. Morland et le tampon dateur que vous avez utilisé, déclara Anne. Je les ai avec moi si vous souhaitez les voir.

— Je ne verrai rien, répliqua miss Grey en les observant tour à tour, nerveuse. Vous pouvez inventer tous les mensonges que vous voudrez.

— Si vous ne voulez pas les voir, je les montrerai à Mr. Knox, insista Anne. En votre présence, si vous le souhaitez. Ce sera l'occasion d'interroger Mr. Knox sur la clé que vous avez laissée à Rutland Gate. La bonne l'a trouvée et lui a dit que vous l'aviez déposée là-bas.

— Anne ! l'implora Laura, ne soyez pas cruelle. Miss Grey ne pensait pas à mal. Cette lettre n'était qu'une blague.

— Taisez-vous, Laura ! ordonna Amy. Si vous intervenez une fois de plus, je vais me mettre en colère. Mademoiselle Todd, voulez-vous passer le coup de fil dont nous avons parlé ?

Anne serra la main de Laura dans la sienne avant de quitter la pièce.

— Allons, dit Amy, soyez raisonnable, Una. Vous savez très bien ce qui s'est passé dans ma maison l'an dernier. On dirait bien que cela a recommencé ici. Ce que vous faites chez les autres ne me regarde en rien, mais quand il s'agit de lettres anonymes, je me dois de protéger Mrs. Morland. Faire vos bagages est la meilleure attitude à adopter. Miss Todd est en train de téléphoner à miss Hocking pour voir si elle peut vous embaucher sur-le-champ. Si vous partez maintenant, Mr. Knox ne saura rien. Nous trouverons une excuse.

Miss Grey fit la moue, puis éclata en sanglots et, enfin, tomba à genoux aux pieds de Laura, qui s'en trouva gênée.

— Madame Morland ! Ne me chassez pas ! Il faut que je revoie Mr. Knox. Pour lui, je suis prête à m'user les doigts jusqu'à l'os ! J'ai tout enduré ! Je savais que vous me détestiez, que Sibyl me détestait, et le Dr Ford aussi. Vous avez incité Mr. Coates à se moquer de moi. Comment avez-vous pu rendre visite à Mr. Knox en mon absence et lui dire du mal de moi alors que je l'ai soigné durant sa maladie ? Je l'ai aidé à écrire son livre. Aucun d'entre vous n'a été mon ami. Miss Todd a fait semblant, mais elle a le cœur aussi sombre que vous autres. Elle m'a menti, trahie. Elle voulait simplement garder Mr. Knox pour elle seule, et vous aussi, madame Morland, en dépit de vos grands airs. Vous êtes veuve. Vous êtes allée à Londres avec lui, prétextant une sortie au théâtre, or il n'y avait pas de théâtre. Ce n'était qu'un prétexte pour l'attirer dans votre appartement pour la nuit. Je vous ai vus !

— C'est donc vous qui m'avez bousculée dans le hall ce soir-là, dit Laura avec un mouvement de recul.

— Oui, et je regrette de ne pas vous avoir fait tomber, répliqua Mlle Grey, incapable de contrôler ses sanglots amers.

— Ma pauvre petite, reprit Laura en essayant de maîtriser sa révulsion et sa peur, vous êtes folle !

Mr. Knox n'a jamais envisagé de partager ma vie. Je le connais depuis presque trente ans.

— Je suis folle ? Vous et les vôtres essayez de me faire enfermer à l'asile, oui !

Toujours à genoux, miss Grey se tordait les mains.

— Amy, déclara Laura, c'est affreux. Nous ne pouvons continuer ainsi. Laissons cette pauvre fille. Si elle n'a nulle part où aller, elle séjournera chez moi.

— Taisez-vous donc, imbécile ! rétorqua Amy.

— Je préfère mourir ici, par terre ! s'écria miss Grey. Je ne quitterai pas cette maison tant que je n'aurai pas vu Mr. Knox pour lui raconter comment vous m'avez traitée. Je n'ai pas honte de mes sentiments pour lui. Je le vénère !

— Comme vous vénériez mon mari, intervint froidement Amy Birkett. Ne vous fatiguez pas. Mon mari vient me chercher demain et il dira la vérité à Mr. Knox.

Miss Grey se leva, la mine pâle, tremblante.

— Amy, vous ne pouvez pas faire une chose pareille ! intervint Laura.

Anne réapparut et fit un signe de tête à Amy.

— Bien sûr que si, répondit celle-ci, et je vais le faire. Una, allez-vous partir de vous-même ou voulez-vous que nous disions tout à Mr. Knox ?

— Je pars. Vous serez contentes quand je crèverai de faim ! Vous êtes immondes !

— Vous ne mourrez de faim que si vous le voulez bien, objecta Amy. Miss Todd vient d'avoir miss Hocking au téléphone. Celle-ci voulait que vous commenciez lundi, mais aujourd'hui lui convient également. Vous avez le temps de prendre le train de dix-sept heures trente. Je vous conduirai à la gare dans la voiture de Mrs. Morland. Nous dirons à Mr. Knox que miss Hocking vous réclamait de toute urgence. Il vous enverra aussitôt votre chèque et, si vous manquez d'argent d'ici lundi, nous vous aiderons.

— Prenez ceci, miss Grey, déclara Laura en lui remettant le contenu de son porte-monnaie. Il y a un peu plus de deux livres. Ce n'est pas grand-chose, mais vous risquez d'en avoir besoin. Je vous en conjure, prenez-les.

— Plutôt mourir que d'accepter votre sale argent, rétorqua le succube avec mépris. J'ai le mien, Dieu merci.

— Assez ! décréta Amy. Si vous et miss Todd voulez bien aller chercher vos bagages, je vais démarrer la voiture. Inutile de sonner Annie.

Sans un mot, miss Grey suivit Anne Todd à l'étage. Elles redescendirent avec des valises et une machine à écrire. À sa façon, étrange, Anne semblait de nouveau en bons termes avec miss Grey, qui l'embrassa avec chaleur en partant, ignorant la main que lui tendait Laura.

— Ne revenez pas nous chercher, dit Anne à Amy. Nous rentrerons à pied. Au revoir, Una.

Miss Grey ne lui répondit pas, puis la voiture s'éloigna.

— Nous avons grand besoin d'un whisky-soda, déclara Anne à Laura. Si je parviens à trouver où Mr. Knox cache ses bouteilles…

Elle servit deux verres bien tassés et s'assit.

— Anne, qu'avons-nous fait ? demanda Laura, abasourdie. Elle est si jeune, et je pense qu'elle écrit ces lettres anonymes par plaisanterie. Pourquoi pense-t-elle que je la déteste ? Je ne l'apprécie pas, et elle s'est montrée très pénible, mais quelle horreur de la voir pleurer ainsi, à genoux par terre. Cette histoire ne nous regardait pas.

— Elle n'avait pas à se comporter de la sorte. Sans Mrs. Birkett, elle vous aurait manipulée une fois de plus, et vous l'auriez sans doute hébergée jusqu'à ce que Mr. Knox l'épouse. Ne vous inquiétez pas, madame Morland. Buvez votre whisky. Vous vous sentirez mieux. Dans quelques jours, tout sera rentré dans l'ordre. Elle est de ces malheureuses qui doivent en permanence être amoureuses. N'importe quel médecin vous le dira. Elle sera bien chez miss Hocking. Elle se montrera très compétente en tant que secrétaire et rencontrera de nombreux jeunes gens. Sans doute en épousera-t-elle un… Si vous la croisez dans quelques mois, elle sera très aimable et aura oublié ces éclats.

— Anne, j'ai l'impression d'être une criminelle.

— Vous auriez ressenti bien pire si elle était restée plus longtemps. Cet après-midi, elle a failli convaincre Mr. Knox de l'épouser. Il avait tellement peur d'être méchant qu'il aurait pu la demander en mariage sur-le-champ si Mrs. Birkett n'était pas entrée.

— Vous avez tout manigancé avec Amy ?

Anne Todd eut la décence de se montrer un peu honteuse.

— Hier soir, nous en avons longuement discuté pendant que vous étiez à l'étage, avoua Anne. Allez, rentrons à présent. Je dois m'occuper de ma mère. Et si vous invitiez les Knox à souper ? Cela vous changerait les idées. S'il y a assez à manger, bien sûr…

— Stoker trouve toujours de quoi manger. Joignez-vous donc à nous, Anne !

— Non. J'ai un peu délaissé Maman ces derniers temps. Et le Dr Ford passe la voir après le dîner.

À leur arrivée à High Rising, Laura avait, avec la validation d'Anne Todd, un scénario pour un nouveau roman dans lequel un grand couturier à succès entre deux âges (George Knox) tombait entre les griffes d'une redoutable séductrice (miss Grey) qui l'incitait à lui montrer sa collection printemps-été afin de copier ses modèles. Heureusement, la fidèle secrétaire (Anne Todd), qui veillait au grain, découvrait que la séductrice se livrait au trafic de cocaïne. Elle faisait passer la drogue dans des boîtes à double fond adressées au couturier. Elle se faisait surprendre à minuit dans les stocks, en train de glisser la cocaïne dans son sac. La grande scène finale était larmoyante à souhait et ponctuée de suppliques. Naturellement, le couturier épousait la secrétaire. Anne Todd ne fit guère de commentaires. Par deux fois, elle regarda Laura d'un air soupçonneux, comme si elle percevait quelque sous-entendu, mais Laura ne remarqua pas sa distraction. Elles se séparèrent devant la porte d'Anne.

16

Le dernier mot

De retour chez elle, Laura trouva Amy au salon, en compagnie de George.

— J'expliquais à Mr. Knox que miss Grey avait dû partir brusquement, déclara Mrs. Birkett, qui ne manquait pas d'aplomb. Par chance, j'ai pu la conduire à la gare, miss Hocking ayant téléphoné pour l'implorer de venir sans tarder. Elle avait grand besoin de ses services.

— Mais je croyais..., bredouilla George.

— Puisqu'elle s'était presque engagée à commencer lundi chez miss Hocking, le coupa Laura, n'avez-vous pas confié à Anne combien miss Hocking tenait à l'engager ? Bref, miss Grey savait que vous ne lui en voudriez pas de s'en aller dans dire au revoir. Elle le fera à la première occasion, bien sûr.

— Je ne comprends pas pourquoi...

— Voyez-vous, cher George, poursuivit Laura, votre secrétaire ne vous aurait jamais laissé en plan avec Sibyl. Sachant que j'accompagnais votre fille à Londres mardi pour constituer son trousseau, et que vous seriez occupé à écrire, elle est simplement partie.

— Je n'en reviens pas ! avoua-t-il. Enfin, il faut savoir se résigner...

Elles éclatèrent de rire sans qu'il comprenne vraiment pourquoi. Laura s'empressa de l'inviter à souper, ce qu'il accepta avec plaisir. En se rendant à l'office pour donner ses instructions à Stoker, Laura trouva Adrian et Sibyl enlacés dans la salle à manger.

— Il commençait à faire froid dans le jardin et nous ne voulions pas déranger Papa et Mrs. Birkett au salon, prétendit Sibyl. Madame Morland, nous allons au cinéma ce soir, à Stoke Dry. Serez-vous des nôtres ?

— Non, merci. C'est très gentil, mais je suis fatiguée. Votre père soupe ici, donc autant que vous restiez tous. Nous mangerons de bonne heure.

— Et miss Grey ?

Laura s'écroula sur une chaise.

— Écoutez, les enfants, dit-elle d'un ton grave.

Elle perdit alors son peu de crédibilité en enlevant son chapeau et en glissant les doigts dans ses cheveux, histoire de les décoiffer davantage.

— Vous avez entendu ses propos de cet après-midi, quand vous vous êtes défilés. Une attitude très mesquine, soit dit en passant. J'ai bien cru qu'elle allait obliger votre père à exprimer publiquement ses intentions envers elle, selon l'expression consacrée. Après votre… départ, elle s'est mise en colère et est retournée à Low Rising, puis elle a fait ses bagages avant de partir pour Londres. Pour de bon, cette fois. Et ce n'est pas tout… mais vous êtes trop amoureux pour vous soucier d'autre chose que votre bonheur. Sur ces belles paroles, je vais voir Stoker.

Elle s'éloigna vers l'office, laissant les tourtereaux intrigués et heureux.

Laura annonça à Stoker que miss Grey était partie pour Londres et que les autres restaient souper.

Fulminant intérieurement et décidée à voir Annie le plus vite possible pour faire le point, Stoker afficha un calme olympien qui déçut Laura. Pour l'heure, le menu du soir était prioritaire. Elles s'accordèrent sur un thé dînatoire. À table, on ne parla guère que de l'organisation du transport de chacun. Qui irait dans la voiture de qui ? Au final, Adrian emmènerait Amy, Sibyl et Tony à Stoke Dry, tandis que George Knox passerait une soirée tranquille avec Laura. George affirma qu'il préférait rentrer à pied et n'attendrait pas le retour des cinéphiles.

Restés seuls, Laura et George s'installèrent au salon, tel un vieux couple. Sa mère s'étant défilée, George avait des conseils à demander à Laura pour le mariage de Sibyl.

— Il faut prendre cette défection du bon côté, affirma Laura. Votre mère aurait été trop impérieuse. Heureusement qu'ils se marient bientôt car les préparatifs sont une période difficile. Ensuite, vous continuerez votre travail sur Élisabeth Ire en toute sérénité. Je suppose que, plus tard, vous aurez besoin d'une nouvelle secrétaire. Au fait, pourriez-vous faire suivre le courrier de miss Grey ou en charger Annie ? Elle n'aura sans doute pas eu le temps d'indiquer sa nouvelle adresse à son entourage.

— Il n'y aura guère de courrier à faire suivre. La pauvre fille n'a apparemment ni amis ni famille.

— Il y a sa mère.

— Ma chère, vous vous méprenez. Elle n'a plus de mère.

— Bien sûr que si ! Elle vit en Irlande.

George Knox en demeura sans voix, ce dont Laura profita pour évoquer la mésaventure d'Amy avec miss Grey, sans se montrer malveillante. Elle ne dit rien de la lettre anonyme, qui resterait dans un recoin de sa mémoire, avec la demande en mariage d'Adrian et quelques autres indiscrétions de ses amis et ennemis que, par générosité, elle ne dévoilerait jamais, même par plaisanterie.

— Je vais avoir du mal à me remettre dans le rythme avec mon Élisabeth Ire, geignit George. Miss Grey était une secrétaire admirable à bien des égards et son efficacité me manquera, au contraire de sa personnalité épuisante. Je vais peut-être mettre Élisabeth Ire de côté pour l'instant. Je songe à écrire un roman.

— C'est bien la première fois que je vous entends évoquer un tel projet. Ce sera amusant ! De quoi parle-t-il, ce roman ?

— Le sujet est plutôt insignifiant, ma chère Laura.

— Balivernes ! Il faut bien écrire sur quelque chose.

— Ces derniers temps, j'ai réfléchi aux succès spectaculaires de la fiction moderne. Selon moi, il en existe deux catégories, ou trois, si l'on inclut ces romans à suspense dont vous êtes si friande. Disons qu'ils sont à part, *sui generis*, une expression invariable, il me semble. Deux genres, disais-je. D'abord, le plus important, et j'espère que je ne vous offusquerai pas en employant ce terme : les romans obscènes.

— N'ayez crainte, George. Je l'ai souvent utilisé moi-même.

— Les romans obscènes, donc, reprit George sans se soucier de cette interruption. Un genre qui n'est pas dans mes cordes. En privé, je suis capable de la pire grossièreté, mais par écrit, je trouve l'idée repoussante. Cette fiction-là est donc exclue en ce qui me concerne. Que me reste-t-il ?

Il marqua une pause si longue que Laura se crut obligée de déclarer d'un ton morne :

— Les romans bien proprets, comme les miens.

— Vous vous moquez ! Je ne vous arrive pas à la cheville. Vous élevez la médiocrité au rang de génie. Je ne vois pour l'heure aucune autre façon d'exprimer ce que j'ai à dire, mais n'y voyez aucune offense : vous vous êtes fait une place dans le Temple de la Renommée, comme dirait Alexander Pope. Si elle n'est pas taillée dans le bronze, votre prose est plaisante et honnête. Je ne parlerai pas de vous. Vous êtes modeste et je respecte vos sentiments. Parlons plutôt de moi-même. Où en étais-je ? Ah, oui. J'en suis venu à la conclusion qu'il reste un genre de roman à succès pour lequel je suis éminemment qualifié.

— Lequel, George ? Le roman historique ?

— Vous vous moquez encore, Laura ! Ne m'a-t-on pas suffisamment reproché d'écrire des biographies qui ne sont en fait que des romans déguisés ? Ma chère, je pensais aux romans terriblement ennuyeux.

— Les romans ennuyeux ? Pourquoi diable ? N'importe qui peut le faire.

— Détrompez-vous. Le roman ennuyeux exige une puissance, une concentration, ce que peu de gens possèdent. Quand on écrit suffisamment de romans ennuyeux, mais alors très ennuyeux, Laura, on se forge une réputation incroyable. J'ai une idée. L'intrigue est quasi inexistante, une histoire vulgaire entre un homme malheureux en ménage et une femme charmante, également malheureuse en amour. C'est banal, me direz-vous.

Comme Laura le dévisageait sans un mot, il continua :

— Voilà précisément où réside le succès, Laura. Ce livre aura une portée philosophique sous-jacente. Mon héros sera un étudiant en philosophie plein de fougue, disciple de Spinoza, Kant, Platon. Un transcendantaliste, un quiétiste, que sais-je ! Un livre que l'on peut lire facilement grâce à la multiplication affligeante de ces petits ouvrages de vulgarisation publiés par des hommes au nom célèbre qui se plient à cet engouement moderne pour la culture. Ce n'est, en réalité, qu'une ruse pour aider les gens à ne pas réfléchir par eux-mêmes. Je vous le dis, Laura. Qu'est-ce qui intéresse vraiment les lecteurs de romans ? La séduction. J'ai des scrupules à employer ce mot devant vous, mais l'art ne connaît aucune limite. Je le répète, la séduction ! Des lecteurs de romans par milliers liront mon livre, majoritairement des lectrices, en se demandant si la séduction va opérer. Je vous le dis, Laura : oui ! Sur le plan philosophique, des milliers de lecteurs auront la sensation de se cultiver en lisant de la philosophie, un sujet tout aussi ardu que ces imbéciles heureux le supposent, jusqu'à ce qu'on le rende attrayant grâce à la luxure. Suis-je assez clair, Laura ?

— Mon cher, que diable me racontez-vous là ?

Knox sombra dans un profond désespoir.

— Vous avez peut-être raison. C'est un peu tiré par les cheveux. Pourtant, j'y vois de la graine de best-seller. La biographie d'Élisabeth Ire, en dépit de l'attrait de chemins différents plus fleuris, me noue les tripes. Je dois l'achever avant de pouvoir penser à autre chose. Si seulement je pouvais convaincre miss Todd de travailler pour moi ! Vous croyez que ce serait possible, Laura ?

— Je n'en sais rien. Je ne voudrais pas jouer les empêcheuses de tourner en rond, mais vous savez combien elle est entêtée, parfois. En ce moment, elle est accaparée par sa mère et refuse tout emploi permanent. Nous travaillons au jour le jour, ce qui ne vous conviendrait pas.

— Je vais lui poser à nouveau la question. Si le beau temps fait du bien à Mrs. Todd, Anne sera plus libre. Et je voudrais avoir l'impression de l'aider sur le plan financier. Elle fait preuve d'un tel courage.

Des voix se firent entendre dans le hall. Stoker vint annoncer l'arrivée de miss Todd. Étrangement pâle, Anne entra et enleva son manteau et son chapeau sans dire un mot. George se leva pour l'aider.

— Que se passe-t-il, Anne ? s'enquit Laura en songeant d'instinct à miss Grey.

— Je tenais à vous voir…, énonça péniblement Anne. J'ignorais que Mr. Knox était là… Maman est morte.

— Oh non, ma pauvre chérie ! Si j'avais su, je serais accourue. Quel malheur ! Comment est-ce arrivé ?

Laura voulut s'approcher, mais Anne la maintint à distance.

— Ne me touchez pas. Je ne supporte pas la compassion. Le Dr Ford était à son chevet. J'étais là aussi. Ce fut très rapide mais atroce. C'est fini. Mrs. Mallow la veille. Je suis venue vous voir car c'est insupportable. J'ai pratiquement couru jusqu'ici. Je ne m'attarderai pas.

Son visage livide était presque inhumain. Laura ne sut quelle attitude adopter face à sa rebuffade.

Elle interrogea George du regard, mais il avait les yeux rivés sur la silhouette figée de la malheureuse.

— Anne…, dit-il en ouvrant les bras.

Miss Todd se blottit contre son cœur et se mit à pleurer avec un tel abandon qu'elle tremblait de la tête aux pieds.

— Elle ne peut pas rester dans cet état, décréta George. Laura, dites à Stoker de lui apporter du thé sur-le-champ. Et un cognac si vous en avez.

Laura gravit les marches quatre à quatre et revint avec un flacon de cognac qu'elle remit à George, puis elle se précipita dans la cuisine. Dans le hall, elle bouscula le Dr Ford.

— Anne est là ? s'enquit-il en la prenant par le bras.

— Au salon, avec George.

— Dieu soit loué ! Elle avait disparu.

— Passez dans la salle à manger. Elle va bien, pour l'heure.

Laura sonna avec vigueur.

— Préparez du thé, vite ! ordonna-t-elle à Stoker. Miss Todd vient d'arriver. Sa mère est décédée. Elle ne va pas bien. Que s'est-il passé, docteur ? Vous étiez présent, je crois.

— La vieille dame est morte soudainement, il y a environ une heure. Anne était consciente qu'elle risquait de partir à tout moment. Par chance, j'étais à son chevet. J'ai fait appeler Mrs. Mallow qui la veillera cette nuit. Louisa n'est plus bonne à rien. Anne s'est très bien comportée. Ensuite, je suis allé parler à Mrs. Mallow. À mon retour, Anne avait disparu. Louisa l'avait vue partir, la mine blême. Elles n'ont pas le téléphone, alors j'ai décidé de venir ici. J'étais inquiet car elle a beaucoup de sang-froid, mais elle est sur la brèche depuis des mois. Dieu merci, elle est avec vous. Je préfère la voir avant de partir.

— Je l'héberge cette nuit, dit Laura, dans la chambre de Tony, qui communique avec la mienne. Ah, merci, Stoker… Je vais le lui porter. Mrs. Mallow est chez miss Todd, qui dormira ici. Préparez-lui la chambre de Tony.

Les yeux de Stoker pétillaient déjà à la perspective d'une visite à Mrs. Mallow à la première heure, le lendemain matin. Laura porta le plateau au salon. Anne était blottie contre George, sur le sofa, secouée de sanglots. Il flottait une odeur de cognac.

— Chut, murmura George en resserrant son étreinte. Je suis content que vous soyez venu, Ford. Anne est… les mots me manquent. Je lui ai fait boire tout le cognac.

— C'était la meilleure chose à faire, répondit le médecin.

Il s'assit à son tour pour prendre la main molle d'Anne dans la sienne.

— Le flacon était-il plein, madame Morland ?

— Oui. Je venais de le remplir. Je l'emporte toujours avec moi à Londres.

— Eh bien, selon moi elle est ivre morte, et c'est tant mieux. Si vous pouviez la coucher, madame Morland, je lui donnerais un calmant. Demain, elle ira mieux.

— Pouvons-nous la monter à l'étage ? répondit Laura. Le lit est fait.

George souleva Anne sans difficulté. La tête sur son épaule, elle se laissa faire. Admirative, Laura le guida dans l'escalier. Le Dr Ford fermait la marche. Stoker, qui venait de faire le lit, admira le spectacle d'un colosse portant une héroïne inconsciente, telle sa chère *Marline*. George effleura même la joue d'Anne d'un baiser avant de la déposer dans un fauteuil.

— Je serai en bas si vous avez besoin de moi, dit-il.

Avec l'aide de Stoker, Anne se retrouva dans le lit de Tony avec une bouillotte. Le Dr Ford déclara qu'elle y serait bien et redescendit. Stoker resta à son chevet, savourant chaque seconde de cette romance inattendue. Laura l'attira dans le couloir.

— Stoker, miss Grey est partie pour de bon. Il y a eu une scène violente. Vous saurez tout bientôt.

L'expression de Stoker fut éloquente tandis que Laura lui résumait les événements de l'après-midi afin que sa domestique puisse diffuser des ragots conformes à la vérité à Low Rising et High Rising. Puis elle regarda dans la chambre. Anne était endormie.

Le Dr Ford et George Knox buvaient une tasse de thé.

— Anne va bien ? s'enquit George.

— Elle est robuste, mais qui supporterait une telle épreuve sans réagir ? J'ai beaucoup d'admiration pour elle, Knox. Elle est toujours efficace, gentille, posée. Elle s'est sacrifiée pour sa diablesse de mère. Je n'ai pas honte de le dire, et Anne ne m'entend pas.

— Que va-t-elle devenir, maintenant ?

— Si elle m'écoutait, elle m'épouserait. Je le lui ai demandé plus d'une fois. La semaine dernière, encore… Elle refuse. Vous êtes mon rival, Knox. Bonne chance à vous ! En revanche, si vous la frappez, je mettrai de l'arsenic dans votre dentifrice.

— Que voulez-vous dire ? s'enquit George en posant sa tasse avec fracas.

— Ce que je dis. Et je ne le répéterai pas. Cette noblesse me dépasse. Je suis joignable à tout moment. Vous saluerez Mrs. Morland pour moi.

Le Dr Ford tapota l'épaule de George et sortit. Bientôt, sa voiture longea l'allée.

Laura trouva George seul.

— Seigneur, quelle journée ! souffla-t-elle, plus échevelée que jamais. Donnez-moi du thé, George. Anne dort à poings fermés. Où est le Dr Ford ?

— Il est parti, mais vous pouvez l'appeler en cas de besoin. Je me chargerai des formalités pour Anne, si elle l'accepte. Les funérailles et tout le reste.

— C'est très gentil à vous. Je ne sais pas trop ce qu'elle va devenir. Elle touchera très peu d'argent. Quand elle sera remise, elle pourra travailler pour vous aussi.

— Je ne crois pas que j'aie envie qu'elle travaille pour moi, répondit George, l'air obstiné.

— Pourquoi pas, George ? Vous disiez la vouloir !

— Cela ne saurait être plus vrai, mais elle ne me servirait pas à grand-chose en tant que secrétaire. Même miss Grey reconnaissait qu'un veuf ne peut pas vivre seul dans une maison avec une secrétaire séduisante.

— George, je suis déçue. J'espérais que vous l'aideriez. Elle pourrait néanmoins travailler pour vous de façon journalière.

— Je ne supporterais pas de l'avoir pour une journée, un mois ou un an.

— George, qu'est-ce qui vous prend ? Je croyais que vous appréciiez Anne !

Mr. Knox finit avidement sa tasse de thé.

— Ma chère, je suis vraiment le dernier des imbéciles. Comme vous le savez, je suis un homme concis, plus apte à s'exprimer par sa plume et plus prompt à agir qu'à parler. De plus, je ne suis pas un homme à femmes. Je vais donc avoir du mal à m'expliquer comme je le voudrais. Je dois être encore moins éloquent que je ne le craignais, puisque je n'ai pas su me faire comprendre de vous. Je me demande pourquoi je parle comme un livre de prières. Vous, Laura, avec votre tact, votre esprit si vif, votre intelligence, vous devriez être en phase avec moi, sur ma longueur d'onde. Je me suis trompé. Cette déception est si incroyable que je suis contraint d'en chercher la cause. Et de la trouver en moi-même, comme toujours. Vous venez de vivre une journée éprouvante et vous avez géré à merveille ses difficultés, cette conversation gênante avec mon ancienne secrétaire, vous avez facilité son départ, et, je préfère ne pas savoir comment, vous avez veillé sur vos invités au mieux, en hôtesse parfaite, vous avez aidé le vieil ami que je suis avec vos conseils sur le mariage de ma fille, vous êtes un ange de réconfort et de compassion pour notre chère Anne, si affligée, et moi-même je suis assez rustre pour m'étonner que vous ne soyez pas concentrée sur mes propos décousus. Je devrais plutôt… enfin, quand je dis je devrais… est-ce vraiment la tournure exacte ? C'est comme ces expressions qui disparaissent de notre langue, ou les locutions latines, si vous voyez ce que je veux dire. J'y décèle un signe de la décadence du langage. Hélas, on ne peut faire revivre certaines expressions qui sembleraient pompeuses. Je devrais m'émerveiller que vous ayez la patience de m'écouter.

— Je ne l'ai pas, admit Laura.

— Il ne vous resterait pas une goutte de cognac ?

— Non.

— Votre patience, reprit George sans se laisser troubler par cet interlude, est incommensurable. Personne ne vous surpasse, même pas un héros assez stupide pour rester assis sur un monument en souriant. Mais restez avec moi, Laura, que je vous explique ce que j'aurais dû vous expliquer plus tôt. En affirmant que je ne voulais pas d'Anne, je ne disais pas que je ne voulais pas d'elle dans un autre rôle. Je soulignais mon désir de la voir dans un autre rôle que celui de secrétaire. Suis-je clair, cette fois ?

— Si votre roman est aussi confus, personne ne le lira, je vous préviens ! gronda Laura. Vous me rendez folle ! Videz votre sac, qu'on en finisse ! Si vous ne voulez pas d'Anne, ne la prenez pas. Je lui trouverai du travail. Lord Stoke serait ravi de l'avoir au château trois ou quatre jours par semaine.

— Au diable lord Stoke ! Vous ne voyez donc pas, Laura, que mon esprit, mon être, ma volonté sont concentrés sur une seule chose ? Laquelle, d'après vous ?

— Ne me le demandez pas, George, parce que je ne le sais pas et je ne veux pas le savoir. Je vais m'occuper d'Anne.

— Non ! tonna George. C'est moi qui m'en occuperai. À présent, vous comprenez ?

Stupéfiée, Laura le dévisagea.

— Vous le ferez ?

— Oui.

— Bon sang de bois ! s'exclama Laura.

Ils se regardèrent longuement, puis George prit une expression contrite, les joues légèrement empourprées.

— Rien ne pourrait me faire plus plaisir, avoua-t-elle en enroulant ses cheveux en un chignon.

Dieu vous protège, George. Vous n'êtes pas aussi idiot que je le croyais. Anne est au courant ?

— Je l'ignore. Non, je ne crois pas. Je vais devoir compter sur votre tact féminin, votre empathie, pour m'orienter dans cette affaire. Vous serez mon guide.

— Non, George. Vous n'aurez qu'à effectuer vous-même le travail, cette fois. Après tout, vous avez déjà été marié. Vous savez demander la main d'une femme. Il serait sans doute plus décent d'attendre que les funérailles soient passées. Ensuite, ne perdez pas de temps. Quelle joie ! s'exclama-t-elle, les yeux embués de larmes. Je suis sûre que vous serez gentil avec elle et elle en a besoin. Dieu vous protège, mon cher. Je ne révélerai rien tant que vous ne m'aurez pas donné votre feu vert.

Soudain, ils entendirent le petit groupe qui revenait du cinéma. Laura se précipita vers la porte d'entrée et les entraîna au salon pour leur annoncer la mort de Mrs. Todd.

— Madame Morland ! C'est affreux ! s'exclama Sibyl. Imaginez si c'était Adrian ! Adrian, tu ne mourras jamais, n'est-ce pas, chéri ?

— Jamais, chérie.

— Le cercueil partira-t-il dans un wagon spécial ? demanda Tony avec enthousiasme. Je n'ai jamais vu de wagon mortuaire, Maman ! Le cercueil de Mrs. Todd prendra-t-il le train ? Je pourrai le voir ?

Amy Birkett prit l'enfant par la main.

— La meilleure chose que je puisse faire pour vous est de monter coucher Tony, et moi aussi. Il vaut mieux que nous ne vous dérangions pas.

— Merci, ma chère, dit Laura en l'embrassant. Vous avez été très précieuse aujourd'hui. Ce soir Tony dormira sur le divan de ma chambre. Tu n'auras pas à prendre un bain, Tony, mais fais ta toilette. Et ne fais pas de bruit ou je te tue.

Mrs. Birkett entraîna Tony.

— Nous ne pouvons vous aider en rien, chère Laura, n'est-ce pas ? demanda Adrian.

— Partez et emmenez avec vous votre fiancée et ce futur beau-père si épuisant ! La journée a été longue. Je vous adore tous, mais filez ! Nous nous parlerons demain.

— Bonne nuit, madame Morland, dit Sibyl. Embrassez miss Todd et présentez-lui mes condoléances.

— Bonne nuit, Laura, renchérit Adrian. Nous avons été très égoïstes et vous êtes un ange. Êtes-vous toujours un cœur solitaire ?

— Toujours.

— Je pensais que, peut-être…

— Ne pensez pas, Adrian. Bonne nuit !

— Bonne nuit, chère Laura, conclut George Knox. Donnez-moi des nouvelles d'Anne. Je passerai demain.

— Pour l'amour du ciel, allez-vous-en ! les implora Laura en les mettant à la porte.

Il y eut quelques lueurs de phares, des signes de la main et elle se retrouva seule.

— Vous pouvez aller vous coucher, Stoker, dit-elle en ouvrant la porte de la chambre d'Anne. Miss Todd sera bien. Si elle bouge, je l'entendrai.

— Elle ne fera pas de vieux os, elle non plus, décréta Stoker avec une jubilation sinistre. Ceux qui endurent des épreuves sont souvent les premiers à partir. Miss Todd n'aura pas le goût à la vie maintenant que la vieille dame n'est plus là. Si encore elle avait un chat, ou des perruches…

Laura souhaita une bonne nuit à Amy et gagna sa chambre. Tony était allongé sur le divan, impatient de bavarder avec sa mère.

— Endors-toi tout de suite, Tony, je suis fatiguée.

Laura disparut dans la salle de bains et prit un long bain chaud, elle réfléchit aux événements de la journée et se réjouit d'avoir des amis fidèles. Sans Amy et Anne, le succube ne serait jamais parti. Pauvre succube… mais le moment était mal choisi pour s'en soucier. Sans George et le Dr Ford, elle n'aurait pu aider Anne dans son malheur. Sans George, Anne n'avait pas d'avenir. Elle ne connaissait pas les sentiments d'Anne envers George, mais elle était certaine qu'elle arriverait à bon port après ces épreuves. Et la gentille Amy, qui avait subi les foudres du succube en son temps. Cette soirée avait attisé sa propre curiosité. Elle pourrait tout dire à Amy, ou presque, dès le lendemain. Et ce cher George ! Comme il serait bon de le voir heureux avec Anne, à Low Rising. Il n'avait plus à redouter la solitude après le mariage de Sibyl. Les tourtereaux n'avaient pas été d'une grande aide, mais leur jeunesse et leur bonheur faisaient plaisir à voir. Soudain, elle se rendit compte avec effroi qu'elle aurait besoin d'une nouvelle secrétaire. Elle chassa vite cette pensée pour se réjouir du bonheur futur d'Anne. Dans sa chambre, elle alluma sa lampe de chevet et s'apprêta à oublier sa fatigue en commençant un nouveau roman policier : *Qui coud le linceul ?*

Au moment où elle sombrait dans un délicieux coma, une petite voix se fit entendre :

— Maman ?

— Dors !

— Mais, Maman !

— Quoi ?

— Maman, vous savez, cette exposition que je suis allé voir avec Mr. Coates et Wesendonck ? Eh bien, il y avait une maquette du virage de Salisbury, là où a eu lieu l'accident. Pourrai-je le reproduire en sable, dans le jardin, avant de retourner à l'école ? Je pourrais provoquer de superbes déraillements. Maman…

MIXTE
Papier issu de sources responsables
FSC® C003309
FSC www.fsc.org

10/18, une marque d'Univers Poche,
est un éditeur qui s'engage pour
la préservation de l'environnement
et qui utilise du papier fabriqué à partir
de bois provenant de forêts gérées
de manière responsable.

Imprimé en France par CPI

N° d'impression : 2051484
Suite du premier tirage : mai 2020
X07398/02